小漁娘掌家記 2

元喵 著

風文創 954

目錄

第四十二章

姊妹倆昨晚悄悄說的事，誰也沒有告訴玉玲。談婚論嫁什麼的還早，現在說那些也無用。

玉竹想著和二毛約好，今日要帶她去找好東西，便沒有帶竹簍子，而是找長姊要了一個撬海蠣的器具和小陶罐，打算帶二毛在海邊把海蠣剝出來。

退潮就三個時辰左右，但二毛家裡現在只剩一個精神不好的奶奶，在海邊剝海蠣肉是少了點，也比彎著三個時辰的腰耙蛤蜊好。

玉竹和姊姊們打了招呼便準備出門，只是走到門口又想到什麼，轉頭回去確認。

「咦？二哥怎麼還在家裡？」平日這個時間，二姊早就上船了。

「今天咱們船不出海，我要去陶家幫忙。陶嬸嬸自從見了咱家這灶，唸叨了好多天，也想要砌一個。對了，等一下長姊也要過去幫忙，咱們午飯是在陶嬸嬸家吃，妳等一下回來直接過去，聽到沒？」

「好！」

玉竹一路小跑到二毛家，喊了好一會兒，才看二毛開門出來，臉上還頂著一個大大的巴掌印，眼睛又紅又腫。

「二毛，誰打妳了?!妳奶奶？」

「不是……是我娘。」

二毛摸了摸自己的臉，不甚在意。

那個女人從晚上起，就不再是自己的娘了。她從來沒有見過一個女人改嫁還要帶著死去丈夫的衣服走，那些都是爹的東西，就算不燒掉，也該是留給阿奶。自己不過是想留幾件爹的衣裳，她便動手打了自己。

那一巴掌打掉了她最後一絲眷戀。

「昨天妳說帶陶罐，我都帶了，咱們走吧。」

玉竹見她不想說，也不追問，一邊往海邊走、一邊給她講黑鯊的趣事。快到海邊的時候，二毛的心情已經好多了。

「玉竹妹妹！二毛！」

陶寶兒跟著他娘出來，隔著老遠就認出了人，便跑了過去。魏春稍稍猶豫了下，伸出去的手又收了回來。

魏春對二毛的不喜歡，一直是因為她那個娘。如今二毛爹沒了，娘聽說也要改嫁了，當真是個可憐的，就隨他們去玩吧！

「二毛，妳怎麼找玉竹也不叫我呀？」

陶寶兒彷彿一點都不記得兩家的隔閡，還是和從前一樣。二毛的心情卻很是複雜。這還是她把陶寶兒弄受傷後頭一次正經地見他。之前他娘來家裡大吵大鬧了一場，今日卻肯讓陶寶兒過來找自己玩，真是教人看不懂。而且他居然不討厭自己，還是那樣嬉皮笑臉的。

他都忘了是誰害得他臉上差點留疤的嗎？

「上次我把你摔到地上，臉都傷了，你還敢來找我玩啊？」

「為什麼不敢啊？妳又不是故意的。我爹也說了，人活一生磕磕絆絆受傷的時候多著呢，我那只是小傷。」

話音剛落，玉竹便忍不住嘲笑出聲。「既然知道是小傷，那躲在屋子裡不肯出來的是誰呀？還害你娘跟你奶擔心了好幾日。」

「嘿嘿。」

二毛沒有排斥陶寶兒跟著，於是兩人行便成了三人行。

不過撬海蠣的地方，海蠣眾多，對愛動的小孩子來說算是挺危險的。於是陶寶兒被安排在旁邊石頭較少的地方，負責砸那些低矮礁石上的海蠣。

玉竹和二毛則是在礁石群裡穿梭著，將石頭上的海蠣撬開取其肉。兩個人帶的陶罐都不是很大，卻能夠裝上很多肉，撬了近一個時辰，陶罐都還沒有滿。

而陶寶兒早就沒了耐心，砸了一些便跑去玩沙挖蛤蜊去了。等他無聊了，回頭一看，發現玉竹跟二毛還在撬海蠣，認真的模樣難得地讓他心裡生出一絲慚愧。

為什麼二毛跟玉竹妹妹都那麼厲害，一點都不貪玩呢？

他想去幫忙，可惜沒有機會了。潮水已經漲了上來，所有村民開始往後退。

玉竹知道漲潮時若不及時撤退，後果有多嚴重，自是拉著戀戀不捨的二毛跟陶寶兒往回走。走沒幾步，就看到沙灘上有塊灰白色的東西。

本來她也沒當回事，只是陶寶兒一腳踢上去，那東西露出了全貌，竟然有些像龍的模樣。

玉竹肖龍，對龍的裝飾一向偏愛得很。看到這塊類似龍的木頭，只覺得合眼緣，便順手抱了起來，想著拿回家當個裝飾。

結果抱進懷裡才發現這東西並不是什麼木頭，外頭瞧著有些像蠟般的物質，也不知道是個什麼東西。

管它呢，先抱回去再說。

三個人先去了二毛家，把玉竹陶罐裡的海蠣都倒騰過去，又幫著一起餵了雞鴨、狗狗。確切地說，是玉竹幫著二毛餵了雞鴨狗，根本沒有陶寶兒什麼事。

陶寶兒回去的路上委屈極了。

「玉竹妹妹，妳怎麼什麼都會啊？這樣顯得我好沒用，二毛會不喜歡我的。」

玉竹只想著快點幫二毛做完活回家去，免得陶嬸嬸一家等著自己吃飯，哪裡注意到陶寶兒是什麼心情。

「你要是擔心二毛為了這個不喜歡你，那就去學呀。她爹才剛沒了，娘也走了，咱們是她的好朋友，難道不應該幫她一起做點事情嗎？」

自然是應該的。陶寶兒聽完覺得很有道理，決定回家就讓阿奶教自己做事。

兩人在岔路口分開。玉竹先回了自家。剛撬了那麼久的海蠣，身上都是腥味，她回去換身衣裳。

姊妹仨在隔壁待了整整一下午，陶二叔家的灶臺也砌好了，晚飯便是用新灶、新鍋來煮的。

看著一縷縷炊煙順著煙囪飄向天空，陶嬸嬸居然哭了起來。

有了這個土灶，日後就再不用受煙熏火燎的罪了。

這頓晚飯，陶嬸嬸做得極為用心，但專心吃飯的大概也就玉竹和陶木兩個人。陶二叔隨便扒拉了兩口飯，說出一個重要的決定。

「我想暫停出海捕魚。」

漁船是兩家共有的，要不要出海，當然是要兩家一起商量。陶二叔解釋了下自己想暫停出海的原因。

「你們也知道這土灶到底有多好用。你們嬸兒跟著我這麼多年，我一共也才瞧見她哭過三回。這土灶能讓她掉眼淚，可見是砌在了她的心坎上。她都這樣了，那村裡人就更別說了。」

說到這兒，大家都聽出來了，陶二叔是想改行去砌土灶。玉玲下意識地看了眼長姊，發現長姊面露欣喜，顯然是贊成的。

陶嬸嬸和玉竹也是打心眼裡舉雙手贊成的。

出海捕魚和在屋子裡砌土灶，當然是前者更危險，尤其是村裡剛翻船沒了一個人，陶嬸嬸跟玉容每每一聽他們要出海，心都要跟著揪起來，直到平安回來才能放下。

玉容更是一晚上作好幾次噩夢，總是會夢到二妹掉進海裡喊救命的場景。所以一聽到陶二叔說暫停出海捕魚，第一個便同意了。

一瞧玉容同意了，陶二叔便知道這事成了。玉家能做主的，還是要看玉容。至於自家，他可是知道自家婆子早就唸叨著不想他跟兒子們出海。

「今天咱們砌灶的時候，後頭的今合過來瞧見了，一聽用處便找了我，想讓我們去給他家裡也砌一個，說是願意給工錢。不過我們家這泥磚是提前好幾天就脫出來準備好的，他家一點準備都沒有，暫時不能弄。再說我也沒還跟你們商量，就沒應。既然你們都答應了，那我明兒個過去跟他商量下具體的事情。」

陶木這才反應過來。「爹，我不會和泥胚也不會砌灶啊，不讓我出海，那我能幹什麼？」

「到時候還能缺了你的活？挑水、挑泥哪樣不要人？玉林呢，跟著陶實以後給我打下手，明兒咱們好好研究下灶臺裡頭，我總覺得還能再改進改進。若是灶臺這事不成，那也沒事，反正船還在那兒，也不會丟，不行就再出海幹回老本行就是。」

眾人一聽，連連點頭，有船在就有底氣。於是兩家就這麼說定，從明日開始不再出海去捕魚了。

回去的路上，玉容很是高興。二妹不用再跟船出去風吹雨淋、下水受凍，還沒了危險，當真是再好不過的事情。

姊妹仨幫忙一天也累了，回家燒了水漱洗完便各自睡下。

這一晚，玉玲睡得很是香甜。玉容和玉竹嘛，就不那麼好了。

她倆半睡半醒間，總能聞到一股清甜的木香，彷彿置身於茫茫山林中，怎麼也找不到個出路。

玉容半夜嚇醒了，想起來喝口水便摸黑起床，往床頭摸衣裳的時候，衣服沒摸到，倒是摸到了一個硬物，但她好像並沒有在床頭放這樣的東西。而且……

她聞了下自己剛摸過那東西的手，有絲淡淡甜香，正是自己作夢時聞到的香氣。

她趕緊起來點了油燈。

屋子一亮，床頭的東西也顯露了出來。這是？她拿在手上左看右看都沒看明白，但能確定的是，這東西很香。

「長姊……天亮了嗎？」

「還沒呢，妳接著睡。」

玉容把東西放到桌上，回去哄小妹睡覺。

「長姊，妳身上香香的呢。」

「剛摸了個東西，就放在床頭的那個，是妳拿回來的吧，怪香的。」

玉竹一聽長姊這話，頓時福至心靈，想到那塊抱回來的寶貝是什麼了。是龍涎香啊！

玉竹頓時睡意全無，立刻爬起來，下床把那塊龍涎香抱到床上仔細打量。

「小妹，怎麼了，妳知道這是什麼？」

「這是……」

玉竹有些遲疑。她該怎麼跟長姊說這叫龍涎香，是抹香鯨體內產生的一種物質，可以做香料使用呢？長姊肯定要問抹香鯨是什麼，那她又如何解釋抹香鯨是什麼？什麼都推到死去的爹爹頭上，說多了，她自己都不信。

猶豫再三，玉竹決定裝傻。

「長姊，我覺得它這麼香，肯定是一種香料。哪天有空咱們拿去城裡問問吧？這麼大一塊，要是香料能賣很多錢呢！」

「好，聽妳的，咱們去問問。」玉容順口就應了，躺下去的時候又說了一句。「要當真是香料，這麼大一塊應該能賣好幾百銅貝了，小妹真厲害。」

幾百銅貝？

玉竹這下是徹底睡不著了，抓耳撓腮地想著這個時代的人究竟知不知道龍涎香的價值？若是不知道，還真有可能像長姊說的，只能賣個普通香料的價格。當真賣幾百銅貝，她覺得自己肯定要心疼死，可不賣的話，留在家中也是無用。

於是第二天她便纏著長姊，想讓姊姊帶自己去城裡轉轉，順便拿那塊龍涎香去估價。

這才月中，並不是牛車去城裡的日子，單獨去的話，整車都要包下來，加上自家最近並沒有什麼要添置的東西，玉容便沒答應。

一直拖到了月初，眼瞧著還有一月便要過年了，大家都要去城裡採買過年的東西，玉竹這才被姊姊帶著去了。

出來之前，她特地把龍涎香拿到陶嬸嬸家去秤過，這塊龍涎香大概有四斤三兩重，算是大傢伙了。

她就想遇到個識貨的，讓她家在年前發筆小財。

但遺憾的是，整個城裡能叫得出名的香料鋪子，姊妹倆都走遍了，也沒有遇上一個識貨的店家。人家頂多是聞著新鮮，想出個普通香料的價錢，最高的那家才出到三百銅貝。

三百銅貝可說是不少了，玉容早就想賣，奈何這是小妹撿回來的，她堅持不肯賣，玉容也不好說什麼。

又是一個時辰後——

「長姊，算了吧，不找了。咱們去第一家，把這東西賣了吧。」玉竹放棄了。

一聽小妹這話，玉容當真是鬆了一口氣。她就怕妹妹不肯賣，回頭又自己生自己的氣。

三百銅貝也很不錯了，二妹一船的漁獲都賣不了這價錢呢。

「那走吧，早點賣了，咱們去再去布莊瞧瞧，扯點布回去，咱們也做身過年衣裳。」

姊妹倆剛在巷子裡掉了個頭，迎面就讓一個長著絡腮鬍的男人攔了下來。這人長得高大，腰間還佩著刀，氣勢十足。

「姑娘，我留意妳們好一會兒了。」

留意好一會兒了?!莫不是要劫財劫色?!

玉容顫抖著手，一把將小妹拉到自己身後。「光、光天化日，豈、豈敢行凶！我一喊，就會有人來的！」

「長姊，妳別怕，沒事的。」玉竹拉了拉姊姊，站到她前面。

這個男人雖然因著那一臉鬍子，看上去有些凶，但他始終跟自己姊妹倆保持距離，眼神清正，並無脅迫的意思。

而且，他這一身衣裳並不是普通百姓的麻布，而是富貴人家才能穿的棉布衣，加上那把明顯有家徽的佩刀，當然不會是劫財。

「小姑娘有點膽識。莫怕，我不是壞人，只是想跟妳們做點買賣。」他笑著指了指玉竹懷裡的龍涎香。「我想買妳這塊香料。」

第四十三章

既然是談買賣，這小巷子顯然不是個說話的好地方，於是三人去了一處僻靜的茶攤，點了壺茶慢慢談。

「不知兩位姑娘貴姓，在下姓雲名銳，乃是北武州人士。」

北武州……又一個陌生的地名。

玉竹總覺得自己所在的時代，彷彿並不在她知道的那段歷史裡。之前她問過長姊，了解這是一個還算和平的年代，她們隸屬萬澤國南閩州，現在又冒出個北武州，莫不是還有東西兩州？

「長姊，北武州離咱們這兒遠嗎？」

玉容面露難色。這個她也不知道。從小，外頭的事她都是聽爹爹講，後來逃離了家鄉，來到淮城，對這兒就更不了解了。

雲銳看出了她的尷尬，主動解惑道：「北武州離這兒並不是太遠，快馬加鞭十來天就能到，走海路順風的話更快，三、四天便到了。」

玉竹恍然。看來她們是在南閩州的邊緣位置，還不錯。

「兩位姑娘貴姓？」

雲銳又問了一遍，玉容這才反應過來，忙回答道：「我們姊妹姓玉。」

玉竹一點都不怕生地坐到了雲銳旁邊，笑咪咪地問：「雲叔叔，你是知道我手上拿的這個東西才要買的嗎？」

一聲叔叔叫得雲銳下意識地摸了下臉頰的絡腮鬍，尷尬道：「說實話，方才我離得遠，看得並不是太清楚，只是問了店家幾句，知道是一種很新奇的香料。小玉姑娘知道這是什麼？」

玉竹遲疑了下，搖搖頭。「我們也不知道這是什麼，只是無意中撿到的，聞著應該是種香料。所以，你想怎麼買呢？」

雲銳心道這才幾歲的小姑娘，當真是機靈得很，小小年紀說話便有股大人的架勢，怪可愛的。

但，可愛歸可愛，買賣是買賣。

「方才我問過妳們進的那兩家香料鋪子，他們最高出價也就兩百來個銅貝。這樣，我出三百銅貝，妳們也不用去店鋪裡賣了，直接賣給我就行。」

玉竹想都不想便拒絕了。「不賣。」

方才她也是氣極了，腦子發熱才說要賣給第一家，冷靜下來，當然是不能賣的。

這樣好的東西若是賤賣，她恐怕日日都要心疼到睡不著覺。沒有識貨的，她就拿回去放著當傳家寶，或者切一點點散賣給香料鋪子，讓他們試用一番。她就不信那麼多品香多年的老師傅，會覺不出這龍涎香的好。

所以什麼三百銅貝，她是半點都不考慮。

玉容的手在桌子底下一個勁兒地扯著妹妹的衣裳，暗示小妹賣掉。在她看來，三百已經可以了。

「為何不賣？方才我明明聽見妳們說要進店鋪賣掉，店鋪開的價可都沒我的高。而且小玉姑娘，賣不賣得妳姊姊說了算吧？不如問問妳姊姊的意見？」

雲銳可是看出來了，她姊姊是很想賣的。

玉竹轉頭瞬間癟了嘴，可憐兮兮地望著姊姊。

「長姊，我不想賣……長姊。」

招架不住的玉容很沒有原則地改了主意。

「這東西是我家小妹撿回來的，東西是她的，自然她說了算。」

這對姊妹可真是奇怪，三百銅貝對普通人家來說也是一筆不小的數目了，她們居然會不動心。莫不是……

「姑娘覺得我說的價低了？」

玉竹毫不臉紅地點點頭。「自然是低了。這東西，那些店家都說沒有見過，可見很是稀奇。而且這塊料子不瞞你說，是在海裡頭撿的，日後說不定都遇不上了，獨一份的，當然要貴，要不怎麼說物以稀為貴呢？」

雲銳愣了愣，竟是無法反駁這話。

「那小玉姑娘以為該如何賣？」

玉竹細想了想，龍涎香目前看來都沒人認得，那它的價值就得大打折扣。整塊賤賣出去她心疼，不如只賣一小塊給眼前這人。

瞧他的衣著談吐皆不似尋常人家出來的，家中定然富貴。這香只消他拿回去一用，自然能感受到龍涎香與其他香料的區別，到時候再賣便可以好好地提一提價格了。

「還是三百銅貝，不過不是一整塊，是只有這一角。」

玉竹把整塊龍涎香露出來，在它尾端尖尖的位置比劃了一下。

雲銳的反應便是荒唐。哪有人花那麼多錢去買一根指頭都不到的香料，可是他又想到自己來淮城的任務：尋找各種稀罕奇特的東西帶回去。

半個月後就是回去的日子，可他至今只搜羅了四、五樣東西，雖說各有各的稀奇，卻都不是獨一無二的存在。這塊香料，吸引他的就是「新」。

三百銅貝其實也不貴，只要它確實是主家沒見過的東西，三千他都能出手買。

只是想是這樣想，雲銳還是試探著想講一下價錢。他覺得自己一個大人，忽悠個小姑娘應該不在話下。

結果那小玉姑娘當真是分毫不讓，就連三百銅貝賣給自己，她都表現得很不捨得，彷彿隨時要後悔的樣子，老成得根本不像一個孩子。

最後還是他妥協了，花了三百銅貝買下了只有小指大小的香料。

這下玉竹心裡總算沒那麼憋屈了，臨走的時候還叫雲銳記得拿香料先給郎中看看再用，興許還有驚喜。

要知道，龍涎香可是具有極高的藥用價值，就看郎中的醫術怎麼樣，能不能聞出來了。

玉竹將錢袋子交給長姊，又將那剩下的龍涎香放回籃子裡用布遮好，然後便一個勁兒地催著姊姊趕緊去買東西回家。

雲銳趕緊攔下兩人，留了他在淮城租住宅院的地址，請她們務必將手裡的那塊龍涎香再多保留一個月。萬一這當真是好東西呢，這麼一小根可不夠。

玉容姊妹倆很是痛快地應承了下來，三人便就此在茶攤上分了手。

這會兒餓著肚子去逛街買東西肯定是不行的，玉容找了個粥鋪，點了兩碗粟米粥，還有一碟子小魚乾。

小魚乾可說是配粥品的絕佳小菜，尤其是這家的老闆捨得放油，炕出來的小魚乾滋味相當不錯。

這時，粥鋪來了兩位大娘，其中一位甚是眼熟。

「長姊，是佘大娘呢。」

埋頭喝粥的玉容一聽佘大娘，嚇得一口粥險些噴出來。抬頭一看，還真是魏平他娘。既然見到了，自然是要去打招呼的，尤其是她和魏平……

玉容飛快拿帕子擦了擦嘴，低頭整理好衣裳，領著妹妹坐到了佘大娘那桌。

「大娘這是和朋友一起出來逛街嗎？」

佘大娘愣了下，瞬間聽出這是玉容的聲音，高興得都站了起來。

「容丫頭，唉，瞧我這記性，都忘了這是月初妳們進城的日子。早先還說要去路口等妳，結果老糊塗的，連日子都忘了。」

余大娘站起來，順著聲音坐到了玉容身邊。
陪同余大娘來的鄰居一瞧有人陪了，哪裡還坐得住，起身就要走。
「英娘，妳這兒有人陪著，那我就先回去啦？」
「好，妳回吧。」
余大娘臉上的笑淡了幾分，坐在旁邊的玉容看得真真切切。
「大娘，是不是我們打擾妳們談事了？要不妳們談完了，我們再過來？」
「沒有沒有，她就是個收了錢，負責每天把我帶過來吃飯的鄰居。」
其實她自己磕磕絆絆的也能一路走過來，只是路實在不平，摔了兩次後，兒子就再不許她獨自出門了。
「大娘您頓頓都在這裡吃飯？」
天天粟米粥加小魚乾？這……
生怕玉容誤會了什麼，余大娘趕緊解釋道：「不是頓頓都在這兒吃，只是中午的一頓。早上，平兒會給我做好，晚上也是他回來做飯。中午是因為他當差回不了，所以才給了攤子錢，讓我每日過來吃飯。」
時下男子幾乎沒幾個會正經做飯的，魏平能照顧母親至此已經很好了。
「那大娘快吃吧，吃完我們送您回去。」
方才那位鄰居已經走了，她們自然是不能把余大娘丟在這兒。
余大娘這會兒心情極好，連粥都多喝了半碗。吃完粥也沒有第一時間回去，而是讓玉容帶著她去了一家賣點心的鋪子，秤了一小兜糖和酥餅，這些是她給玉竹買的。

大街上人來人往的，推來推去也不像話，玉容只好先收下，余大娘這才點頭同意回家。

魏家的房子在哪兒，玉容知道個大概，送人回去的路上倒沒遇上什麼麻煩。只是走到巷子裡了，便有那三三兩兩的鄰居站在路邊調笑。

「英娘，送妳回來的姑娘是誰呀？是不是上回魏平相的姑娘呀，長得也太瘦了吧？」

「喲，這兒還有個小的！妳家魏平不至於相個帶女兒的吧？」

「哈哈哈哈。」

這一句句的，說是調笑，倒不如說是嘲諷。

玉容忍了又忍還是沒有忍住。

「這人心黑了，看什麼都是歪的。我是胖是瘦，關妳們屁事?!還有，這是我小妹，眼睛要是瞎了就去找個郎中好好瞧瞧！」

一見玉容不是個好說話的，幾個女人便悻悻地調頭進了自家屋子，甩得院門砰砰一陣響。

余大娘嘆了一聲，帶著玉容姊妹回了自己家。

魏家房子不算大，也就比玉容她們剛分到的那兩間屋子大上一點點，牆面泥磚被風雨侵蝕得厲害，唯一比較好的地方就是地了。

地上應該修整了很多次，不但平坦，還鋪了兩條石板路，即便是下雨也不會踩到泥濘摔倒。

「大娘，我聽魏姊姊說，這房子也住了二十來年吧，難道二十來年，她們都是這樣？」

玉容有些想不明白。從前幾次和余大娘的聊天就能瞧出來，她不是個懦弱、由著人欺負的性子；而且魏平還在府衙做事，不說是官老爺，也是個吃衙門飯的，他難道治不了外頭那群女人？

「也不是二十來年，就幾年吧。以前我們是住在城東邊的，亂七八糟什麼人都有；後來淮侯接管了淮城，便命秦大人重新規劃城裡的住宅和商鋪，我們家就分了這套屋子。起先也還好，大家井水不犯河水，只是後來平兒他爹出了些荒唐事死了，鄰里間便沒那麼和睦了。」

余大娘想想也是難受，都是因為那個男人，自家名聲都被他弄臭了。她一生是個爽利性子，到老了卻不得不隱忍在這一方院子裡，兒子的婚事也沒著落，實在讓她難受。

「那魏平就不能管管嗎？她們說話也太難聽了。」

「管也管不了，嘴長在人家身上，只是說幾句閒話，總不能把人抓牢裡頭去。反正我腿腳不好，眼睛也不行，天天都在這院子裡，也聽不到她們幾句閒話，隨她們去吧。」

其實余大娘從來都不會跟兒子、女兒說起這些，她們來來回回也就只能說那幾句，聽得多了也沒什麼感覺，把自家日子過好才是要緊的。

人家自己不在乎，玉容也不好再說什麼，只是想著回去還是要跟魏春說一說。沒道理兒女都挺出息，老娘卻在家受人欺負。

兩人又坐在院子裡頭說了會兒話，氣氛這才好了起來。

不過一旁的玉竹臉上就沒露過笑。

只要一想到長姊過幾年會嫁到這裡，面對那些嚼舌頭的鄰居，她就抗拒。而且住慣了自家的大院子，再看魏家這在城裡還算不錯的院子，真是哪兒都不順眼。

長姊配得上更好的。此時此刻，玉竹對魏平的印象又大打了個折扣。

老牛吃嫩草還顧不了家，連個老娘都照顧不好，如何照顧妻子？

她彷彿都能看到長姊懷孕後還要忙前忙後地收拾家裡，照顧瞎了眼的婆婆，出門一個能幫襯的鄰里都沒有，孤零零的，好不可憐。

不行，得拒絕這門婚事，魏平不適合長姊。看來她得回去跟二姊好好商量商量才行。

「小妹，想什麼呢？大娘在叫妳。」

「哦，我在想陶寶兒平時在這兒是怎麼玩的。」

玉竹走到余大娘身邊坐下陪她說話，又瞧著長姊忙前忙後地將這院子打掃整理了下，和自己方才想像的差不了多少，扎心得很。

「長姊，我們什麼時候回去呀，過年的東西還沒買呢。」

余大娘一聽，也不留人了，開始趕著兩人走。

「這都過午時了，妳們再不去買，等一下就晚了。容丫頭，妳們回吧，正好我得去睡一會兒。」

「那行，大娘休息著，得空來村裡小住幾日，我再去陪您說話。」

玉容把手裡的笤帚放到角落裡，無聲地戳了戳妹妹的額頭。小丫頭，不就幫忙幹點活嗎，這就急著催著走，生怕自己吃虧了似的。

走出院子老遠後，玉容像是隨口一問。「小妹，妳不喜歡魏家？」

玉竹搖搖頭。「不是不喜歡魏家，只是不喜歡長姊住到他們家。」

玉容一把捂住妹妹的嘴，四下看了看，又羞又惱地斥道：「胡說什麼呢，我才沒有要住到他們家。教人聽見了，像什麼話？」

「可是成親了，女子不是就會住到男子家嗎？長姊，可不可以成親了還跟我們住一起呀？我不想跟妳分開。」

話音剛落，玉竹腦門就挨了一下。

「越說越離譜了，成親那是沒影的事。小孩子家家的，不該妳操心的事別瞎操心。」

玉竹閉上嘴，乖乖跟在長姊身邊，一起去了集市買年貨。

第四十四章

晚上臨睡前，玉容又把家裡的錢罐子拿出來，往床上一倒，叮叮噹噹響了一通後，終於數清楚了。

家裡現下一共有五個銀貝，七百銅貝。不數不知道，蓋個房子竟然差點把錢都給花光了。

這兩個月忙著蓋房子的事，沒有時間熬蠔油，家裡的船也沒有收入，可以說一直是在吃存銀。加上院子、房屋蓋好後，又給新屋子打了床櫃門，大把的錢流水一樣地花了出去，現在就剩這麼點了。

雖說節儉點過，也能撐個好幾年，但這一家子又哪裡能夠節省？小妹正是長身體的時候，二妹每日幹的又是勞累活，自己身體也是虛的，一家子都需要補身體。

「長姊，我這兒還有剛分的五十銅貝。陶二叔說，咱們做一家、結一家，不用到月底再來分錢。」

玉容接過二妹遞過來的五十銅貝放進去，心中焦慮暫緩。二妹已經開始拿錢了，做一家、結一家，錢也不少，一個月下來可比出海捕魚要強得多。等明日自己再把熬蠔油的事撿起來，家中進項便不愁了。

「這些就是咱們所有的家底啦。今年就先這樣，明年咱們再好好攢錢。」

玉竹不想姊姊們為了點小錢煩心，轉頭把龍涎香抱了過來。
「長姊，等這塊香料賣了咱們就有錢了。」
「哦，是，還有這個寶貝。」
玉容嘴上說著，臉上卻是一副不信的神情。她把白日裡賣香料的事跟玉玲講了一遍。
「我瞧著那人當時買了便有些後悔，幸好我與小妹走得快。」
「三百就買了這後頭的一小截？他是傻子嗎？」
玉玲跟長姊想得一樣，能賣出三百已經是走大運了，之後還想賣那個價錢恐怕不太可能。
兩人都沒指望那塊香料，兩三下把床上散落的銀錢撿進了錢匣子。上鎖的時候，玉容想了想，又數了十個銅貝出來。
「妳平時不在家裡，都在外頭，身上怎麼也要備點錢。這十個銅貝放身上。」
玉玲沒說什麼，乖乖接過揣在身上。
玉玲正要回屋睡覺，玉竹突然跳下床，穿了鞋子。
「長姊，我今天要跟二哥睡。」
「啊？怎麼突然想跟二哥睡了？」
「就是想睡睡二哥的新屋子、新床嘛！長姊，我去嘍！」
也不等姊姊點頭，便自己先跑出了房門。玉容趕緊拿了布襖遞給二妹，交代道：「快去給她圍上，外頭那麼冷。」

玉玲還丈二金剛摸不著頭腦，迷迷糊糊拿了衣服回了自己的屋子，看到正在自己床上跳得高興的小傢伙，才漸漸回了神。

「小妹，今兒怎麼想起跟我一起睡了？」

「想跟二哥說說話呀。」

玉竹坐在新打的架子床上，突然收起了嬉皮笑臉的模樣。「二哥，長姊明年就十六啦！」

玉玲脫衣服的手一頓，突然想到，長姊的十六生辰，似乎就正月裡，小妹不提，她還真給忘了。

兩個人鑽到了被窩裡，擠在一起。

「小妹，妳還不知道長姊的生辰吧？」

玉竹當場愣住。「不知道，二哥的，我也不知道。」

「長姊的生辰是正月初七，若不是妳今日提起，我都差點忘了。」

「正月初七，那豈不是沒多長時間了？」

玉玲點點頭，突然感嘆道：「長姊十六了，上門的媒婆肯定更多了，也不知道長姊跟那……」

她話說一半，突然反應過來小妹才四歲，這事就不該她聽的。若是說了，她講到外頭，對長姊可沒好處，於是及時掐斷了話。

「二哥是想說長姊跟那魏哥哥的事嗎？」

道。

「魏……哥哥？妳不都叫他魏叔叔的嗎？」

玉竹嘿嘿一笑，道：「自然是長姊讓我這樣叫的。」

聽了小妹這話，玉玲還有什麼不明白的。原來長姊跟魏平早就好上了，就連小妹都知道。

「長姊也太不夠意思了，這麼大的事居然還瞞著我。」以前小妹還小的時候，長姊可是什麼都跟自己商量的。現在好像都不愛跟自己講心裡話了，玉玲心裡難免有些失落。

玉竹連忙解釋道：「不是長姊不想說，只是她覺得現在還早，談不上婚嫁。」

十六可不算早，村裡的姑娘都已經嫁人了。不過玉玲很快反應過來，長姊還不是為了她的事嗎？她一日不能恢復女兒身，長姊便提著心，連自己的婚事也要壓著。

唉……她自小就見多了村子裡沒有男人的人家是如何受人欺負，逃荒路上也見了不少，不然也不會在路上裝扮成男人。若是早知道分到的是這樣一個好地方，能吃飽、能賺錢，當日她就不會把自己登記成男的了。如今是騎虎難下，還帶累了長姊。

玉竹察覺到二姊情緒有些不太好，一時也不好再說什麼。想想長姊的事，突然覺得也不是什麼大問題。

只要娘家夠強大，手裡有銀錢，那就有底氣。自己只要在長姊出嫁前，多為家裡想些掙錢的法子就行了，實在不必操心那麼多。

想通了事，玉竹這才開始犯睏起來。

隔天醒來的時候，二姊已經收拾好，跟著陶二叔他們出門給村裡人砌灶臺去了。

如今陶二嬸家的院子裡，天天都有村民參觀新灶臺，一個個看了就想摸摸，摸了就想給家裡也砌一個。

不是沒有那偷偷自己在家砌的，但他們摸不清灶裡頭的構造，砌出來的灶只是外表相似，裡頭根本一塌糊塗，不是費柴火，就是煙出不去，砌了跟沒砌一樣。

所以後來還是都找了陶二叔。聽二姊說，訂了要做的人家都排到兩個月後去了。

這還只是本村要砌的，等過年的時候，回娘家的、走親戚的一串門子，要砌的人只會越來越多。

當然，這灶臺並沒特別難的技術，若是有腦袋瓜靈活的捨得拆了自家的灶臺去琢磨琢磨，說不定也能研究出來。到時候，能砌灶臺的人就多了。

但那時候，陶二叔應該已經打出名聲，人家一想到砌灶臺就會想到他，總之，單子是不愁的。

玉竹現在愁的是該弄個什麼做長姊的生辰禮物。

這是她來到這裡後，陪長姊過的第一個生辰，意義非常，當然不能草草了事。她想來想去，也只能親手做點東西，才能顯得出心意。

至於做什麼，一時還真沒頭緒。

這會兒，長姊已經和陶嬸嬸趁著退潮去撬海蠣了，玉竹一個人琢磨著禮物的事，連早飯都忘了吃就出門。

她想著還是去海邊轉轉，先前她跟長姊撿了珊瑚回來，後頭又撿了龍涎香，一次比一次值錢。說不定這回去海邊，又讓她撿著什麼寶貝呢！

結果……

當然是失望了，畢竟也不是能時時走大運。

跟著一起出來尋貨的二毛見玉竹放棄了，便拖著自己的小陶罐去了撬海蠣的地方。再有小半時辰就要開始漲潮了，她得抓緊時間再撬點海蠣。

沒人陪的玉竹就這麼毫無頭緒地沿著岸邊走，不自覺地又走到了撿珊瑚的地方。這裡沒有什麼好東西，卻有著數不清的貝殼。

對了，貝殼！貝殼能做的飾品可多了。

雖然目前沒什麼工具、材料去做些複雜精緻的東西，但最起碼她可以做簡單的手串和項鏈。

長姊都快十六了，身上卻素淨得很，頭髮都是用做衣服剩下的碎布頭綁的，身上一件首飾都沒有。二姊就更不用說了，成天在外頭弄得灰撲撲的，生怕教人發現自己是個姑娘。

不過今天出來得晚，又白浪費了很多時間，所以她才挑了五、六顆，潮水便已經開始漲了。

反正長姊的生辰還有一個月，不是太急，等明日退潮再來撿吧。玉竹收拾好貝殼，跑去叫走了二毛。

之後的五、六天裡，只要一退潮，她便泡在海灘上，挑挑揀揀了一陶罐的貝殼。

這些都是瞞著兩個姊姊的。

二姊白天幾乎不在家，長姊也只顧著撬海蠣、熬蠔油，誰也沒心思管她。玉竹在院子裡找了個角落，偷偷磨著自己帶回來的那罐貝殼，大半月的，竟沒一人發覺。

玉容偶爾瞧見一眼，也只以為妹妹是在玩泥巴、石頭，瞥一眼就過去了。

此時的玉竹，陶罐裡的貝殼都已經磨得差不多了。

她撿的都是那種帶有光澤的小貝殼，最大的也就硬幣大小，但還不夠，她想要的更小，所以只能自己一顆顆都磨成了花瓣一般的大小，折騰了大半月才勉強磨完。

最難的一步已經完成，後頭只要給小花瓣們鑽孔，再穿上線就行。只是家裡好像沒有鑽孔的工具。

玉竹收拾好自己這堆寶貝，準備去村裡找找看有沒有適合的工具，結果一站起來，就瞧見旁邊的院牆上掉下了個東西。

是蛇！一條有她手腕粗的蛇！

她當場嚇軟了腿，想叫一聲，嗓子眼像是堵了什麼東西，半個字也喊不出來，只能眼睜睜地瞧著那條蛇朝她越滑越近。

黑鯊從屋子裡出來，鼻子聞到不屬於這個院子的氣息，拔腿跑了過去，看到是條蛇，撲上去就是一頓撕咬。

這麼吵鬧，熬著蠔油的玉容自然也聽到了，等她出來一看，險些嚇得魂都沒了。

那麼大一條蛇，竟就在小妹身邊！

玉容一時也顧不得害怕，衝上去抱著小妹就往屋子裡頭跑。

「小妹，別怕，長姊馬上去教人來抓蛇，妳一個人乖乖在床上待著，長姊會把門鎖上，別怕。」

玉容說完把妹妹往被子裡頭一塞，轉頭就鎖上門跑了出去。白日裡，隔壁陶二叔一家只有陶嬸嬸在，她拿不準陶嬸嬸怕不怕蛇，所以乾脆往前跑，叫了另外一家鄰居。

不過，等她帶著鄰居趕回家的時候，蛇已經死了。

「喲，玉容，妳家這狗不錯啊，是個看家的好手。」

玉容心中驚詫，面上卻沒露出什麼。等把鄰居送出門了，趕緊進屋把小妹抱了出來。這會兒玉竹倒是緩過來，沒那麼害怕了，加上長姊說蛇死了，她便漸漸恢復過來。

「小妹，妳說這黑鯊，是不是太凶了點？」

玉容回想起來就覺得心裡發怵。家狗怎麼會那麼凶呢？平時看著黑鯊乖乖巧巧的，突然一下變得凶神惡煞，她當真有些嚇到了。

玉竹踮起腳，瞄了一眼地上的慘狀，再看看一旁乖巧坐著看過來的黑鯊。

「長姊，就是要凶點才好啊！咱們當初養黑鯊不就是想讓牠看家護院嗎？今天黑鯊可是立大功了，晚上可要給牠多做些肉才行。」

大概是聽到了自己名字，還有肉，黑鯊那血盆大口頓時咧開了，尾巴也忍不住晃起來。

玉竹鬆開長姊的衣服，朝黑鯊招了招手。黑鯊立刻屁顛屁顛地跑了過來。

「長姊，妳瞧，黑鯊很乖的，只是對別人凶而已。」

玉容點點頭，沒再說什麼。

「行了，小妹妳把牠領過去把身上的血洗洗，我去把這蛇扔了。」

「欸！長姊，幹麼要扔啊，給黑鯊吃不是正好嗎？」

玉竹還想等一下親自動手做蛇肉犒勞黑鯊呢。

玉容想想也是，自家人雖然不吃，但狗能吃嘛！好歹是肉，扔了就浪費了。

「那我熬蠔油去了，這會兒火都要熄了。要是有事就喊我，聽到沒？」

「知道啦，長姊忙去吧！」

玉竹招著黑鯊去了水缸旁邊坐著。如今的黑鯊已經不再是單純的狗，還是自己的救命恩人。

這麼冷的天，哪兒能讓救命恩人洗冷水呢，好在長姊鍋裡熬著蠔油，後頭的陶罐裡是一直都有熱水的。玉竹也不嫌麻煩，跑去打了熱水回來兌好，給黑鯊擦得乾乾淨淨。

「今兒真是多虧了我家鯊鯊，等一下我去生個火堆，給你烤蛇肉吃怎麼樣？」

黑鯊聽不太懂，反正蹭就對了。

玉竹摸了摸牠的頭，去找了兩根稍微有些長的樹枝，把先前地上散落的蛇肉塊都裝進了盆子裡，拿去清洗。洗乾淨了肉，她便去灶中挾了幾塊正燒著的柴火，在院裡生了個小火堆。

院子裡很快便飄起了一陣肉香。

玉竹對蛇肉無感，烤出一串便放到黑鯊的碗裡，一串接著一串，黑鯊吃得可滿足了。

「好香啊！」

聽到有人說話，玉竹回頭一瞧。原來是之前上過門的劉媒婆。

她進了院子也不去找長姊，卻直直朝自己這兒過來了。

黑鯊警惕地看著慢慢走過來的生人，喉嚨裡開始發出聲音警告。

「不許咬人，吃你的肉去。」

玉竹心不在焉地轉著手上的烤肉，不準備搭理這個媒婆。畢竟，她現在可是不聽話的小孩子。

「這是玉竹吧，這麼小手藝就這麼好，上回我瞧著也是妳在烤東西吃。」

敢情這人是饞了？

「這個，妳要吃嗎？」

劉媒婆心中暗喜，小孩子就是好哄。

「我倒是不介意嚐嚐味。」說著她便從玉竹手上將竹籤拿過來，迫不及待地咬了一口肉。

「還不錯，就是沒什麼味道，記得拿鹽水拌一拌。吃起來肉挺嫩的，這不是豬肉吧？」

玉容笑咪咪地把剁了丟在一旁的蛇頭撿起來，在劉媒婆眼前晃了晃。

「當然不是豬肉了。」

第四十五章

劉媒婆看著一個小人兒拳頭大小的蛇頭，在自己眼前晃啊晃的，腦袋都晃得暈乎起來。天，是蛇肉！反應過來的劉媒婆真是恨不得把腸子都吐出來，這小丫頭該不會是故意整自己的吧?!

玉容在廚房裡頭熬蠔油，先前聽到劉媒婆的聲音了，但是不想搭理她便沒出來招呼，只是這會兒聽著不對，必須出來瞧瞧了。

「這是怎麼了？」

劉媒婆張口想說話，一回頭看到玉竹手上的蛇頭，又是一陣噁心，半個字都說不出來。

「長姊，方才我正給黑鯊烤肉呢，這個婆婆說想嚐嚐味，就拿去吃。我也不知道她怎麼會這樣，明明她說這肉很好吃的呀。」

玉容憋著笑，半扶著劉婆子去一旁坐下，給她倒了碗水來。

「家妹還小，不太懂事，把給狗吃的蛇肉給妳吃了，真是不好意思。」

劉媒婆脹紅著臉，也不好說什麼，畢竟那是她自己去拿的。

一連喝了兩大碗水，她才算是緩了過來，趕緊說起正事。

她一個媒婆，上門當然是來說婚事的。這回她說的是古和村一戶人家，聽上去還不錯，家中獨子，有房有田還有船，給的聘禮還挺多，十個銀貝還是最少的。

這樣一個不靠譜的媒婆突然說了這樣好的一樁親，怎麼想都覺得有貓膩。玉容也懶得去想其中的彎彎繞繞，反正又不打算嫁，直接就拒絕了，而且還找了個絕佳的理由。

「上次怪我沒和妳說清楚，我們一家逃荒來的時候，和我娘走失了。儘管現在還沒找到，但家中長輩尚在，婚姻大事自然要先得了她的同意才行。所以家弟和我都說好了，除非找到了娘，不然絕不成婚。」

「那若是一直找不到呢？」

玉容瞬間黑了臉。「那便等年滿二十由官府直接配人便是。」說完她直接回廚房去，連招待都懶得招待了。

劉媒婆知道自己說錯了話，沒被轟出去已經很不錯了，茶水錢更是想都不要想。尷尬地坐了下，見沒人搭理她，只能悻悻地出了玉家。

玉竹瞧見人走了，立刻跑過去把院門閂上，結果被姊姊笑了一通。

「傻小妹，關了院門人家也知道妳在家啊，咱家這煙囪還冒著煙呢！」

「那不一樣，咱們關了院門就是不想被人打擾，有眼色的就不會來敲門了。」

話音剛落，院門口就傳來了拍門聲。

「多半還是那個討嫌的。」

玉容也是這樣想，所以沒有起身去開門。

姊妹倆不動，偏偏煙囪還冒著煙，任誰都知道她們家裡有人。

於是，門又被拍響了。這回，外頭的人還問了一句。「玉容姑娘在家嗎？」

姊妹一愣。這聲音怎麼有點像秦大人??

玉容拍拍衣服上的灰，趕緊起身去開院門。

「秦大人，真是您啊！快請進。」

「玉容姑娘，這才幾月不見，妳家這院子我都不認得了，蓋得真好。」

秦大人心裡是有些詫異的。他知道淮侯賞的錢很多，玉家也肯定會買地基建房子，但他沒想到，他們會建最貴的石頭屋。

這麼大的院子還有一間大大的石屋，恐怕淮侯賞的那點錢都花得差不多了。

嘖，這院子看上去真舒服，比自家的宅子都要好呢！秦大人心裡酸酸的，不著痕跡地看向身後的人，很是怨念。

玉竹趴在廚房的門口，將進院子的幾人看得清清楚楚。

秦大人這回不是一個人來的，不過他帶的不是魏平，而是一個略微圓胖的護衛和兩個小吏。

兩個小吏一進院子便很自覺地守在門口，沒有跟進去，就跟一棵青松似的，身形挺拔，氣勢傲人，和她在城裡瞧見的小吏可不一樣了。

玉竹想了想，轉頭進了廚房，在櫃子裡翻了下，抓了兩把小魚乾出來。這是她那天從城裡回來饞了，長姊給她炕的，又香又脆，好吃得很。

她走到門口，手一伸。「大哥哥，請你們吃小魚乾。」

脆生生的女孩聲音引得院子裡的幾人都看了過來。門口的兩個小吏沒有接魚乾，而是先看了下自家主子。

玉竹瞧得真切，兩個人先是瞧了眼那個有點胖的護衛，然後秦大人也瞧了他一眼，這才開口道：「小姑娘一番心意，收下吧。」

兩人這才接了小魚乾，道了聲謝。

玉竹甜甜地朝兩人露了個笑，轉頭跑去長姊身邊。

這個護衛，可不簡單呢！

「玉容姑娘，上回來，本官是給妳送增味粉的獎勵，這回來，妳可猜到了？」

玉容心頭一跳。莫不是秦大人又來送錢了?!

「大人……」

「正如妳所想的那樣，來，拿著。」

秦大人一點都不兜圈子，直接拿了個荷包出來，遞給玉容。那鼓鼓囊囊的樣子，看著一點不比上回少。

「這裡頭還是淮侯給妳的獎勵，蠔油賣得很不錯。尤其是妳發現的一樣新食物，能夠養活更多的人，還能為沿海漁民們增收，實在是大功一件。淮侯囑我再問問妳，可還有所求？」

有，當然有！

玉容捏緊荷包，就差那麼一點便將二妹的事說了出來。但她很快清醒過來，把話吞了回去。

她沒有把握，說出了二妹的身分後能保證秦大人絕對不會計較。
「大人這麼一說，民女倒真有一事相求。」
「何事？」
「民女一家當初逃荒時，和阿娘走散了，一直到現在都沒有消息。若是大人方便的話，希望能幫忙查查戶籍，看看有沒有一個名叫姚文月、年約三十四的婦人。」
查戶籍這種事對玉容來說難得很，但對秦大人來說，不過就是幾句話的事，也不用請示主子，自己就應下了。
「這事好辦，回去本官便吩咐下去，著人察看。有什麼消息，我再讓魏平來通知。」
「多謝大人！」
玉容拉著小妹，立刻跪下給秦大人磕了個頭。
若真能找到阿娘回來，磕頭算什麼，她還要給秦大人供個香案。
「大人，若是送獎勵的話，您隨便派個人便能送來了，如今卻親自來這一趟，可是還有什麼事？」
秦大人一聽就笑了。「玉容姑娘當真是聰慧。」
自從玉家後頭又出了蠔油後，他便一直覺得這玉家說不定還會有什麼驚喜，所以一直囑咐手下的人格外注意上陽村的動靜。
最近陶二叔帶著人砌灶臺，那麼大的動靜，自然傳到了秦大人的耳朵裡。恰好今日淮侯來了府衙，聽到這事便一時興起，想來瞧瞧為淮城做出貢獻的玉家人。

一則是為看人，二則是想來看看灶臺是何模樣。

「本官此次來的確還有其他事。聽說最近有個叫灶臺的好東西，又是從妳家這裡傳出去的。」

玉容一猜也就是為這個了。

「灶臺啊，的確是個好東西。大人不妨跟我去瞧瞧？」

她指了下廚房的位置，秦大人瞧了身旁的淮侯一眼，點點頭，帶著他跟在玉容後頭參觀灶臺去了。

其實灶臺這東西，明眼人一眼就能看出它比屋中火炕實用在哪裡。秦大人不笨，自然知曉這灶臺若是推廣開來，滿城的人都能受益。不過他心裡還是有些微微失望，大概是先前期待得太高了。灶臺和增味粉、蠔油的價值，完全不能比。

淮侯卻是瞧得津津有味。

「這是什麼？」

玉竹瞧過去，發現長姊正在和秦大人說話，這護衛的聲音又小，兩人都沒聽到，便自己湊了過去介紹道：「這個是石磨，用我們家蓋屋子剩下的石頭做的，拿來磨蝦粉、磨黍米粉可好用了。」

本來這石磨還能再大些，但敲石頭的匠人太不精心，敲錯了位置，後來便只能做成小小的石磨。

淮侯興趣盎然地上手試著推了推，兩塊石頭一動，轟轟聲立刻將說著話的兩人都吸引了過來。

「這樣乾磨看不出什麼來的，你等一下，我給你拿點東西。」

玉竹轉頭就去櫃子裡拿了個碗出來，舀了一小碗的黍米。

「喏，你抓一小把放到這個洞洞裡，再來推推看。輕輕推，別一下使太大勁，推五、六個來回便再放些米下去。」

淮侯真是沒想到，自己還有讓小娃娃教的一天。「小丫頭，妳怎麼懂這麼多？」

玉竹僵了片刻才重新露出天真爛漫的笑容來。「都是看著家中姊姊做的呀！」

淮侯沒再繼續說什麼，彷彿剛剛只是隨口一問。他聽了玉竹的話，放了一小把米到那石洞裡，再推了推石磨。

不過片刻，槽溝裡便撲撲簌簌地落下了粉來，若自己此刻磨的是一把炒乾的毛蝦……

淮侯心裡一想，便有些激動。這東西可是磨蝦粉的神器啊！他當下便給一旁候著的秦言使了個眼色。

秦大人立刻明白過來。這是又瞧上人家這石磨了。

「玉容姑娘，妳家這石磨可否割愛？」

玉容訕訕一笑，大人都開了口，不想割也要割了嘛。

「大人若是喜歡，真接拿去就是。」

秦大人搖搖頭，可不能占便宜，於是從袖兜裡摸了一個銀貝出來給玉容。

這石磨不大，一個銀貝應是夠了。

銀錢送了，灶臺也看了，現下還買了個石磨，秦大人想著是不是該回去了，結果一轉頭又看到淮侯跟著玉竹瞧狗去了。

不知那小姑娘說了什麼，堂堂侯爺居然一臉驚詫，簡直就像是個剛從深山出來的人。

「小丫頭，妳是說現在烤的這蛇肉，是我們來之前這狗咬死的？」

「當然啦，我騙你做什麼？還有，狗狗有名字，叫黑鯊。我也有名字，我叫玉竹。」

玉竹一點都不怕這護衛，即便她已經差不多猜到了對方的身分。她還想趁著這個機會搞好關係，畢竟見面三分情嘛，若是哪天二姊的事被人發現了，也有點機會轉圜。

「小玉竹，那這黑鯊妳賣嗎？」

淮侯眼巴巴地瞧著蹲坐在小姑娘身邊的黑狗，是真的想買下來。這狗的眼神，一瞧就不是普通狗能比的，而且還那麼聽話顧家，買回去放在宅院裡，想想都美滋滋。

「不賣，黑鯊就是我妹妹，換成你，你會賣掉你妹妹嗎？」

這丫頭還真是大膽，居然敢將自家人與狗相提並論，算了算了，君子不奪人所好。

幫著烤完最後一串蛇肉後，淮侯便打算動身回去了，卻不想小丫頭居然會開口留他。

「今日潮水退得晚，而且還是大潮，這會兒去海邊趕海正好呢！大人你們要一起去嗎？可以自己挖蛤蜊、抓螃蟹吃哦。」

淮侯轉頭看了下秦大人，有些意動。秦大人無所謂地聳聳肩，去不去還是看他自己的意思。

秦大人其實沒少往沿海的村子跑，退潮後也跟著村民去海邊撿過海貨，新奇是挺新奇的，但杯水車薪，每次撿的那點海貨只夠餬口，並不能幫助漁民致富，後來也就沒什麼興趣再去了。

但，淮侯沒有去過幾次，想來是非常有興趣的。

「那就去瞧瞧。」

淮侯念頭一起，便有些迫不及待，玉竹讓他拿籃子他便拿籃子，讓他提罐子，他也乖乖提了罐子，當真是親民得很。

秦大人也找玉容拿了籃子，準備去海邊抓點東西帶回去晚上給妻兒吃。城裡頭雖然不缺海貨，但自己抓的自有一番心意在，旁人是比不了的。

五人一狗很快拿好了東西，出發去海邊。

玉容還要熬蠔油便沒跟著去。反正有好幾個人在，玉竹跟著大人沒什麼安全問題，她並不怎麼擔心。

為了不打擾村民們趕海，秦大人提議他們走遠一些，免得村民們不自在。大家都沒意見，於是五個人開始沿著沙灘往右走。

玉竹那小短腿還沒走幾步就被人抱了起來。她以為抱她的會是小吏，沒想到竟然會是那個有點胖胖的護衛。

如果他真是自己猜想的那個人，那他來抱自己，還真是難得。

「我可以自己走的。」

「妳走得沒我們快，而且妳太小了，一點都不重。」

淮侯心裡其實挺感慨，聽說這玉氏一家都是逃荒來的，他也見過一些難民，知道是什麼樣子。一想到懷裡的小娃到了淮城後，在自己的治理下，如今養得白白胖胖，心裡便格外開心。

父王總說自己無用，可見是他錯了。

五個人走了差不多一炷香時間，終於將村民們遠遠甩在了身後。隔著彎彎繞繞的海灘，互相都瞧不見，也就不會那麼拘束。

秦大人已經自顧自開始刨起了蛤蜊，玉竹便不管他，先拉著那個胖護衛去瞧長在礁石上的海蠣是什麼樣子，接著又帶他去抓石頭縫裡的螃蟹。

這些東西，平時高坐在府裡的淮侯哪裡懂得，兩人玩得興起，不知不覺便找得遠了。

玉竹平時沒有來過這塊沙灘，而且今日退的是大潮，這塊地也是鮮少露出來，不知道這一塊到底有什麼東西，只能自己慢慢摸索。抓了幾隻螃蟹後，她覺得有點不太對勁，這塊海灘居然都沒什麼好貨，蛤蜊什麼的也少得很。

照理來說，大潮退得很遠，海底的物資該更豐盛才是。

咦，前邊那些石頭上……

玉竹呆呆地看著一顆又一顆的鮑魚，彷彿聽到了銀貝、金貝在荷包裡打滾的聲音。

這些鮑魚也不知道是多少年的，一個個長得好大，最小的都有她兩個巴掌般大小。

趕緊撬！等一下漲潮了，下次再想來就得半個月後了。

「走走走，咱們撬鮑魚去！」

淮侯呆了呆，沒反應過來。「什麼鮑魚？」

玉竹一時也不知道該怎麼解釋，扯著他先跑了過去。

「先撬，撬完了，等一下回去再跟你說。」

光他一個人不夠，玉竹還喊了幾聲，把秦大人也叫了過來，幾個人一起撬。

玉竹最先撬下來了一個，仔細看了看，確認是鮑魚沒錯。

淮侯也撬下來一個，不過他似乎被會動的鮑魚肉嚇到了，一撬下來便扔進了玉竹的籃子裡，還非常嫌棄地唸叨著鮑魚肉和蝸牛看上去差不多，黏黏糊糊的還會蠕動，自己是絕對不會吃。

然而一個時辰後，看著桌上的蒜蓉鮑魚、豬油烤鮑魚、土雞鮑魚湯，淮侯很是不爭氣地嚥了嚥口水。

第四十六章

「秦大人難得在這兒吃頓飯，只是民女手藝粗鄙，要讓大人見笑了。」玉容放下最後一道菜，抱著妹妹站到了一旁，準備等一下帶小妹去廚房吃點。

淮侯盯著那一桌子菜，簡直有些懷疑人生。

十幾道菜，這叫手藝粗鄙？瞧瞧這蝦這魚這菜，還有湯，至少有一半的菜色，就連他自己都是沒見過的。

桌上兩個人，誰也沒有動筷子。

「玉容姑娘，坐下來一起吃吧！妳才是主家，怎好我們坐著，妳卻站著。這又不是在府衙裡，隨意些即可。」

玉容也不矯情，反正和秦大人也算是相熟了，一桌吃就一桌吃。

淮侯很是怨念，一個勁兒地使眼色給秦言，希望他先動動筷子，畢竟他現在可是這裡官最大的人。不過秦大人假裝沒有瞧見，人家主人家都沒動筷子他先動筷子叫什麼事。

玉竹抱著自己的飯碗將兩人的眉來眼去瞧得清清楚楚，心裡挺樂的。之前沒到淮城的時候，總是這也擔心、那也擔心。最怕的就是遇上貪官污吏，可現在瞧下來，秦大人當真是極好。

這位很有可能是淮侯的護衛，性子也很不錯。看在他今日幫著自己撬了那麼多鮑魚的分上，玉竹大發慈悲。

「長姊我餓了，我要先吃啦！」

說完也不管長姊允不允，拿筷子挾了菜開始吃。這幾個月在她潛移默化的引導下，長姊的廚藝越來越純熟，花樣也越來越多。這一桌子菜除了以前常見的蒸菜、湯羹類，其他的都是炒菜、燒烤。

一見玉竹動了筷子，玉容也坐到桌上，秦大人和淮侯二話不說也拿了筷子開動。

蒜蓉蒸的鮑魚最受歡迎，秦大人吃了一半，淮侯吃了另一半。玉竹手短，挾不到那麼遠，等她想起來去挾的時候，盤子裡已經只剩一點蒜蓉墊底了。還有長姊炒的小白菜、爆大蝦，除了蒸的兩條魚沒怎麼動，其他的幾乎可以用風捲殘雲來形容。

秦大人吃得有些撐了才放下筷子，瞧見桌上那幾個空盤，便是臉皮再厚也有些臊得慌。他轉頭去瞧淮侯，發現他居然還沒吃飽，又舀了一碗鮑魚雞湯。

也不知這玉家姑娘是如何做菜，竟比淮侯府裡的廚子做得還要好吃。若是自家冬婆也有這手藝……秦大人眼睛一亮。

「玉容姑娘，府衙裡有份廚娘的差事，不知妳有沒有興趣？」

淮侯一聽，暗罵秦言奸詐，雞湯也沒胃口喝了，連忙也邀請道：「府衙太亂了，還不如去我們淮侯府上，工錢又高，還清閒。」

玉容狐疑地看了看他倆，很是疑惑。「這位大人不是秦大人的手下嗎？」

秦大人尷尬地咳了兩聲，解釋道：「他叫小萬，是淮侯府上的護衛。畢竟我身上帶著淮侯給的賞銀，有他護衛，淮侯才放心些。」

玉容被糊弄了過去，笑著拒絕了廚娘的差事。玉竹卻沒那麼好糊弄。萬乃國姓，可不是一般人能用的，儘管秦大人說他叫小萬，但玉竹確定，這人就是淮侯無疑了。

於是等他們吃完了飯，玉竹便跑去自己放龍涎香的地方，刮了那麼一小坨下來，用了最簡易的法子點了香。

本以為淮侯和秦大人兩人不識貨，會先好奇這是什麼香，自己再乘機推銷一番。結果沒想到她才剛點上那麼一會兒，就瞧見淮侯一臉興奮地朝她走了過來。

「小玉竹，妳點的這東西哪兒來的?!」

玉竹手一抖，心裡怦怦跳。瞧著這淮侯是個識貨的呀！

「這是我在海灘邊撿的，很香吧？」

「海邊撿的……是了，就是海裡頭的！」

淮侯激動得臉都紅了。

方才他一聞到這香氣就想起來，曾在父王宮中聞到過幾次，聽說是極為難得的香料，也是唯一能緩解父王頭風之症的香。可惜王宮裡所存不多，那還是先王之前留下來的，用到這幾年，已經不剩什麼了。

年少時，他想討父王歡喜還想去尋，結果打探了許久也沒找到一絲半點，只打聽到是海裡的寶貝，但是幾乎沒有人見過。

沒想到，那樣難尋的寶貝居然讓自己給碰上了！

「小玉竹，這香多嗎？能不能拿來給我們瞧瞧？」

玉竹眨了眨眼，突然覺得自己那三百賣得好虧。若是拿回來，就淮侯這架勢，還不知道要賣多少。

「我去拿。」

淮侯眼巴巴瞧著，真是恨不得跟著小丫頭一起進屋去看看。秦大人跟在他後頭，丈二金剛摸不著頭腦。

「侯爺，那是什麼東西啊？瞧您這興奮的勁，小公子出生那會兒都沒見您這樣。」

「哎呀，你不懂，反正是好東西就對了！」

淮侯一點都沒有要解釋的意思，瞧見玉竹出來便迎了上去。

「這、這麼大?!」

王宮裡的那塊，早些年他瞧見的時候也就鴿子蛋那麼大，被父王當成寶貝一樣放在床頭的暗格裡。

眼前這塊不知比那鴿子蛋大了多少，父王若是瞧見了，定然歡喜！

「小玉竹，這東西賣我吧，我給妳好多錢。」

玉竹搖搖頭，不太相信的樣子。「秦大人不是說你是護衛嗎？護衛哪兒有多少錢？我這可是寶貝，價錢少了才不賣。」

「放心，就算我沒錢，秦大人他也有的。秦大人，對不對？」

淮侯踩了秦言一腳，秦言哪敢說個不字，連忙附和道：「是是是，他若不夠，我再添上。」

「好吧，既然秦大人都這樣說了，那你開個價吧。」

玉竹將那塊龍涎香放到桌上，一臉期待。

淮侯因為興奮過頭，有些迷糊的腦子這時才慢慢清醒過來。他真是糊塗了，居然跟個才幾歲的小娃娃談買賣，這事得跟她長姊談才是。

「小玉竹，這事妳可做不得主，去把妳長姊叫來。」

「不用啦，長姊說了，這是我撿回來的東西，賣不賣、賣多少都由我自己說了算。」

玉竹無比慶幸自己有這樣一個疼她、信她的姊姊，若是陶木撿了這東西，只怕摸都摸不著一下就讓陶二嬸賣了，而且他自己還拿不到錢。

嘿嘿，還是自家姊姊好。

淮侯有些不太信，轉頭去瞧院子裡的玉容。玉容也聽見他們說的話了，沒拆小妹的臺。

「大人若是要買，直接跟玉竹談便是，我是不管她這些的。」

「秦大人，你們願意出多少呀？」

玉竹把那龍涎香往自己這邊拖了拖，大有再不開價她就拿走的樣子。淮侯哪能讓她拿走，連忙一隻手摁了上去，開價道：「兩千銀貝如何？」

兩千銀貝，和玉竹估算的價錢雖然還有些距離，但比起之前香料鋪子裡給的幾百銅貝卻是高得多。

方才還說著不管妹妹的玉容，一聽兩千銀貝，嚇得盆都丟了，趕緊坐了過來。

「秦大人，方才我沒聽錯吧？這位小萬大人說要花兩千銀貝買這塊香？你們是不是弄錯了什麼，它只是塊香料而已。」

秦大人很迷茫，明明不是他要買的東西，怎麼什麼都要來問他？可他對這塊香的了解，比玉容知道的還少呢！

「沒有弄錯，這東西值這個價錢。小玉竹，怎麼樣，賣嗎？」

淮侯已經有些迫不及待想抱走這塊香料。

玉容扯了扯妹妹，又開始瘋狂暗示她賣掉。

「不賣。」

三人一愣。

「為何不賣？」

「當然是嫌價錢低了呀！」

玉竹一副理直氣壯的表情叫玉容捂著心口，險些沒喘上氣來。

「小妹，不許胡鬧。」兩千銀貝，這是多大一筆錢。她現在都開始心疼起之前那才賣出三百銅貝的一小截香料了。

「長姊，我沒胡鬧，兩千銀貝肯定賣少了。」

玉竹一雙大眼望著淮侯，就等著他開口。

淮侯倒沒覺得什麼，這東西本來就金貴，還能緩解父王的頭痛，千金都不為過。只是他囊中羞澀，也是近幾個月才稍稍寬裕，後頭還賞了一大筆錢給玉家。現在家底薄得就只能出得起這幾千銀貝了，說不得回去還要同夫人借上些許。

「那三千如何？」

這回玉竹倒沒一口回絕，反而痛快地答應了下來。淮侯欣喜若狂，立刻準備出去教人快馬回城裡取錢。

「欸，等等，讓他取一千五就好了。」

「一千五？」

淮侯有些摸不著頭腦。這小丫頭方才還堅持兩千不肯賣，這下又突然砍掉了一半。

「這香料，我只賣你一半，另外一半，是我送給淮侯的。畢竟我們一家能在淮城安然度日，全賴淮侯治下有方。」

這話怎麼聽著那麼不對勁。淮侯莫名感覺自己被一個孩子戲弄了，卻又拿不出證據來。一千五買下一半，另一半還是自己的，想想還是自己賺了，沒有理由不同意。

於是門口的其中一名小吏很快消失了，而那塊香料也如淮侯所願，進了淮侯的懷裡。

「小丫頭，妳是不是瞧出什麼了？」

玉竹摸著黑鯊的手一頓，仰起臉，又是一張天真無邪的面孔。

「瞧出什麼？瞧出你沒有多少錢嗎？」

秦大人很不厚道地笑了，然後收到了一記白眼。

也是，若不是淮城賣增味粉和蠔油的錢大多讓秦大人要走了，淮侯今日也不會這樣窘迫，只能拿個兩、三千銀貝出來。

「玉竹啊，這香很貴的，妳卻送了一半給淮侯，需不需要我幫妳去討些獎勵？」

秦大人不說還好，一說，玉竹還真想到了。

「大人，您能幫我向淮侯要個牌匾嗎？他親手寫的那種。」

淮侯詫異地挑了下眉。這小丫頭居然跟自己想到一處去了。方才他囑咐手下回城裡頭拿銀錢的時候，已經囑咐了人去自己書房，將自己新製的那塊匾額拿來。

秦言兩次出入玉家，外人很容易就猜到玉家又得了賞銀，難免會有些錯了主意的盯上這一家。自己賞的匾額往他們家門口一掛，還是能夠震懾一些人的。等他回了府，再送個會功夫的丫鬟來，諒那些宵小也不敢再打什麼主意。

玉家和他有緣，或者說是他的福星也不為過，這才短短半年，已經讓他獲利無數。雖然賣的銀錢都被秦言那傢伙要走了，但也變成淮城的兵器、淮城的城牆，會讓淮城一日強過一日。

還有這塊香，父王瞧見了必定大喜。自己不在跟前，父王便會恩賞母親，這樣母親日子也能好過許多。

「小萬叔叔，你覺得呢？」

「啊，小萬叔叔？哦！是我，我覺得很好，說不定淮侯得知妳要送他一半，待會兒便會賞個匾額給你們了。」

聽這意思，淮侯方才吩咐人的時候就已經教人準備了？

明明是一方霸主，可以直接把龍涎香要走，自家勢微，自然不敢有什麼怨言，但這淮侯卻好聲好氣跟著自己講價錢，一點也沒有惱怒的意思。見微知著，淮城在他的治理下，絕對會越來越好。

吃過飯，下午就閒了，海邊潮水已經漲上來。這麼冷的天，風又大，一般都不會有人去海邊。

秦大人和淮侯還等著城裡拿錢來，於是很是自覺地幫玉家姊妹幹了不少事情。

玉竹想著淮侯要送自家的牌匾，也不知道會是什麼樣的字……嗯？字?!她這才反應過來，自己在這兒居然是個文盲！

這就有些難辦了。村裡是沒有學堂的，她想學字的話，大概只能跟長姊學，但長姊會的也不多，學得最多的就是數字，這些自己都記得差不多了。

這個時代的字和現代完全不同，她就是想認字都認不出來，頭大得很。

「小萬叔叔，左右你們無事，教我學幾個字吧！」

「嗯？妳要學字？」

淮侯還是頭一回遇上這麼大的小姑娘說想學字，想想自家那瘋丫頭，成天就想著玩，莫名有些酸。

真可惜了，不是自家的娃。

「妳想學什麼字呢？妳的名字？」

玉竹搖搖頭。「名字我都會。」

家裡的戶籍她都看過好多遍了，長姊、二姊的名字還有好些字，她都是認識的。

淮侯想了想，決定從教兒子習字的順序來教玉竹。不過想來也教不了幾個字，當初桓兒初識字，從早上習到晚上，直教得他火冒三丈也才一共會了三個字。

他已經做好了準備，一定要在小姑娘面前穩住脾氣，學不會也萬萬不能發火。

結果……

為什麼這丫頭，僅僅一個時辰便學了上百個字?!

難道夫子們口口聲聲誇讚聰穎的桓兒竟是個笨蛋不成？

第四十七章

傍晚回了府邸的淮侯，瞧著飯桌上那正猛扒飯的小兒子，真是越瞧越不順眼。

「桓兒，今日可有認真聽夫子授課？」

一聽到夫子還有授課，扒飯的小人兒立刻僵住了身子，好半晌才找回了自己的聲音。

「好像，有點認真。」

淮侯頓時就氣笑了，但又做不出在飯桌上訓斥兒子的事，只能一拍桌子，拂袖而去，嚇得侯夫人一碗湯都灑了大半。

「桓兒，瞧你這說得什麼話，我若是你父親，也是要生氣的。」一旁的小女孩學著父親的模樣，輕輕一拍桌子，恨鐵不成鋼地道：「桓兒，罰你今日抄字十份，寫不完不准睡覺！」

「長姊。」小人兒很是委屈地擠了兩滴眼淚出來。

侯夫人喚人來收拾了桌面，又叫來自己的陪嫁嬤嬤。

「去前面打聽打聽，侯爺白日裡去哪兒了，我瞧著有些不太對勁。」

聽了後頭嬤嬤打探回來的消息後，侯夫人頓時明白過來，侯爺應當是在上陽村遇上什麼聽話的孩子。

晚間歇息時，她便忍不住開口問了。結果像是打開了淮侯的話匣子，一發不可收拾。

「妳不知道，那小丫頭多機靈，還會同我講價。她還懂得什麼時候漲潮，什麼時候退潮，知道海邊的各種海物。又懂事、又聰明，會幫姊姊幹活，會幹各種家事，而且她僅僅一個時辰便學了桓兒兩個月才能學完的字。」

恐怕最後這一句才是重點吧？

「一個才四歲半的小姑娘，當真如你所說這般聰慧？對了，你回府時不是同我說，要給我看個好東西？東西呢？」

「差點忘了。」

淮侯連鞋子都忘了穿，興沖沖地跑到案桌前，抱了個盒子回來。

「夫人，咱們元日的獻禮便是它了！」

「這是什麼？」

侯夫人自小便同父親居住在北武，嫁給淮侯之後才出入了王宮幾次，沒多久又和淮侯被發配到了淮城，她對盒子裡的東西是半點不識。

「這是一整塊香料，叫什麼我也不太清楚，但它絕對是個寶貝。先不說它出自海裡，碰上全靠機緣，單是它能緩解父王的頭風，就足夠珍貴了。父王若是看到咱們這回獻的禮，必定欣喜。」

一聽到是能治他爹頭風的香料，侯夫人不以為然地翻了個白眼。她這個夫君千好萬好，就是有些愚孝。

他爹當年是如何過河拆橋地對待自家爹爹的，又是如何對待王宮中的婆母，侯夫人都記得清清楚楚。她最討厭的便是王宮中的那位。

「既然這樣寶貝，你且收好吧，我是不耐煩看的。」淮侯心頭一瓢涼水澆下來，想起夫人並不怎麼願意聽到父王的事情，只好悻悻地把盒子放了回去。

和淮侯相比起來，秦大人就要幸福多了，一回家便有妻子元氏噓寒問暖，各種體貼。女兒雖還在牙牙學語，但黏他得很，讓他心裡很是快活。

「元嘉呢？還在看書簡？」

元氏搖搖頭，小聲道：「今日說是有些頭疼，喝了藥，早早就躺下了。」一聽兒子生病了，秦言不放心地去他屋子裡看了看，見他睡得挺好，也沒發燒，這才放了心。

「天涼了，夫人自己也要多注意些，別著涼了。」

元氏一笑，對夫君的囑咐很是受用。晚間夫妻倆熄了燈歇息，也說起了玉家的事。聽到玉竹那樣聰慧，元氏羨慕極了，甚至還想接玉竹來家中玩一玩。

只是女兒現下還小，連個話都說不清楚，接了人家來，到時候連個玩伴都沒有。兒子嘛，性子又皮，也指望不了他能坐下來陪客，想想還是算了。

此時，天已黑透了，玉家門口卻依然有好些個村民來來往往。他們都是來看淮侯親筆寫的那塊匾額的。雖然油燈微弱，看得並不怎麼清楚，但一點不影響村民們的熱情，畢竟村裡好多年沒出過這樣大的風頭了。

這可是淮侯親筆字做成的匾額！淮侯是誰，掌管著整個淮城的人，一般人見都見不到一面，現在居然能瞧見他的字，大家自然是要來看一看的。

玉容姊妹勸了又勸，反覆保證明日牌匾還在，眾人才慢慢散開，各自回了家。

關上門回到屋的第一件事，當然是數錢了。

玉竹得的那一千五銀貝被換成了金貝，不過還有五百銀貝的零頭，仍舊是滿滿一小匣子。

玉玲只覺得自己彷彿是在作夢。只是一個白天不在家，回來就又是牌匾、又是賞錢，還有小妹海邊撿來的香料，居然賣了一千五百個銀貝！

不等她回過神，玉容又把荷包裡捂了一天的賞錢拿出來往床上一倒。

「是金貝啊！」

姊妹仨一數，倒抽了口涼氣。五個金貝加上小妹賣了香料的，如今家裡可說是村中最富的人家了。

玉容想的第一件事就是讓二妹去辭了陶二叔那兒的活。

其實陶二叔砌灶臺的活，他自己一家就已經完全夠人手了，只是因著要照顧自家，才帶著二妹。

儘管陶二叔平時已經很照顧妹妹，但那怎麼說也是體力活，若不是家中無甚進項，她也不會同意二妹跟著一起去。

現在家裡有錢了，得先帶著兩個妹妹去趟城裡，找個好郎中把把脈，瞧一瞧身體的毛病。尤其是二妹的寒症若是不徹底治好，日後子嗣艱難不說，人也要受罪。

玉玲一個人哪兒說得過兩張嘴，尤其是小妹癡纏功夫了得，最後還是妥協了，同意先辭了陶二叔那兒的活，去城裡找個郎中看看身上的病。

「明日我再做最後一日，然後再跟陶二叔說。」

「就這麼說定了。」

當然，玉容沒有那麼魯莽在第二天就帶妹妹去城裡。

淮侯這般高調地賞了牌匾，即便是知道自己得了很多賞錢，村裡的人也沒什麼人敢動心思。但出了村子，那就不好說了。

正好魏平再過兩日就會來村裡，她打算到時候跟魏平一道去城裡；有魏平在，路上也會安全很多。

結果玉容才想著魏平，第二天他就上門來了。只是這回，他居然是帶著一個姑娘來的。

姊妹仨大眼瞪小眼，看著魏平身邊那冷著一張臉，手裡還抱著一把劍和一個包袱的姑娘，沒明白過來是什麼意思。

魏平把人往裡面推了推，順手關上院門，這才解釋道：「這是淮侯府上的二等護衛，名叫鍾秀。淮侯說她功夫不錯，借給你們些時日。有她在，出入安全是沒問題的。」

玉容一聽是護衛，簡直受寵若驚。「護衛姑娘……」

「叫我鍾秀。」

「好的，鍾秀姑娘，我們家小門小戶，實在用不著護衛，要不妳還是回去保護侯爺吧。」

玉容剛說完話，鍾秀轉頭便走，也不見她開院門，這麼縱身一躍就上了玉家的牆頭。

玉竹差點沒笑出聲來。

那牆頭自從發現有人偷東西後，就插了好多磨得又尖又利的海蠣殼，即便是穿著鞋子，也不會好受。她剛剛分明瞧見鍾秀站上去後，咧了下嘴。

玉容還以為她是要走了，沒想到鍾秀只是站在牆頭，一動不動，沒有一點要離開的意思。

「魏平，這……」

「妳放心收下吧，她帶著任務來的，妳不要，她又不能回去，難道讓人住院牆上嗎？」說完又湊近了玉容跟前，小聲道：「淮侯夫人不喜淮侯身邊有女子，她在府裡也不得看重，留在妳這兒也是好事。」

玉容點點頭，表示明白了。

「鍾秀姑娘，妳下來吧，我帶妳去看看房間。」

正騎虎難下的鍾秀聽到這話，順著臺階下來了。侯爺讓自己來保護的這家，看條件還真是不錯，難怪擔心小人眼紅。

「鍾秀姑娘，這間屋子是新砌的，所以什麼都沒來得及準備，等一下我把被褥拿過來，妳先住這兒。」

「住哪兒都可以。」

玉容轉身出了屋子，魏平也跟在後頭出去，屋子裡就只剩下玉竹和鍾秀。鍾秀在屋子裡轉了轉，發現還有個小人兒。

這小娃娃生得和府裡的桓公子一般大小，雖不如桓公子白嫩，但也極為可愛，渾身還透著一股伶俐勁兒。

她在打量玉竹，玉竹也在打量她。

畢竟日後至少有幾個月要和這位鍾秀姑娘朝夕相處，當然要盡快弄清楚她的為人。

除了臉頰上一道傷疤瞧著有些凶凶的，其他的倒是沒有什麼問題。

不等她再細看，長姊已經抱著被褥進來了，忙活了一通，這屋子才算整理好。

玉竹在一邊看著，那鍾秀不是個自大的，長姊幫她鋪弄床鋪，她也會幫忙，地也是自己掃的。這樣也好，若真是來了個大爺，那才頭痛。

魏平瞧見鍾秀已經安穩住下，再不捨也只能和玉容道別，回去覆命。兩人約好了，三日後他再從城裡來接玉家姊妹去城裡。

等他一走，玉家院子裡頓時安靜下來。

玉容對護衛這樣的人是又敬又怕，自是不敢去打擾。玉竹才不管，仗著自己還是個小孩子，上去就抱大腿。

「秀姊姊，妳今年多大了呀？秀姊姊。」

鍾秀一時說不清心裡頭是什麼滋味，等反應過來的時候，手上已經抱了個娃。

「我、我也不知道自己多大，管事的說我應該是十八歲左右。」

不知道自己的生辰，那便很可能是從小沒有家人。玉竹怕戳到她的傷心事，趕緊轉移了話題。

「那妳會在我們家待多長時間呢？」

「這個侯爺也沒告訴我，只說讓我住過來，仔細護著。」

說實話，鍾秀還真沒看出來，為什麼侯爺會對這玉家如此看重。她心裡本是不願的，但現在嘛……

「秀姊姊，妳是不是很無聊，想做點事情？」

「是有些無聊，不過我的職責是保護你們一家，就是這樣。」

「妳在屋子裡頭多悶啊，要保護，也得在身邊不是？」

此話有理。於是鍾秀抱著玉竹踏出房門，朝玉容和那堆海蠣走去。玉竹平日在家都會幫長姊撬海蠣，今日也不例外，一到海蠣堆旁邊便掙扎著下地。

鍾秀就見小娃娃朝自己招了招手，然後她也不知道怎麼回事，就跟著拿起了一塊海蠣。

「秀姊姊，妳看我。」

鍾秀立刻被吸引過去。她真是作夢都沒想過，管事的交給她拿來捅人的匕首，有一天會被她拿來撬海蠣。

一個不得重用的護衛，每日在府裡除了練武就是練武，她又是個女子，交好的護衛沒有幾個，能說上話的人更是少之又少。玉竹對她的熱情，讓她無法抗拒。

才一個上午，鍾秀便已經融入玉家，玉容口裡的「鍾秀姑娘」也變成了親切的「阿秀」。

「阿秀，桌子收拾一下，馬上吃飯了。」

早就聞到香味的鍾秀嚥了下口水，趕緊把桌子上殘餘的海蠣殼都掃到了地上，還拿了抹布將桌子擦了一遍。

侯府裡頭，護衛們吃得其實很好，每人一頓可以打兩碗黍米飯，兩塊巴掌大的蒸肉，還有魚湯。但她吃過那麼多次飯，沒有一頓有玉家這樣香的。

「走，秀姊姊，咱們去端飯。」

玉竹推著鍾秀一起去了香氣四溢的廚房。

玉容本是要熱些昨日的剩菜對付一日的，但臨時來了新人，總不好教人吃剩菜，所以她又特地做了兩道菜；一道是秦大人十分喜愛的蒜蓉蒸鮑魚，還有一道菜是酥炸小黃魚。

鍾秀眼睛都看直了。

這是什麼，那個是什麼？她怎麼幾乎都沒見過這些菜式？出去都不好意思說自己是淮侯府的護衛了，哪有這麼沒見識的護衛。

鍾秀只吃了一筷子就再也不想回去吃淮侯府的飯。毫不誇張地說，跟這裡的飯菜比起來，淮侯府的飯菜簡直就像是餵豬的。

淮侯心裡也是這樣想，挾了一筷子清湯寡水的小白菜丟進嘴裡，只覺味同嚼蠟。

他又想起昨日在玉家吃的那蒜蓉鮑魚、烤鮑魚，還有香濃的鮑魚雞湯，嘖，想想就讓人流口水。

「夫人，能否從廚房撥個人手與我？」

「侯爺既是要人，自然是可以的。不過侯爺要廚房的人做什麼？」

第四十八章

「是這樣。昨日我不是去了趟上陽村嗎？在那兒吃了一頓飯，當真是美味極了。可是沒有夫人同我一同品味，總是遺憾，所以我想遣個廚房的人去上陽村學學，再做給夫人一起品嚐。」

侯夫人一聽，心裡真是如同吃了蜜一般。

「侯爺有心了，待會兒我便讓楚嬤嬤將人帶到前頭去。」

小燕翎一聽有好吃的，碗裡的飯頓時就不香了。「我也要去！」

「胡鬧！妳給我待在家裡好好學寫字，學學禮儀。沒見妳母親都不樂意招待別家夫人了嗎，都是讓妳給鬧的。」

淮侯板著臉，看上去挺凶的樣子，但燕翎一點都不怕，她知道在家裡誰說話才是最管用的。

「母親，妳就讓楚嬤嬤帶我去看看嘛，我都好久沒出過府了，外祖父可是叫妳帶我常出去開開眼界的。」

侯夫人本想拒絕，一聽到女兒提到父親，想到自己孩童時候那幾乎不著家的樣子，好像確實是有些拘著女兒了。

「夫人，翎兒的教養嬤嬤可是好難得才請來的，她的脾氣……」

聽了夫君的提醒，侯夫人立刻反應過來。

「是，岑嬤嬤可不好請。翎兒快些吃飯，吃完該去岑嬤嬤那兒了。」

最終，燕翎也只能噘著嘴，不情不願地坐了回去，不過心裡卻還是不老實的。

等到吃完飯，聽到自己著下人打探來的消息，知道父親、母親都出了門後，燕翎那顆蠢蠢欲動的心立刻活泛起來。

她趁著如廁的機會偷跑回房間，換了一身不怎麼起眼的衣裳，溜到了後門。

下人要出門，必定是從後門走的。燕翎躲在牆邊，看著廚房的人抬了很多菜肉出來，都放到了一輛牛車上。幾個菜筐中間正好有點縫隙，能讓她側躺下去。瞅準機會的她趁著車伕去拿草餵牛，飛快地爬上了牛車，從每個筐裡扯了點菜葉子蓋到身上。

車伕搬好了東西也沒去檢查，等著廚房的人一來便一揚鞭子，出發了。

這不是燕翎頭一次偷偷跑出去玩，所以她也不害怕。反正回去頂多被父親訓上一頓，有母親在一旁幫忙說話，最嚴重也不過是跪上半個時辰，她才不怕。

只是這牛車怎麼這樣抖??顛得她身上好難受啊。

「蔡嫂子，坐穩了，開始走小道了。」

聽到車伕的話，燕翎很是迷茫。她不明白什麼是小道。

不過，接下來她就明白了，小道就是會顛到她想哭的泥濘小路。

「昨晚半夜下了場雨，路都不好走了。蔡嫂子這麼急去上陽村做什麼？」

「我啊，是奉侯爺的命令，去上陽村找一家姓玉的人家學菜式的。聽侯爺說那家的菜真是好吃得不得了，尤其要我學會什麼蒜蓉鮑魚、油爆大蝦，我聽都沒聽過。」

本來還想著跳車回去的燕翎一聽這些菜名，立刻又息了心思。

能讓父親讚不絕口的菜式，她也要去嚐嚐。不就是路上顛了些嘛，她可是大司馬的孫女，這點苦還是能吃的。

接下來的一路，燕翎當真是一聲不吭地忍了下來，甚至還睡了一覺。

等她醒來的時候，車已經停了，車伕不見了，廚房的蔡大娘也不見了，此時不跑更待何時。

燕翎掙扎著爬出來，下了車拔腿就跑。跑著跑著，覺得不太對勁，她不是來跟著嚐美味的嗎？怎麼一個人出來了。

「走走走，退潮啦！等一下去晚了，好東西都被他們撿完了。」

兩個大娘正提著籃子有說有笑地走過來，燕翎忍不住攔下她們問。

「妳們要去撿什麼好東西呀？」

「當然是撿海裡的好東西，退潮了，海灘上到處都是寶貝。」

「春花，妳跟個小孩子說什麼，咱們快些走吧。」

旁邊的大娘一拉，兩人便拎著籃子走了。聽到她們是去海邊，燕翎下意識跟了上去。

她早就聽說過大海無邊無際、很是壯觀，卻一直沒能看到。父親總說下次下次，可這都兩年了，也沒見父親帶她來過一次。

今日她可以自己去親眼看看了。

燕翎興奮地跟在兩個大娘身後，很快就看到了掛念許久的大海。

真的和父親說得一模一樣。一眼望去都看不到頭，滿眼都是湛藍的海水，實在是太美了！

燕翎不想往人堆裡擠，挑著人少的地方找了塊石頭坐下來。她打算在這兒好好歇一會兒，賞賞景。

豈料剛歇了沒一會兒，就發生了意外。

她察覺到有什麼冰涼刺骨的東西纏住了自己的腳脖子，低頭一瞧，頓時嚇得魂飛魄散──一隻長著好幾隻腳的怪東西黏到了她的身上。

「救命！」

一聲極其悽慘的叫聲響遍了整個海灘。

周圍的村民聽到這聲救命都朝燕翎走了過來，待他們看清了纏在燕翎腳腕上的東西時，全都笑了。

一個眼疾手快的大娘搶在眾人前頭把那隻章魚扯了下來，放到了自家簍子裡。

「好東西呀！今兒運氣真好。」

瞧見章魚沒了，圍上來的村民們又漸漸散開，沒有人關心被嚇到的燕翎。

玉竹本來也要轉身走了，可她瞧著那和二毛差不多大的小姑娘慘白著一張臉，不停發抖的樣子實在可憐，一時不忍。

「妳別怕，那只是隻章魚，和咱們平時吃的魚是差不多的，就是長得不太一樣而已。」

「章、章、章魚？魚？」

燕翎心中的驚懼稍稍緩解了一點，但只要一回想起方才腳腕上那冰涼黏膩的觸感就渾身發毛，不敢下地。

玉竹安慰了她好一會兒，燕翎總算沒那麼害怕，也敢下地了。不過她哪兒也不願意去，就要跟在玉竹後頭。

「小姊姊，妳還是去找妳的家人吧。我馬上要跟船出去呢，不方便帶妳。」

她不說還好，一說燕翎真是死活不走了。

「跟船？我還沒有坐過船呢！好妹妹，妳帶我一起吧，求求妳了，我母親要下午才來接我呢，妳就帶我一起去吧。」

燕翎從小嬌養，那模樣自然是不必說了，撒起嬌、求起人簡直比玉竹還磨人。若是一般的事，玉竹興許就答應了，可上船一出去就是一、兩個時辰，這姑娘身邊又沒個家人、朋友的，等一下她家裡人找過來該多著急。

「上船妳是別想了，等一下妳家裡找不到妳不知道要多擔心。要是妳實在怕的話，我可以跟姊姊一起先把妳送回去。」

「不嘛不嘛，我是跟著牛車來的，現在我親戚還在別人家裡學做菜呢！我去了也是打擾他們，妳就讓我跟妳上船嘛。」

學做菜？玉竹跟二姊出門前，家裡正好來了輛牛車，說是淮侯派的人來學做菜。

「妳家學做菜的親戚姓什麼？」

燕翎仔細回憶了下在牛車上聽見的談話，回答道：「姓蔡。」

好吧，確認了，這姑娘便是跟著那蔡大娘來的。這會兒把她送回家，確實不太合適。長姊在教她親戚做菜，家裡都沒人，她一個小丫頭孤零零的，大概只能在院子裡發發呆。

「這樣吧，妳等一下，我教人去跟妳親戚說一聲，免得她著急。對了，忘了跟妳說了，蔡大娘就是在我家學做菜呢，晚些時候我可以直接帶妳回我家找她。」

燕翎很是乖巧地衝玉竹笑了笑。「妳真好。」

玉竹很是盡心地在沙灘上找到正在撬海蠣的魏春，請她幫忙帶話後，這才回到燕翎身邊。

「走吧，我帶妳去我二哥他們的船上。」

燕翎一臉興奮，撲上去就牽住了玉竹的手。

「好妹妹，我叫燕翎，妳叫什麼名字啊？」

「我叫玉竹。」

玉竹其實有點頭疼，也不知道等一下二姊看到多了個人，會不會發火。

二姊已經辭了砌灶臺的活賦閒在家，正巧陶二叔家忙著陶實成婚的事，陶木也休息，便說起還沒好好搖著船看看這霞灣，打算一家子一起出海，就近轉轉。

結果早上才準備好要出門，就遇到了淮侯派來學廚藝的人。長姊自然是沒法子走了，秀姊姊也被留在了家中。

「等一下記得聽話些，我二哥是個很好的人，不會為難妳的。」

「嗯，我很乖的。」

兩人很快來到了停靠漁船的地方。

說實話，她們家這艘漁船是人家淘汰下來的，比起旁邊的一些新船自然是瞧著破舊些。

燕翎沒想到自己心心念念的漁船會是這副樣子，心裡一開始有點嫌棄，但一想到可以坐船出海，那點嫌棄也就拋諸腦後了。

「二哥，你們收拾好了嗎？」

「收拾好了，上來吧！」

玉玲伸手去拉，看過去才發現小妹後頭還跟著一個娃。

「她是誰？」

「就是來咱們家學廚藝的那個蔡大娘帶來的。剛剛她自己在沙灘上玩，被章魚嚇著了，我想著這會兒家裡也沒人陪她說話，與其讓她在沙灘上亂逛，還不如待在我們船上，我們自己看著。」

小妹這是撿了個麻煩呀。「跟她家裡人說過沒？」

玉竹乖巧點頭道：「已經託了陶寶兒他娘，讓她等一下回去的時候帶話了。」

「行吧，上來。」

玉玲伸手，將兩個小丫頭都拉上船。

因著多了個燕翎，又不知道她有沒有小妹那樣聽話，玉玲拿出了一捆繩子。

燕翎見此大驚。「你、你們該不會是要把我綁了去賣掉吧?!」

「妳可以現在就下船。」

玉玲一邊說著，一邊拿了繩子在小妹腰間拴上。瞧見他連自家妹妹都捆，燕翎才反應過來自己是誤會了，但又拉不下臉叫人家拿繩子綁她。

「海上有時候會有風浪，二哥是怕遇上海浪，咱們會從船上掉出去。我以前跟著船出去，都是要拴上的。二哥，妳幫她也綁上吧！」

玉竹先開口了，玉玲也不會當真跟小孩子計較，很是俐落地將燕翎的腰上也拴了繩子。

燕翎有些不好意思，聲若蚊蠅地道了聲謝。

瞧著倒是個知禮的，玉玲沒再說什麼，回頭叫了陶木一聲，拔錨出發。他們今天的目的地是一座海島。

村裡很多人都知道海島的位置，平時捕魚累了，也會停靠在那兒休息一下，但甚少有人會專門划船去趕海。

畢竟家裡有漁船的都想著出海捕魚賺錢，誰也沒那個閒心划過去就為了趕海。但玉竹自從聽二姊提起過海島後，就一直特別想去瞧瞧。

一說到海島，她腦子裡就浮現出一排排筆直高大的椰子樹。雖然這個時候應該是喝不著椰子汁了，但若是海島上真有這樹的話，她可以把樹苗移栽回來嘛！

而且若有的話，明年她就能上島摘椰子了，這才是讓她最興奮的事。

「玉竹妹妹。」

「嗯？」

「這海……好大啊！」
燕翎從來沒有見識過這樣浩瀚的景象，自己在海上實在是渺小得很。和大海比起來，自己曾經看過的那些江河簡直就是豆芽菜。
「咱們這是去捕魚嗎？」
「不是，咱們要去一個海島。」
海島！燕翎這會兒真是興奮極了。
玉玲瞧她乖乖坐著，一點不生事，對她的印象好了不少。
船行了差不多一刻鐘後，已經瞧見了海島，不過瞧著挺近，划過去還挺遠的。兩刻鐘後，船才靠岸。
海島上那一長排聳立的椰子樹，雖然沒了果子，卻是那樣親切。
「小妹，妳陶木哥說在前頭看到了好幾隻螃蟹，去不去抓？」
「二哥，你們去吧，我就在那邊樹下坐會兒，妳一眼就看得到的。」
玉竹指了指椰子樹的位置，玉玲一瞧確實不遠，自己一回頭就能看到，而且小妹出門在外，一向都很聽話，她倒不太擔心。
「燕翎妳呢？妳是跟我們去抓螃蟹，還是跟玉竹去那兒坐著？」
「我……」
燕翎很是糾結。她想去瞧抓螃蟹，又想跟玉竹一起玩。猶豫再三，她還是選了玉竹。比起兩個大人，她更願意跟小玉竹一起。

其實坐在樹下也沒什麼不好嘛，還可以清清靜靜看會兒風景，想想也不錯。

燕翎追上玉竹，說了要跟她一起。玉竹是沒什麼意見。

「不過妳要聽話，不許亂跑。」

「小玉竹，明明是我比妳大，妳應該聽我的才是。」

她連父親的話都不聽，讓她聽個小孩子的話，那點驕橫的脾氣又開始冒頭了。

「妳比我大，不代表妳知道的就比我多呀！我懂得比妳多，當然就要聽我的。」

「不可能！我母親都說了，我可是很聰明的，與我同齡的小孩子沒幾個能比過我。」

這熟悉的口吻，讓玉竹莫名想起剛遇見陶寶兒的時候。

她停下腳步，很是認真地問道：「那妳知道一加一等於多少嗎？」

「這妳都不知道啊，一個加一個，當然等於兩個呀。」燕翎得意洋洋。

「那十五加五十呢？二十加四十五呢？原來妳都不知道啊。那妳知道魚有幾顆牙嗎？」

燕翎感覺自己的腦子已經不會轉了。

什麼東西？魚還有牙的嗎？她為什麼都不知道？

「那妳知道人一共會長幾顆牙嗎？」

「這個我知道。」

燕翎心下一鬆，總算是有個答得上來的了。她以前被罰跪，無聊的時候可是一遍又一遍拿舌頭數過的。

「一共有二十顆，對吧？」

玉竹憋著笑，搖搖頭。「妳數的是自己的牙吧？那是乳牙，以後還會換掉再長的。正常的話一般會長到二十八顆，智齒另外算，不信妳回去數數妳爹娘的牙。」

智齒又是什麼牙？

她說得好認真的樣子，莫非她真的都知道？她還這樣小，卻比自己聰明好多啊，母親平日裡果然都是哄著自己的。

燕翎被問得啞口無言，乖乖認了玉竹做老大。

兩個人走到椰子樹下先歇了會兒，玉竹很快閒不住，開始在周圍尋找起能做種的椰子。找不著做種的椰子，找到椰子苗也行，小樹也行，只要漁船能運回去，她是一定要將椰子種到上陽村去的。

燕翎跟在她身邊一起找，剛走了沒多遠，突然停了下來。

「玉竹妹妹，妳有沒有聞到什麼味道？」

「啊？什麼味道？」

「我也說不上來，好像是從林子裡傳出來的，有些像酒又有些不像。」

玉竹眨了眨眼。聽著怎麼像是水果發酵後的味道？

第四十九章

香味是從林子裡傳出來的，想察看就得進去。於是玉竹去叫了二姊和陶木過來。

因著林子裡雜草挺高的，陶木便拾了根木棍在前頭探路，兩人懷裡各自抱了個娃往裡頭走。

雜草雖然多，林子裡卻視野寬廣，沒有那麼多密密麻麻的樹。玉竹伸著脖子，一眼就看到了裡頭的榴槤樹。

榴槤——等等！那是什麼?!

玉竹瞪大了眼，在那幾棵榴槤樹旁又發現幾棵約有兩人高的波羅蜜樹。

滿地都是熟透後掉落下的果實，方才燕翎在外頭聞到的便是這些果實腐爛後發酵的味道。

一路走過去，玉竹的心幾乎都要淌血了。

這座島上不光是有榴槤、波羅蜜，還有香蕉和芒果。她看到的這些樹，除了香蕉還有果實之外，其他的全都已經掉到地上爛掉了。

而且這才走了一小半的島，若是再往下走，興許還有別的果樹，爛掉的果實無法想像會有多少。

這座島簡直就是座大型果園啊！

只是她明明認識這些東西，卻不能就這樣說出來，當真是憋得慌。

「木頭，你認識這些樹嗎？」

玉玲是北方鄉鎮長大的姑娘，對海邊的植株一點都不了解。陶木沒有立刻回答，而是走到各棵樹下聞了聞，又察看了地上早就腐爛透的一堆殘渣。

「這些應該都是果樹。但果期都過了，一時也瞧不出是什麼水果。我只認識一個，就是方才你說葉子長得很好看的那株，我們這兒都管它叫香蕉，咱們後山就有，就是幾乎搶不到。等一下咱們把那樹上的香蕉全都摘回去，能賣好幾百銅貝呢！」

「香蕉。」

玉玲將這名字記下，回頭打算轉身去看那棵香蕉樹。陶木身上的燕翎也吵著想回頭。

「我吃過這個，香甜軟綿，可好吃了。玉竹妹妹，咱們去摘香蕉吧！」

玉竹猶豫了才答應。

其實若是她現在求著二姊跟陶木哥帶她繼續往裡頭走，他們都不會拒絕。只是這一路跟著個外人，瞧著也不是個嘴嚴的，看得多了，說得便也多了。

若是大家都知道島上有著許許多多的果樹，必定會蜂擁而至把果樹都挖走，可她現在還不想讓人知道。

最起碼得讓自家和陶家還有這小燕翎都挖點果苗回去種下了再說。

凡事都講個緣法，這些果樹這麼多年來都沒被來往的漁民發現，偏偏自己一行上島就發現了，這是老天都在暗示嘛！

玉竹自認不是個聖人，看到這麼多的果樹，就是動心了，想將它們據為己有。

趁著二姊跟陶木哥在合力砍香蕉的時候，她開始琢磨著明日再求著兩個姊姊來海島一趟，將這海島全都查探一遍。

她有預感，這座島絕對會有大大的驚喜。

「玉竹妹妹，等一下香蕉可以分我一點嗎？我家裡人可愛吃了。」燕翎口水都要流出來了。

「當然可以啦，今天妳可是大功臣呢！要不是妳鼻子靈，咱們哪有這麼快就發現裡頭有香蕉樹。」

玉竹誇得真心實意。若不是這小丫頭鼻子靈，等她找完椰子苗耽擱一陣都快回家了，估計也發現不了。

不過這裡有椰子樹，自己早晚還會再來，島上也會探索一番，發現這些水果只是時間問題。

她現在特別想知道，剩下的大半座島上都有著什麼樣的果樹。明日一定要纏著兩個姊姊再來一趟。

「小妹、燕翎，過來吃香蕉啦！」

兩個小丫頭都積極得很，一叫立刻朝玉玲兩人跑過去。

陶木砍的都是已經黃澄澄的香蕉，再不吃也會像榴槤一樣爛掉，或者被鳥兒吃掉。

一人一根，都學著陶木的樣子扒皮吃肉。

香蕉的味道大概沒人不愛。玉玲從來沒有吃過，卻在吃第一口的時候便被香蕉征服了，兩三下吃完後，立刻又跟陶木去砍剩下那些已經成熟了的香蕉。

兩個大人忙著，小的就自由活動了。

林子裡頭雜草有些高，不適合她們玩，於是兩個都被趕到了沙灘上。

「玉竹妹妹，咱們現在去幹什麼呀？」

「妳抓過螃蟹嗎？」

燕翎搖搖頭。別說抓了，活的螃蟹是什麼樣，她都沒有見過，平日只有在粥碗裡才會看見剁完了的螃蟹。

玉竹一瞧就知這是個嬌生慣養的娃，顯然是沒什麼機會來海邊的。今日多虧了她才找到那麼多果樹，椰子苗先不急，好好帶她玩會兒吧！

「那我帶妳抓螃蟹去。」

兩個小娃先在林子外頭喊了兩聲報備，這才轉頭去之前陶木抓螃蟹的地方。

工具什麼的都是現成的，而且現在天氣寒冷，螃蟹動作遲緩，好抓得很，幾乎是一抓一個準。

兩人抓完了螃蟹，玉竹又帶她去撿螺。

這個島上和村子那邊不太一樣，村子附近的海灘多是貓眼螺、海蠣螺，而這裡常見的卻是釘螺、東風螺。

別的不說，東風螺的殼是真的好看，拿回去吃了，還能將殼留下串起來日後做門簾、窗簾。

兩種海螺味道都是極其鮮美，今日燕翎也算是有口福了。

「玉竹妹妹，這個是螺對吧？給妳。」

一顆彷彿小芋頭似的海螺被送到了玉竹眼前，嚇了她一跳。多年的生活經驗讓她判斷出了，眼前這東西叫雞心螺。

「趕緊扔啦！這個螺有毒，吃了會死人的。」

燕翎嚇得趕緊一甩手，將海螺扔進了海裡。瞧著挺可愛的，沒想到居然會帶毒。

玉竹瞧她那害怕的樣子，慫得可愛，忍不住踮腳摸了她頭一把。

「等會兒到我家了，咱們把簍子裡的螺洗一洗，我給妳做烤螺肉吃。這肉比我之前烤的那些都要好吃，保管妳喜歡。」

從沒吃過烤肉的燕翎口水都被說出來了，剛想說點什麼，突然反應過來，一會兒要跟玉竹回玉家。

一回玉家，她就會知道自己根本不是什麼蔡大娘的親戚，而且自己跑到她家，興許還會給她帶來麻煩。

燕翎的心情瞬間跌落谷底。

她在淮城沒有什麼知心好友，因著父親身分，身邊都是些諂媚討好的人，要麼便是嫌棄她過於粗魯，不屑和她玩。玉竹是唯一一個不是因為身分，還願意帶她一起玩的人。

燕翎不想失去這個朋友。

「玉竹妹妹，若是妳發現我騙了妳，妳會生氣嗎？」

「嗯？妳騙我什麼了？」

反應這麼快，她都沒想好要怎麼解釋。

「就是、就是，我不是蔡大娘的親戚，我是偷偷搭牛車來的。」

玉竹皺了皺眉，有些生氣。氣燕翎，也是氣自己。

這丫頭一身棉衣，若不是蔡大娘的親戚，還是偷偷搭車來的，那必定是偷跑出來玩的。如今被自家帶出來這麼久，都不知她家裡人急成什麼樣了，先前自己怎麼就沒謹慎些，只聽了這丫頭一面之詞就信了她。

「好妹妹，妳別生氣呀，我錯了嘛，等一下回去我就走，絕對不給你們添麻煩。」

「走？妳走哪兒去？牛車都在我家，從上陽到城裡，就靠妳兩條小短腿走嗎？只怕妳走到明天也走不回去。妳說妳心怎麼這麼大，才幾歲就敢離家出走，妳都不想想跑出來後，妳爹娘會多著急嗎？」

燕翎心虛地低下了頭。

她想過，只是以往也不是沒從府裡逃出來過，父親、母親大概都習慣了，不過是這次跑得有點遠而已。

當然，這些想法是不敢說出來的。

明明玉竹比自己小，但她莫名就很怕被玉竹說教。

「好妹妹，我錯了，下次不敢。」

一聽就是認錯的老油條。玉竹頭疼得很，也沒心情了，得趕緊把這小祖宗送到岸上才行。

她去林子裡叫了二姊和陶木出來。燕翎委屈兮兮地跟在玉竹後頭上了船。

「玉竹妹妹，妳是不是生氣了？」

玉竹搖搖頭，只是一想到現代曾看到過的綁架事件，還有逃荒一路上瞧見的各種陰暗事，便心中發寒。

「不是生妳氣，是替妳後怕。燕姊姊，妳可知像妳這樣一個白白嫩嫩又長相漂亮的小姑娘偷偷溜出門，有多危險？」

「不知道。」

玉竹拉著她挨著自己，給她講了好幾例被綁架的事，意在讓她聽了心生警惕。畢竟那些姑娘是真的慘，很多都沒有等到救援就死了。

誰知燕翎聽完不但沒有害怕，反而更加來勁。

「玉竹妹妹別怕，以後我保護妳。我偷偷跟妳說，我外祖父是大司馬，以後誰要是欺負妳跟我，我就讓我外祖父給他丟到水牢裡頭去。」

大司馬？玉竹依稀記得這是個武將官職，難怪這小丫頭一開始還挺豪橫的，敢情是家世不俗。

等等，大司馬……她記得有次聽陶嬸嬸她們講淮城裡頭的事，彷彿是說淮侯娶的夫人便是大司馬的女兒。

「燕姊姊，妳不會是姓萬吧？」

「咦？我都還沒說呢，妳就猜到啦，真是聰明，嘿嘿。」

玉竹不想說話了。淮侯的女兒被自家船給拐跑了，等一下岸邊會不會有一排士兵等著抓他們？

好在，船越來越近岸了，岸上並沒有出現玉竹想像的那一幕。她希冀著淮侯府還沒發現燕翎跑了，然後趕緊讓那蔡大娘將人送回去便是。

結果，一推開家門，她就瞧見裡頭正笑咪咪坐著的淮侯。

方才還豪言誰也不怕的燕翎，此刻如同老鼠遇見了貓，一個勁兒地往玉竹身後縮。

「翎兒，出來。」

格外溫和的聲音，一點都沒有要生氣的跡象。

燕翎才幾歲，不懂什麼彎彎繞繞，只以為父親並沒有生氣，立刻屁顛顛地朝父親跑了過去。

「父親，你怎麼知道我在這兒啊？」

淮侯一把將女兒抱進懷裡，轉頭很是歉意地向玉玲幾人道歉。

「真是不好意思，小女頑劣，給你們添麻煩了。她母親還在家中等消息，我得先帶她回去，便不打擾了。」

明眼人一瞧就知道淮侯這是在生氣，只是在外人面前壓抑怒火罷了。偏偏燕翎看不懂臉色，還不知死活地火上澆油。

「父親，我還要跟玉竹妹妹烤海螺呢！」

淮侯笑得很是溫和。「家裡也有烤螺，妳母親等著陪妳烤呢！下回再來找玉竹玩吧。」

燕翎猶豫了好一會兒才答應了下來。

「玉竹妹妹，我明天就來找妳玩，妳要在家等我哦！」

瞧她那渾然不覺危險的開心模樣，玉竹真是替她捏了一把汗，趕在淮侯出門前將人攔了下來。

「今天燕翎幫了我們不少忙，還找到了香蕉，說好要分她的，你們還沒拿呢，那是她特地給家人留的。」

玉竹著重說了下家人，希望淮侯能看在燕翎事事想著家人的分上，從輕發落。自己能幫的大概也只有這樣了。

淮侯沒有拒絕，讓手下去拿了玉玲分好的香蕉。一行人來去匆匆，很快離開了上陽村。

說實話，這要是自己家的娃，瞞著家人偷偷上了陌生的牛車跑這麼遠，還跟不認識的人一起上船出海玩個半日，不打得她屁股開花，她就不知道人心險惡。

燕翎是該收拾收拾才行。

玉竹沒讓長姊再去想那些七七八八，拉著她和阿秀去瞧了弄回來的香蕉。

「香蕉好吃吧？那島上咱們還沒瞧完呢，說不定還有其他香蕉樹。長姊，明兒個咱們一家都去看看吧！秀姊姊都沒坐過船，咱們一起出去轉轉。」

玉容被說得心動，又見阿秀和兩個妹妹都一臉期待地望著自己，沒怎麼猶豫就答應下來。

於是第二天一早，全家人都早早起了床。想著要在外頭多玩一會兒，她們還準備了打火石、調味料和一個銅鼎，水也帶了好幾桶。至於食材嘛，那肯定是就地取材了。

玉容還跑去隔壁問了陶嬸嬸一家，不過陶嬸嬸忙著陶實要成親的事，一早就和陶二叔去了城裡，最後還是只有陶木跟著一起來了。

這回出去，少了燕翎，多了長姊和秀姊姊，還有黑鯊，一路上熱鬧得不得了。

一下船，黑鯊就撒著歡地衝到沙灘上，興奮得很。

鍾秀從來沒有見過這樣美的景色，頭上是藍天白雲，腳下是藍海白沙，一眼望出去，只覺得胸中鬱氣盡散，宛若新生。

要是能在這樣的小島上蓋間小屋子，白日裡撿撿海貨、練練武，晚上溜溜狗、逛逛沙灘，聽著海浪聲入眠，那該多好。

鍾秀轉頭去幫著玉玲將船上的淡水和銅鼎都拿到沙灘上。

「要不還是放船上吧，等一下一陣風吹過來，桶裡的水都要進沙了。」

「沒事，等一下扯兩片香蕉葉就能蓋住了。」

昨天，玉玲就特別注意了香蕉樹上的葉子，又大又寬，當時她想的是，那些葉子可以拿來搭茅草房的時候用，夾上一層香蕉葉再鋪上兩層乾草，防水效果肯定好。

「木頭，去扯幾片香蕉葉回來。」

玉玲一喊，正搬著石頭的陶木一口應下，二話不說就進了林子。沒一會兒他倒是出來了，卻沒拿葉子，只抱了一坨灰撲撲的東西。

幾個人走近一瞧，竟是隻烏龜。

「方才我去扯葉子的時候，在一塊石頭下看到的，牠被卡著，有些動不得。」

烏龜一直都是長壽安康的象徵，遇上牠，在漁民看來就是好運。

「看來今天咱們會有好運呢，我去把牠放回海裡頭。」

陶木找了塊礁石站上去，把龜扔進了海裡。

一炷香後，黑鯊突然叫了幾聲，幾個人看到一個黑點正慢慢從海水裡爬出來，到了沙灘上。

沒想到，才隔了一會兒，烏龜又爬上岸了。

黑鯊衝過來，搖頭擺尾地吐著舌頭，彷彿很想吃的樣子。陶木不敢動黑鯊，只能拍了拍烏龜，再一次將烏龜丟進了海。

玉竹這才反應過來。人家那麼費勁地往沙灘上爬……莫不是隻陸龜??

第五十章

要真是這樣，難怪人家一個勁兒地往岸上爬了。

玉竹跑去守著看了會兒，果然很快又見牠游出水面，爬到了沙灘上。

「黑鯊，不許咬牠，小心肉沒吃到卻把牙咬斷了。」

黑鯊彷彿是聽懂了話，往後退了退，讓玉竹將烏龜抱出了水面。陶木在一旁瞧著，詫異得很。

「咦，牠怎麼又爬上來了？」

「大概島上才是牠的家吧，不然怎麼丟一次又爬回來一次？陶木哥，這回可別再丟了啊，人家一次次爬回來怪不容易的。」

陶木尷尬地抓抓腦袋，哪裡想到自己是好心辦了壞事。

「不丟了、不丟了，我帶妳去撿牠的地方吧，那兒興許是牠的家。」

玉竹點點頭，由著陶木將她抱起來往林子裡頭走。

「就是這兒了，方才我瞧著牠卡在那石頭下面動不了才把牠抱出來的。」

順著陶木指的方向，玉竹也看到了臥在樹下的大石頭。石頭中間有個洞，想來剛才烏龜就是在那兒被卡住的。

玉竹把烏龜放到地上，結果那烏龜爬著爬著又爬到石頭下頭去了，一動不動。

她上前仔細察看了一番，發現石頭下的泥土是被翻過的，頓時想起海龜喜歡在沙灘挖坑生蛋的資訊。

敢情人家一窩都在這裡，卻突然教人抱走扔進了海裡，難怪呢！

而且，十二月烏龜都該冬眠了吧，一動不動也是情有可原，倒是自己一行人擾了牠的休息。

「陶木哥，我聽長姊說蛇冬天都是要睡好長時間覺的，這隻烏龜瞧著也像是在睡覺，咱們還是不要吵牠了，換一條路吧。」

「行，小玉竹說的話當然要聽了。」

「嘿嘿，陶木哥真好。」

跟在後頭進來的玉玲正好聽見這一句話，心裡頓時酸溜溜的。

「二哥平時就不好嗎？怎麼就沒見妳誇誇二哥？」

「二哥！抱！」

玉竹可知道該怎麼哄二姊了，只要抱著她親一口，立馬樂得啥都忘了，百試百靈。

「多大個人了，還成天要抱。」

嘴上嫌棄著，身體卻很誠實地伸手把妹妹從陶木那兒搶了過來。

「走啦，先出去幫我搭個草棚子，等一下咱倆再一起進來弄香蕉。」

陶木自然是沒有不答應的。三個人又回到了沙灘上，就在靠林子的那塊沙灘上，地上已經鋪了一點香蕉葉，還有幾根撿來的、手臂粗細的木頭，他們準備搭個棚子。

雖說已是十二月了，但正午的日頭還是很曬，所以簡單搭個草棚子，一會兒也能有個遮蔭的地方。

棚子搭好了，水和銅鼎那些也都搬了進來，幾個人這才有閒心去林子裡瞧心心念念的香蕉樹。

「好奇怪啊，這島上又沒有住人，那香蕉和那些果子樹是誰栽的呢？」

誰都不知道玉容這個問題的答案，唯一知道答案的那個又偏偏不能說。

其實很多年前，這座海島興許就是海邊的一座小山，隨著時間變化、海水上漲，才變成了海島。果樹有可能是多年前居民種的，也有可能是來往的飛鳥從別處銜來落下的，畢竟好多鳥類都非常喜歡那些甜甜的果實。

玉竹乖乖閉嘴沒有說話，看著陶木和姊姊們走過了昨日最後走到的地方。這裡有五、六棵芒果樹，只是現在沒有果子。若是正值果期的時候，姊姊們定是要樂瘋了，只怕都不願意回去。

「這林子裡的味道，聞著聞著還挺香的。」

「聞著像酒，又有些不像。」

鍾秀平日清閒得很，府裡若有護衛受傷，也會去前頭幫忙，郎中一般都會讓她先拿酒澆一澆傷口再上藥，所以她對酒味印象很是深刻。只是這林子裡怎麼可能會有酒呢？想想也就不再提了。

幾個人爬上了一個小山坡，這大概是整個海島上位置最高的地方，站在上面往下一看，所有人一時都驚得說不出話來。

山坡的另一面居然有個和玉家大小差不多大的湖！

陶木第一個跑下去，捧了水嚐了一口。「不是鹹的。」是淡水！玉竹一顆心撲通撲通地狂跳起來，有個念頭一閃而過，卻沒有抓住。

「真是太神奇了，這個地方居然有能喝的水。」就連陶木都從來沒有聽說過這事。

幾個人圍著幾乎清澈見底的小湖轉了又轉，沒有什麼別的發現，才暫時放棄這塊地去看別的東西。

方才他們在山坡上往下瞧的時候，除了看到下頭有個湖之外，還看到了兩側山壁向前延伸出去的美景，越遠則越窄，漸漸沒有樹木，只有一條白色沙灘蜿蜒出去。

不過現在是退潮，等漲潮了，那兩條沙灘估計就看不著了。光禿禿的沙灘沒什麼看頭，還是瞧瞧小湖附近的果樹比較有意思。

這片湖的周圍除了有些灌木之外，便是大片大片的果樹，茂密得都把陽光給遮擋了。

陶木依舊不認識這是什麼果樹，但玉竹認識。

這裡不下二十棵，密密麻麻的都是荔枝樹。

若是之前還有懷疑這麼多的果樹是不是有人種的，現在她已經確定了，當年肯定有人親自種了這些果樹。

當初海島還是小山的時候，必定是果香滿園的，可惜到了現在，只剩下這寥寥幾十棵了。

這座海島並不是特別大，半個時辰便將整個島都看完了，沒有任何人生活過的痕跡，倒是看到幾隻野雞受了驚嚇叫個不停，像是在罵人一樣。

玉玲捕魚沒有陶木厲害，抓雞可是好手，等一行人回到草棚的時候，這個人提一串果子，那個人抓著兩隻雞，當真是滿載而歸。

「日頭差不多了，我和阿秀來做飯了。二弟，妳跟陶木去看看能不能抓點海貨過來，咱們添個菜。」

「行，我跟木頭這就去。」

玉玲帶著陶木上了船，看樣子是想在這附近下網。

長姊忙著生火做飯，秀姊姊則是在一旁打下手，玉竹正數著她帶回來的那串青紅相間、如有成人拳頭大的果子。

她手裡的果子是在幾棵荔枝樹纏著的藤蔓上找著的，是一種沿海地區非常好吃又正值果期的特產，百香果。

數量有些少，應該不是先頭留下的。百香果可是個好東西，營養價值高又酸甜可口得很。她打算將那幾根藤拿回去，栽到院牆下試試看。養得好的話，到時候藤蔓便會爬滿院牆，想想心裡就美滋滋。

「小妹想什麼呢，一個勁兒地傻笑。」

「長姊，這個果子聞著好香，咱們回去種在院牆下頭吧！」

玉竹很想開一個嚐嚐，但是姊姊們和陶木都不准她吃，說是要拿回去先餵餵雞鴨，看看牠們吃了會不會有什反應。
這是怕果子有毒，為著身體健康著想，左右不過多等個一日，她也不急。
「要是這果子能吃，自然是隨妳的心意，到時候妳自己去種便是。」
「這果子應該是沒毒的。」鍾秀想起以前學過的知識。「方才我瞧那藤蔓高處好些果子都有個洞，一看就是鳥啄過。既然會有鳥來吃，那自然就是沒有毒了。」
說得很有道理，但入口的東西還是謹慎些好。
玉竹見姊姊不讓她吃，也沒說什麼，只埋頭把一顆顆百香果都纏好綁好。等著二姊他們回來把果子提上去。
只是左等右等，也不見船回來。
都快一個時辰過去，銅鼎裡的雞湯都燉得爛爛的，香氣飄散出去，卻教人聞得發慌。
古代就是這點不好，沒有通訊設備，聯絡不上就只能心焦地等。
玉竹還穩得住，玉容已經坐立難安地去山坡上看了好幾回。瞧那樣子，恨不得自己下水去找一找。
「汪汪！」
黑鯊突然叫了兩聲，山坡上的長姊也跑了回來。玉竹嘴上不擔心，身體倒很誠實地跟著一起跑過去。
「長姊，是二哥他們回來了嗎？」
「是他們的船。真是擔心死了，早跟妳二哥說過，在這附近撒點網就行了，偏偏跑那麼遠，看都看不到個人影。」

玉竹覺得應該是有什麼原因，不然以二姊的性子，明知姊妹在等她，還拖拉這麼久才回來。

果然……原來是陶木受傷了！

船一停好，三個人便跑過去察看，一眼便瞧見船上滿地的魚，還有陶木那捂著手、流了一地血的模樣。

「阿秀姊，快幫我看看他，他手被一隻小鯊咬了，流了好多血！」

玉玲急得眼淚都要出來了。

方才本來是想著在附近下網的，但因為不熟悉地形，怕觸上暗礁，所以稍微走得遠了些，正好看到大群鳥兒在一處盤旋，兩人便划過去下網。

收穫當然是大得很，一大網的小黃魚把那網擠得滿滿當當。

玉玲先去解網，一堆小黃魚散落開來的時候，一條銀色的小鯊魚也露了出來。那條鯊魚幾乎是想都沒想就往她手上咬，是陶木過來拉開她，結果自己卻被咬了。

流了那麼多血，偏偏船上早不做活，沒有備藥，她都不知道自己是怎麼把船搖回來的。

儘管陶木一路上都在說不要擔心，他沒事，可他話裡透露出越來越虛弱的語氣，教人如何能不擔心？玉玲想著阿秀是護衛出身，處理傷勢應當是會的，所以一下船便求著她幫忙。

鍾秀不愧是護衛出身，不光會簡單處理傷勢，還隨身帶著傷藥。侯府的傷藥還是很厲害的，那小半瓶止血散一灑上去，血慢慢便止住了。

只要不再流血，那便好說了。

玉竹上前看了陶木的手一眼，傷口都被血糊住了，也看不出什麼來。人還有精神，瞧著是沒什麼大事，但玉玲不放心得很，想著還是返航回去找郎中看一看。

「不用了，真不用，我真沒什麼事。咱們漁民捕魚的時候，受傷的多得很，都是這樣處理一下，過幾日就好了。何況還有阿秀這麼好的藥，不用擔心的。」

陶木堅持不肯現在就回，不想掃了一起出來遊玩的興致。

「他這個傷，只要止血了再好好養養便沒事，不用過於擔心。」

鍾秀開口，玉玲姊妹倆才沒那麼堅持，於是陶木便全程由玉玲貼身照顧。

玉容則是跟著鍾秀去船上收拾魚，打水清理了下船舷上的血跡。這些血若是不清理乾淨，等一下回去的時候說不定會招來鯊魚，絕對不能輕視。

沒了兩人在一旁看著，玉玲餵湯餵得更是順手。玉竹瞧著這兩人實在不對勁得很。

她知道二姊喜歡陶木，所以二姊這樣擔心，可以理解，但陶木為什麼也一副含情脈脈地看著二姊？

他還不知道二姊是個姑娘家吧?!

玉竹突然打了個冷顫，移開眼去，沒好意思繼續看。

「二姊，我去遛遛黑鯊，牠想出去跑一跑。」

「去吧去吧，別跑遠了，就在前面這沙灘上，聽到沒？」

「知道啦！」

玉竹轉頭朝黑鯊一招手，半大的狗立刻飛奔過來，繞著她搖尾巴。

「走吧，帶你去跑一跑。」

玉竹至今沒弄明白牠是什麼品種，可凶可乖，吃得多、跑得快，還聽得懂人話。

而且牠一個勁兒地在前頭跑，自己跟在屁股後面追，誰遛誰還不知道呢！她追得上氣不接下氣，決定不追了。

「黑鯊，快回來啦！」

玉竹又喊了兩聲，這才看到牠飛快地跑了回來。跑到近前，嘴一張，一顆橢圓光滑的青白石頭掉出來，落進了沙裡。

「怎麼突然玩石頭了？」

這石頭形狀還挺好看的，像是鵝卵石，若是數量多的話，鋪在院子裡頭肯定漂亮。

黑鯊咧嘴吐著舌頭，突然轉身又沒了影。再回來的時候，又是一顆石頭吐到沙裡。這回比剛剛那顆顏色要好看些，是清潤的淺白色，個頭也要小上一些，大概有玉竹的小拳頭那麼大。

接連兩次牠都帶了石頭回來，這傢伙有些奇怪啊！玉竹拿起石頭細細打量了一番，沒瞧出什麼端倪。

「還是這東西有什麼稀奇？」

她心下一動，拿起一塊石頭對著太陽照了照。這塊石頭透光得很，裡面有些東西，她沒接觸過，看不太懂，但一定不是塊普通的石頭。

「真是沒白養你啊，小傢伙。」

彷彿知道主人是在誇獎自己，黑鯊很是得意地咧嘴，甩甩尾巴又跑了，很快又帶回來第三顆、第四顆、第五顆、第六……

這麼多石頭，黑鯊一顆顆銜過來也不嫌累。她決定跟過去瞧瞧，牠是哪裡弄來的石頭。玉竹跟著黑鯊從另一頭進了林子。這一面沒什麼雜草，倒是亂石挺多，還有些許只有小孩子才能進出的洞口。

黑鯊便是鑽進了其中一個石洞。

來都來了，玉竹也跟著鑽了進去。

石洞裡其實很淺，進去轉個彎就到頭了。藉著縫隙間透進來的一點點陽光，她看到黑鯊正在一個破舊的木箱子裡扒拉著一塊塊的石頭。

第五十一章

這樣一個隱秘的石洞裡放著這樣一個木箱，而且看上去年頭已經很久了，木箱都已經腐爛，只剩個大概輪廓，被黑鯊扒得稀碎。

能讓人費心藏在這狹小石洞裡的箱子，必定不是普通木箱，腐爛成這個樣子，怎麼說也得上百年了。但石洞的這個木箱不知道是什麼材質，一時無法判斷它的實際年分。

玉竹走過去，小心地將那只剩個框的箱子往有光線的地方挪了下，發現裡頭百分之九十九都是石頭，唯有一樣不同，是一塊紋路很是複雜的玉玦。

光線太暗看不清楚，她直接拿了那塊玉玦退出來，放到陽光下。

「天啊！」

這是一塊沒有一絲雜色的極品羊脂玉，缺口兩端的玉壁上雕刻著兩隻栩栩如生的鸞鳥，從肢體到羽毛無一不精細，不管是玉質還是雕工都極為完美。

難以想像，她居然能在古代看到這樣一塊完美的玉玦。

玉竹現在倒是有些好奇起來了。這些東西，究竟是什麼樣的人物留下的。

「小妹！妳在哪兒?!」

「小妹！快出來……」

聽到外頭的喊聲，玉竹才驚覺自己已經跑出來好一會兒，都忘了和姊姊們打個招呼。

「長姊、二哥，我在這兒呢！」

她一邊往外跑一邊將玉玦放進懷裡。石洞裡的石頭是帶不走了，等日後找機會再來吧！

一行人吃完了飯，又在島上轉了轉，才返航回村子裡。

這會兒潮水都已經漲上來了，岸邊早沒了趕海的村民。玉玲一下船便和她們分開，帶著陶木去瞧郎中，於是船上那些小黃魚和香蕉只能靠玉容和鍾秀兩人慢慢搬回去。

正巧走到門口碰上陶二叔從城裡回來，想著人家喜宴用菜肯定不少，玉容便把那小半桶新鮮的小黃魚都給了陶家。

說來這也是陶木網回來的，理應給他們。

「陶嬸嬸，日子定下來了吧？是哪天啊，我好過去幫忙。」

「定啦定啦，就在三日後，趕在年前把新媳婦迎進門。」東盼西盼的終於盼到了長子娶妻，陶二嬸整個人喜氣洋洋的。

「年前進人，來年就能添丁啦，嬸嬸家的日子該是越來越紅火了。」

這話說得陶二嬸身心舒暢，若不是家中實在還有事要忙，她能在這門口和玉容聊到天黑。

「好丫頭，嬸嬸家裡還有事得回去了，等這陣忙過了，我帶著妳那新嫂子來找妳說話。」

「好。」

玉竹望著陶嬸嬸那走路都要飄起來的樣子，自己也莫名開心起來。

「長姊，陶實哥哥定的是哪戶人家啊？是咱們村裡的嗎？」

「不是，聽說是古和村的人家，家世不是很好，但人品不錯。」

玉容了解得其實也不多，所有知道的都是陶嬸嬸自己講出來的消息，還有就是陶木告訴二妹，二妹回來無意間說起的。

想到二妹，玉容才輕鬆了幾分的心，又沈重起來，一時也沒了心情去羨慕陶嬸嬸家的喜事。

晚上等小妹睡著後，玉容輕手輕腳地爬起來去了二妹的房間。白日裡的事她瞧得清楚，二妹對陶木的感情一日深過一日，實在讓她擔心。

陶二嬸話裡話外，明年要開始張羅陶木的婚事，這讓玉玲知道了該如何是好？所以她打算去勸勸二妹。

儘管她動作小心，開門的時候還是有些輕微的聲響，睡在玉玲隔壁房間的鍾秀幾乎是條件反射般地坐了起來。

有人?!

外頭那道呼吸聲很弱，腳步聲也虛浮得很，聽上去不是個習武之人。於是她便沒拿配劍，直接走到門口等著那人進來。但外頭的人推的是隔壁的門。

玉玲這會兒還沒睡，一聽動靜立刻坐起來察看，待看到是長姊點著燈過來時，心下才鬆了。

「長姊，這麼晚怎麼還沒睡？」

長姊？鍾秀放在門閂上的手僵住了。她聽到了什麼？這麼晚進玉林房間的，居然是玉容。

有些不太合適吧？這個時間，都這樣大的人了。她尷尬地把手收回去，躺回床上。

雖然隔著一道石牆，兩人說話的聲音也很小，但鍾秀的耳力比普通人要靈敏那麼一些，所以玉容和玉林的話，她雖聽得模糊，卻知曉了大概。

玉林竟是個女的！

她們居然敢假冒戶籍？這可是要吃牢飯的！

鍾秀在淮侯府待的這些時間，看得清楚，淮侯處事一向公允，該賞便賞，該罰的便罰，從不留情。玉林這罪比起犯命案來說是要輕些，可也不是什麼輕罪。若是想擺脫罪名正身，恐怕會很難。

等等……她知道這樣的消息，難道不該第一時候報給淮侯嗎？怎麼倒想著要怎麼給她脫罪去了。

鍾秀煩躁地抓了抓頭。她喜歡玉林，也喜歡這個家裡的人。她不希望這裡的任何人受傷害，只好壓著這個消息不往侯府裡頭傳。

這樣算不算是她背叛了淮侯？她只能不停安慰自己，玉林隱藏身分並沒有什麼惡意，日後一定能找著機會恢復身分。

這一晚，大概只有玉竹和黑鯊睡得格外香甜。

玉容還不知道自己和妹妹的談話已經被人聽去，和平時一樣帶著鍾秀一起去趕海撬海蠣。

一天眨眼又過了。

翌日是玉容和魏平約好要來接她們去城裡的日子，天才剛矇矇亮，就聽到魏平趕著車，停在了院子外頭。

從城裡到村上，趕著車最快也要半個時辰，他大概是天不亮就動身的。玉容心疼他，熬了大碗的糖水蛋給他祛祛寒，又趕緊去叫了妹妹們起床。

玉玲和鍾秀很快就起來了，只有玉竹賴床，哼哼唧唧的就是不肯起來。玉容只能先讓她把衣裳穿上，再拿薄被一裹，把她放到車上。

反正去城裡路上還有一個時辰呢，讓她再睡會兒就是了。

一個時辰後，眼瞧著快到目的地了，玉容轉頭朝鍾秀問道：「阿秀，妳城裡有要探望的朋友嗎？等一下我們和魏平去看郎中，妳要是有事的話可以先去探望，晚些時候咱們在魏平家門口會合就行。」

「侯爺派我來是做護衛的，哪能擅離職守。」

「沒事啊，都到城裡了，誰敢在大街上鬧事？而且這不還有魏平嘛，他們就是膽子再大，也不敢在大街上和府衙的人動手。再說還不讓人休息半天嗎，妳去吧！」

鍾秀很是意動，最後還是堅持把她們送到藥堂後才分開。

到了藥堂門口，魏平牽著牛，在斜對面找了個空地停了下來。

「你們進去吧，我在外頭看著牛車。甘草堂裡有三位坐診郎中，一位姓馬，兩位姓馮。馬郎中擅長跌打損傷，不適合你們，姓馮的那個雖說經驗豐富，但他記性不好，好幾次給人開錯了藥、記錯了病，妳別找他。小馮郎中看著年輕，不過他師從淮侯府的付老郎中，醫術很是不錯。我跟他打過招呼，你們直接上他那兒看去，要有什麼事記得叫我。」

玉容受了他這份心意，笑著衝他彎了彎眼，帶著兩個妹妹進了甘草堂。

「二位，抓藥還是看診？」

「看診。」

「好，這邊馮郎中正好得空。」夥計放下手裡的活就把三人往右邊領。

「等等，是小馮郎中嗎？我們要瞧的是小馮郎中，都說好了的。」

一聽說好了的，那夥計陪著笑，立刻領著她們調頭去了左邊的房間。

「小馮大夫醫術了得，這一早上人就排著呢，你們得站那邊等會兒了。」夥計指了指房間角落。

玉容看了看，前頭一共就十來個人，不算多，就是外頭的房間小，才顯得格外擁擠。

「咱們等會兒吧，正好小妹還沒睡醒。」

玉玲沒什麼意見，只是把長姊懷裡的小妹接了過去。兩人輪流抱著，快排到的時候，玉竹總算是醒了。

「二哥，我睡醒啦。」玉竹掙扎了下，滑到了地上站著。

正好，也輪到姊妹仨了。

裡頭的小馮郎中一看進門的是兩個年輕的姊弟帶著小女娃，立刻想到魏平和自己說起的事。

「姑娘可是姓玉？」

玉容愣了下，點頭道：「是，正是玉姓。」

「那便沒錯了，來請坐，手放這裡。」

小馮郎中瞧著不過三十出頭的模樣，對比其他滿臉褶皺的郎中來說，確實很年輕，雖不知醫術怎樣，但態度是非常不錯的。

玉容依言坐下，剛伸手搭上脈枕，突然又想起一事。

「小馮郎中，你平時搭脈能靠脈象分辨出是男是女嗎？」

「自然是能的，若是連這都摸不出來，那便白學醫術了。」

玉容抬頭看了二妹一眼，心中頓時一陣後怕，方才她還想讓二妹先來瞧的。

「姑娘的脈搏突然快了很多。」

玉竹趕緊出來頂鍋。「我剛剛在撓長姊癢，對不起。」

「無礙無礙。」

小馮郎中家中新得一女，對這樣乖巧的小女娃娃最是喜歡，哪裡忍心責怪。換了隻手，重新再診一遍就是了。

「姑娘身體沒有太大的毛病，只是先前餓得狠虧了身子，等一下我抓點藥回去喝上半月便能調理好了。平時多食些魚蝦，肉食一月也要多少吃些，蟹嘛要少吃，那東西性寒。」

「多謝小馮郎中。」
玉容接過抓藥的籤，伸手把小妹抱到了凳子上。「還要煩勞小馮郎中再瞧瞧我小妹。」
玉竹乖乖伸出手。
「小姑娘的身體也還好，食補就行了。」
聽到小馮郎中的話，玉容的心算是放下了一半，還有一半，懸在二妹身上，現在卻不敢讓她來瞧，只能改天讓她換女裝去看看別的郎中。
姊妹仨道了謝出去抓好藥，正要離開，迎面就瞧見燕翎蹲在門口，正數著地上的石頭。
「燕姊姊，妳怎麼在這兒？」
「當然是來找妳的呀！」
燕翎瞧見玉竹便興奮地想跑過去，忘了自己的膝蓋還有傷，站起來就摔了一跤。好在冬日裡的衣服厚實，倒不怎麼疼，跟在她身後的僕人連忙上前將小祖宗扶了起來。
「玉竹妹妹，我聽秦大人說妳今日會來城裡，一早就過來等啦。妳難得來一次，我想請你們去我家裡玩。」
哪有才剛認識就拉家帶口去別人家裡玩的，而且她家還是侯府，這種事想都不用想，肯定不能去。
玉竹剛要開口拒絕，就看到燕翎脖子上摔出來的一塊玉墜。這塊玉墜的形狀、樣式和自己藏起來的那塊玉玦上的鸞鳥，簡直一模一樣。

第五十二章

萬澤國信奉鸞鳥，大多數的飾品上都有鸞鳥紋樣，但紋樣有千千萬萬種，能撞得這樣相似的，還是少見。

而且，燕翎乃王族，她的飾品絕對不會是爛大街的紋樣。

玉竹想弄明白那塊玉玦的主人、來歷，當然是去淮侯府打聽最為快捷。不過她是不會現在帶著兩個姊姊去的，長姊幾次見到秦大人都拘束不自在，更何況是去淮侯府。

所以她還是拒絕了。

「燕姊姊，今日恐怕是不能去妳家了，長姊她們還有事要忙呢，我們得早些回去。」

「妳姊姊忙，妳又不忙，妳跟我去就行啦！等晚些時候，我讓家裡的馬車送妳回去。」

燕翎拉著玉竹的手不肯放，說什麼都不讓她走。過了一會兒，大概是想到自己平日出門都要得到大人允准，所以轉過頭去又去求玉容和玉玲。

「玉林哥哥，你就讓她去我家玩一會兒吧！我保證沒人會欺負她，我也不會欺負她的。」

玉容擔心的正是這個。

雖然小妹比同齡的孩子聰明很多，但畢竟是個孩子，還是個無權無勢的孩子。淮侯府那樣高的門第，小妹連最基本的禮數都還沒學過，萬一衝撞了誰，誰知道會發生什麼？

燕翎見玉竹家人都不允她和自己玩，心裡委屈得很，一雙眼頓時就紅了。就這樣，還是不肯撒手。

玉竹不免有些心軟。她不是不喜歡這丫頭，若是燕翎能去自家玩，那她是十分歡迎的，可侯府嘛，要顧慮的東西真的太多了。

「燕姊姊，要不這樣，今日我們有事不能去，妳回去和妳爹娘說一聲，若是他們允准的話，後日可以到我家來玩，到時候我還可以帶妳去趕海撿螺吃。」

「去妳家？」

燕翎猶豫了一下下，前天自己偷跑去上陽，可是惹得父親大怒，罰了自己跪了好幾個時辰，再去玉家……

只要不偷跑的話，應該可以吧？

「為什麼是後天，不能是明天嗎？」

「明天也可以，不過明天我家隔壁鄰居要辦喜事，恐怕沒有時間陪妳玩。」

「那好，就後天，我回去就和母親說，妳後天要在家等我哦！」

燕翎和玉竹說好後，這才依依不捨地鬆了手。

玉竹現在可是忙得很。

陶嬸嬸家明日便要迎親了，不知從哪兒聽來的說法，說是讓一對童男、童女去壓壓婚床，新媳婦便能沾沾孩子氣，早日有喜。

村裡最漂亮的男娃娃非陶寶兒莫屬，女娃娃嘛，陶嬸嬸想都不想便找了玉竹，於是長姊開始急吼吼地給她縫製喜慶的新衣裳。

去人家的婚床上滾，總不能穿著一身舊衣裳去，正好家裡有塊紅色衣料，玉容一回家便忙活開了。

所幸玉竹還小，做她的衣裳沒有做大人的那般費時費力，天還沒黑便做好了。

傍晚，吃過飯洗得乾乾淨淨後，陶實親自過來揹她。等玉竹到了陶家的時候，就瞧見陶寶兒已經坐在婚床上，正吃著一碗糖水蛋，還嫌糖少了，直到看到玉竹來了，才忘了糖的事。

「玉竹妹妹，他們說妳會來，我還不信，沒想到妳真的來了。來來來，這兒坐。」陶寶兒非常殷勤地讓出了一個位置。玉竹坐到他旁邊，問了他一個很重要的問題。

「你晚上睡覺不踢人吧？」

「當然不會啊，我娘都誇我睡相好，一點不鬧人。」

端著一碗糖水蛋進屋來的陶二嬸嬸聽到兩個小娃娃一本正經地討論這事，頓時笑道：「放心吧，你們倆一人一個被窩，踢也踢不著誰。我呢，晚上也會時不時過來瞧瞧的，保證你們睡得舒舒服服。」說完她將手裡的碗放到桌子上，朝玉竹招手。

「方才陶寶兒的那碗糖水蛋已經吃完了，小玉竹，這是妳的，要嬸嬸餵嗎？」

玉竹搖頭。「不用不用，我在家吃飽了才來的，肚子還不餓呢！嬸兒拿去給陶實哥哥他們吃吧！」

「他們都有呢。不餓就先放著，等餓了嬸兒再給妳熱。」陶二嬸放下碗便出了屋子。

玉竹一回頭就發現陶寶兒眼巴巴地望著桌子上的糖水蛋。

「玉竹妹妹，妳真的不餓嗎？」

「怎麼，你想吃啊？可是你都已經吃了一碗，湯湯水水的吃多了，晚上容易尿床的。」

自家尿床就尿了，頂多被家人羞羞臉，這兒可是人家的婚床，全新的床面，全新的被褥。

陶寶兒很肯定地拍了拍小胸脯，道：「打從我記事起就沒尿過床，妳放心吧！我去幫妳吃了喲。」

吃完糖水蛋，差不多是時候睡覺了。

玉竹不喜歡睡床邊，陶寶兒則是無所謂，一人睡一頭倒很是和諧。

睡到半夜，玉竹突然覺得腳有些癢，半夢半醒間摸了個空，才瞬間清醒過來，這是在陶嬸嬸家裡。

她坐起來往被子裡摸了摸，摸到了陶寶兒的手。難怪剛剛腳那麼癢，肯定這傢伙抓她了。

玉竹捲起被子，又把他的手塞回他自己的被子，這才躺下。迷迷糊糊間都快要睡著了，突然聽到那頭的陶寶兒喊了句話。「娘，我要噓噓。」

噓……噓噓！

玉竹被嚇得立刻又坐了起來，爬過去推人。

「陶寶兒，醒醒。你起來，穿了鞋子到尿壺裡去尿。」

大概是她喊得太溫柔，陶寶兒沒有一絲要清醒的樣子，也不知是夢到什麼了，居然脫起了褲子。

絕對不能讓他尿在這婚床上，人家可是新婚，把床尿濕了算怎麼回事？

玉竹又捏又掐，硬是沒把人弄醒。想抱他下床，自己還搬不動。眼瞧著他都快脫完褲子了，她不得已，只能一腳把人踹下了床。

這床有踏板，摔是不怎麼疼，只是咚的一聲有點響，隔壁還沒睡熟的陶二嬸聽到動靜，立刻就過來了。

一進屋就看到傻呆呆的陶寶兒正站在踏板上，要哭不哭的樣子，褲子濕漉漉的正滴著尿。

陶二嬸一時真是不知該哭還是該笑，趕緊上前拿了衣裳給他披上。

「寶兒，你想噓噓得叫人啊！」

「嬸嬸，陶寶兒沒尿床上。」

玉竹掀開被子，上頭乾乾淨淨，陶二嬸的心這才落到了肚子裡。真要是沾了尿，她倒不怕什麼，就怕新媳婦嫌棄，覺得自家待她不盡心。

「沒尿也好，寶兒，褲子濕了我給你脫了啊，洗了明後天就能乾。你先進被窩睡覺，天一亮我就去你家給你拿褲子去。」

陶寶兒還迷糊著，聽著話都不知道在說什麼，只知道一個勁兒地點頭，然後被陶嬸嬸擦乾淨了屁股塞到了被窩裡。

玉竹從頭到尾目不斜視，生怕看到了什麼不該看的。陶二嬸只覺得好笑得很，捏了捏她的小臉蛋，給她摁了下去。

「好啦，妳也早些睡，想要噓噓就披了衣服去拿床邊的尿壺，嬸兒這油燈點一晚上，不怕看不見。要是實在害怕的話，就到隔壁叫我。」

「嗯嗯，嬸兒也早點睡吧。」

接下來的半晚相安無事，兩個娃一直睡到了早上。

陶二嬸一家早早開始忙碌起來，玉竹自己穿好了衣裳，扯平了被子從床上溜了下來。一開門就看到正挑著水回來的陶木。

「陶木哥哥。」

「小玉竹醒啦，妳等等我。」

陶木趕緊去倒了水，轉身去廚房的鍋裡端了碗蒸蛋出來。

「蛋還有點燙，給妳晾晾，我先給妳打水洗一下。」說完又進了灶間打了熱水出來。

玉竹擰了帕子將臉擦洗乾淨，心頭一陣舒爽。不得不說一早起來有熱水候著，有早飯晾著，是件很幸福的事。陶木為人實誠又勤快，從沒見他有重男輕女的樣子，彷彿還格外喜歡自己。

當然，也有可能他是愛屋及烏。

這人要是和二姊能成，日後一定是個疼老婆的。得早些把二姊的身分過了明路才是，不然真等到十九、二十歲，才恢復身分又會被官府配人。

陶木也不可能等二姊四、五年。
陶嬸嬸忙活完了陶實哥的婚事，下一個肯定就是陶木。以前為著陶木不能親近姑娘家的原因，幾乎沒有人肯將自家姑娘嫁過來，但現在不一樣了，陶二叔的活接都接不過來，多得是人想來給他們一家當學徒，想拜師。眼見著陶家是要起來了，哪有人會不動心？
偏偏二姊還一副不甚在乎的模樣，當真是皇帝不急急死太監。
「怎麼啦玉竹，是不是不喜歡吃蒸蛋？」
「不是，只是有點燙，我晾著慢慢吃呢。嬸兒忙去吧，不用管我。」
「真乖！」
陶二嬸笑著摸了下她的頭，帶著一早過來幫忙的婦人去了灶間。今天要弄十幾桌，要忙活的事可不少。
玉竹吃完蛋，立刻便有大娘來收碗筷。院子裡，說話聲、洗菜聲、搬桌椅的聲音那是絡繹不絕。裡頭的陶寶兒很快也被吵醒了，他雖然也會自己穿衣裳，但就是隨便一套，連個帶子都不會繫。
好好的一套衣裳，硬是讓他穿出了邋遢的模樣。玉竹操著一顆老媽子的心又去幫著他把衣服都整理好，攆著他去洗臉、吃早餐。
陶寶兒吃完早飯再進屋子，明顯清醒了很多，瞧著玉竹突然扭捏起來。
「玉竹妹妹，我娘說，除了她和阿奶，就只有我以後的媳婦會幫我穿衣裳。那妳……」

聽到這話，玉竹呼吸一窒。

「打住打住，趕緊把這想法丟一邊去，我跟你那是一丁點可能都沒有的。再說也不是只有媳婦會幫你穿衣裳，長輩也是可以的。」

若是日後他舅舅真和長姊成親了，那自己可不就是陶寶兒的長輩了？

「哼！」陶寶兒別的不知道，長輩是什麼他還是知道的。玉竹這意思就是不想給他做媳婦嘛。「不做我媳婦算了，反正我娘也不答應。」

玉竹不想再跟他糾纏這個敏感話題，畢竟屋子外頭都是來陶家幫忙的村民，人多嘴雜，萬一傳出去……於是她不經意地轉移話題。

「陶寶兒，你知道為什麼換褲子了嗎？」

「啊？褲子？」

陶寶兒低頭一瞧，身上穿的這條真不是自己昨日穿的，為什麼換了褲子呢？

昨晚的記憶開始慢慢浮現出來，他的臉也臊得越來越紅。想想自己昨日拍著胸脯和她保證的樣子，真是想找個縫從地下鑽出去。

這下他總算是老實了，乖乖坐在床上，紅著臉也不知道在想什麼。兩人還要在這兒坐床坐一天，等新媳婦來了，一人抱一抱才能回家。若是平時，陶寶兒是肯定坐不住的，但今日倒是省心了，不鬧也不吵，實在憋不住了就找玉竹說說話。

半日很快過去，隨著一聲聲的鑼響還有越來越嘈雜的人聲，婚禮已經越來越近了。

陶寶兒有些緊張，他以前都是跟在大人屁股後面湊熱鬧的，哪像現在這樣坐在人家婚床上。

「玉竹妹妹，怎麼辦，我想不起來我該說什麼了。」

「想不起來就別硬想了，等一下新嫂嫂進門抱你的時候，你賀她一句早生貴子就行了。」

「哦，貴子是什麼子？」

玉竹頓了下，耐心解釋道：「就是祝福新嫂嫂的話，你別管什麼子，照著說就好，別出么蛾子就行了。」

話剛說完她就想自搧嘴巴。

果然，陶寶兒又發問了。

「么蛾子又是什麼子？玉竹妹妹怎麼知道那麼多？」

玉竹忍著心裡一股衝動，直接捂住他的嘴。幸好這是陶二嬸家，不然這傢伙就該挨揍了。

「新媳婦進門啦！」

院子裡的小娃娃們一喊，玉竹立刻正襟危坐起來，她好像也有那麼一絲絲的緊張。

「陶寶兒，你別怕，記住早生貴子就行了。等抱了新嫂嫂，你就能出去玩了。」

「好的好的。」

陶寶兒也學玉竹那樣端端正正地坐好，兩手交握放在腿上。

古媒婆一進門，頓時笑開了花。

「喲，這兩娃娃真是生得漂亮啊！瞧著端正的小模樣，討喜得很呢！來來來，快讓新娘子抱一抱，沾沾喜氣！」

媒婆引著新媳婦坐到兩個娃娃中間，剛坐下，陶寶兒已經撲上去抱了人。

「早生貴子喲！」

這突然一下，新娘子都沒反應過來，懷裡就空了，然後便看到小娃娃朝著門口跑了出去。不過很快，她懷裡又多了個香香軟軟的小人兒。

「祝嫂嫂和陶實哥哥以後日子甜甜蜜蜜，幸福美滿。」

古媒婆總算反應了過來，立刻接過話。

「要的就是幸福美滿、早生貴子呢，兩個小娃娃說話真是伶俐，快去找妳陶實哥哥討個喜錢去吧！」

玉竹心下一鬆，總算是能回家了。

她起身準備出去，卻瞧見新娘子那緊張到無處安放的手。那雙手比長姊的手還要粗糙，皮膚也要更加黑些。聽說是個勤快人，看手就知道不是假話了。

從一個從小長大的地方到了另外一個地方生活，害怕緊張是難免的。玉竹上前輕輕拉了拉她的手。「嫂嫂，我等一下再來找妳玩。」

「好、好的。」

新娘子有些受寵若驚。

第五十三章

玉竹沒在屋子裡多待，跑出了院子。一晚上加一上午都在陶二叔家裡，她沒有瞧見三個姊姊還有黑鯊，心裡不得勁得很。

正往自家門口走，迎面碰上了一群小孩，他們一見玉竹便將她圍了起來。

「小竹子，聽說妳跟陶寶兒睡一起了，妳以後就是陶寶兒的媳婦了是嗎？」

這些小屁孩也不知道聽誰瞎說的，跟著亂傳，無聊得很。

玉竹沒理他們，繞開幾個娃準備回家，結果有個個子高的男孩一把揪住了她的頭髮，不讓她走。

「跟妳說話呢，怎麼不理人呢？」

他的力氣大，扯得頭髮也疼，玉竹扯了幾次也沒將頭髮扯回來。遇上這樣的事，靠自己是沒有用的。

「長姊、二哥、秀姊姊！有人欺負我！嗚嗚嗚……」

玉竹喊得很是大聲，想著長姊她們若是在家，一定會聽見。不過還沒等到長姊出來，她就先被路過的二毛救了。

二毛之前在村裡時常打架，對付這種只會嘴上功夫的小孩簡直不要太輕鬆。也不知道她是和誰學的，先踹腿窩，再抓頭髮，還會反剪雙手，一套動作下來，抓著玉竹頭髮的男孩已經哭著直喊我錯了。

「怎麼了這是？」

玉竹看著姍姍來遲的長姊，哇的一聲哭出來，撲到她身上。

「他剛剛欺負我，不讓我走！還扯我頭髮，好痛！我喊了長姊、二哥，你們都沒出來，還是二毛救我。」

玉容一聽完，臉色便立刻冷了下來。她可不管什麼大人不能和小孩子計較這回事，敢欺負自己的寶貝妹妹，她是一定要計較的。

「這是劉老三家的根子吧？你爹娘那麼個老實人怎麼養出你這麼個德行？欺負小姑娘是件很有臉面的事嗎？我家玉竹怎麼著你們了，要這樣欺負她？」

得虧這是在自家門口，還遇上了二毛，不然小妹還不知道要被欺負成什麼樣。

根子也就是在幾個朋友裡稱老大，真遇上了大人，他是屁都不敢放一個。

「就是、就是跟玉竹開開玩笑，她不回答我，我才著急，抓了下她頭髮。」

「有你這樣開玩笑的嘛！」玉竹委屈兮兮地抱著長姊的脖子告狀。「長姊，他說我昨晚和陶寶兒睡一起，以後就是陶寶兒媳婦了。」

「呸！這誰傳的話?!」

玉容凶巴巴地盯著根子，警告他道：「我家玉竹和陶寶兒是去做壓床童子的，光明正大。若是我再在村裡聽到你們傳這樣的話，別怪我帶狗上門撕爛你們的嘴！」

黑鯊很應景地在旁邊汪汪兩聲，嚇得幾個小屁孩亂叫著跑了。

玉容這才收斂了臉上的怒容，轉頭向二毛道謝。

「小竹子可是我最好的朋友，我幫忙是應該的。對了，方才我去河邊洗衣服的時候，聽到劉大娘幾個人在和陶寶兒的娘打趣這件事，也不知這事是不是那幾個大娘瞎說出來的。不過陶寶兒他娘已經兇過那幾個大娘了，我走的時候還在嘀嘀咕咕的吵呢！」

「我知道了，謝謝妳，二毛。對了，妳要不要去我們家坐會兒再回去？」

「不了，我這衣服洗了還要趕緊回去晾呢。小竹子，等妳得空了記得來我家找我。」

玉竹連連點頭。

三人在玉家門口分開，各自回了家。

玉容擔心再發生剛才那樣的事情，之後都是寸步不離地帶著小妹。鍾秀因為臉上那道疤，一直不太喜歡人多的地方，便沒有跟著她們一起去隔壁陶家吃酒。左右兩家近得很，有什麼事出來叫一下就行了。

這一天，大家都是忙忙碌碌的，玉竹還好，吃過飯便回了自家院子。長姊卻留在陶家幫忙，二姊也是，姊妹倆都是很晚才回來。

一夜無話。

第二天，玉竹起得特別早，大概是昨晚無聊，睡得太早，天剛亮就醒了。

她自己穿好衣裳，正想開門的時候，突然聽到院子裡頭有動靜。

咻咻咻的幾聲，聽著像是秀姊姊在練劍？

玉竹拉開門，偷偷探出頭去瞧。

如她所猜的那般，在院子裡練劍的正是鍾秀。

白日裡，鍾秀怕自己練劍會嚇到玉家的人，每次都是趁著眾人還未起身的時候，在院子裡小練一會兒。

她的功夫在淮侯府裡算得上是中下，聽上去並不怎麼出眾，但對一般人家來說，已經是很厲害的水平了，至少護著玉家是足夠的。

藏在門後，玉竹看著鍾秀那行雲流水的招式，口水都要流下來了。她也好想學啊！這古代的危險可不少，上回長姊若是有秀姊姊那一招半式，哪還用得著魏平去救，自己就能解決了。

她也想有秀姊姊這般身手，就是不知道，秀姊姊肯不肯教自己。

鍾秀早就注意到門口那股強烈的視線，還有小傢伙興奮時變得格外粗的呼吸聲。

「醒了就出來呀，躲門後邊幹什麼？」

玉竹嘿嘿一笑，從門後邊走了出來。「秀姊姊，妳好厲害呀，妳每天都要練嗎？練這個練了多久啊？」

「多久？我也不記得了，反正打從記事起就每天都在練武。」

鍾秀又回想起當年那教習她武功的武師父來，他說自己天資不足，只能勤能補拙，若是懶怠，只能回去過從前那些苦日子。

「秀姊姊，妳能不能也教我兩招啊，我昨天被他們抓著頭髮都跑不了，可疼了。」

「妳想學武？」鍾秀很是詫異。「小傢伙，學武可沒妳看到的這樣輕鬆。要學的話，可得吃些苦頭呢。」

聽到鍾秀並沒有不願意教的意思，玉竹兩眼發光，抱著她的大腿便不放了。

「我不怕吃苦的，秀姊姊就教教我吧！」

「那……行吧，先教妳幾日試試看。不過今日不行，我還需要準備點東西。」

鍾秀摸摸玉竹的腦袋，蹲下身與她平視道：「小玉竹，妳是我見過最聰明的孩子，妳這個年紀也是學武最好的年紀。妳想學呢，我自然沒有不願意教的，但咱們得先說好，學武是件需要堅持的事情，不可輕易半途而廢。而且秀姊姊可是會變得很嚴厲的，妳得有準備哦。」

她這話若是對真正的四歲小娃說，估計也就是一陣耳邊風，可玉竹不一樣，她雖是性格變了許多，但骨子裡的堅韌和毅力仍在。

「秀姊姊，咱們打勾勾，我肯定不會半途而廢的。」

「好，打勾。」

兩人彷彿是在完成什麼重要的契約一般，瞧得門口的玉容都忍不住笑了。

「哎呀，如今阿秀和小妹也有小秘密了。」

「長姊，妳方才都聽到了嗎？」

玉竹一臉期待地望著姊姊，希望她不要阻止自己。

「聽到了一點點。妳想學便學吧，只要阿秀肯教，沒什麼不可以的。這世道啊，姑娘家會些防身的功夫也不錯。」

顯然玉容也是想到了自己曾被人襲擊的那回。

「阿秀，那日後便要辛苦妳了。習武的事我幫不上什麼忙，也就只能做些好吃的給妳們了。」

於是一大早，玉家廚房裡便傳出噼哩啪啦的炸聲、炒菜聲，美好的一天開始了。

一家子吃過飯後沒多久，隔壁的陶嬸嬸就帶著兒媳婦過來串門子。大家互相認識一下，畢竟日後都是要長久相處的。

玉竹這才瞧清了陶實新媳婦的模樣，是一副在漁家姑娘中略微有些出眾的相貌，只是稍微有些瘦的兩頰讓她看上去面相有些不好，眼睛倒是很漂亮，是她喜歡的丹鳳眼。

「這便是昨日壓床的玉竹妹妹吧？真是好看得很，讓人一看都想抱回家裡去。」

陶二嬸跟著笑道：「誰說不是呢？我天天瞧著這小傢伙也想抱回家去。不過她這姊姊護得很，瑛娘妳抱是抱不走了，若是喜歡，自己生一個去。」

新媳婦頓時臉紅不說話了。

很快，兩人道別去了下一家。看著她們的背影，玉竹忍不住嘆了一聲。

剛剛聽那新媳婦自我介紹，說叫古瑛，才十七歲。

十七歲，還在高中的年紀，如今便成了一房長媳，要和陶嬸嬸一起操持家務了。這個時代的女人，真的是難。

玉竹看著姊姊說話，慢慢退了出來，回到房間。她爬到床上，從枕頭裡頭把自己在海島上發現的那塊玉玦拿了出來。

當日和燕翎說好的，今日來家中玩，也不知道她會不會來？玉竹現在最想弄明白的就是這塊玉玦的來歷，以及它有什麼作用。

若真與王族有關，不知能不能用它來換得二姊無罪。

一個時辰後，燕翎沒有來。

此時已經開始退潮了，玉竹坐在門口，看著三三兩兩挎著簍子、提著耙子往海邊去的村民，想了想，還是決定再等等。

人家從城裡到上陽，得花上不少時間呢。

又一個時辰後。

玉竹打了個大大的哈欠，她睏了。反正這會兒去趕海也弄不到什麼東西，還冷得很，於是她難得犯了回懶，又回被窩裡去睡了個回籠覺。

睡得半夢半醒間，老覺得鼻子癢，打了個噴嚏才發現自己床邊坐著個人。

「燕姊姊？妳什麼時候來的？」

「我都來了小半個時辰了。妳啊，睡得可真沈，怎麼叫都叫不醒，屬小豬的嗎？」

「嘿嘿，我馬上就起。」

玉竹一掀被子，麻利地拿起衣裳自己穿起來。

燕翎像是發現了什麼稀奇事，好奇問道：「玉竹妹妹，妳不叫妳姊姊幫妳穿衣裳嗎？」

「我自己能穿為什麼要叫姊姊？」

燕翎低頭看看自己身上的衣裳，臉上頓時有些熱。她可比玉竹大了兩、三歲呢，還不如玉竹，每天的衣裳都是讓嬤嬤穿的。

「玉竹妹妹，妳真能幹，我什麼都不會。」

玉竹愣了下，反應過來。「這些東西都是很簡單的，只要想學就能學會。不過妳的身分畢竟跟我不一樣，這些小事用不著妳學。再說了，妳也有妳的長處呀，就像妳能識很多字，我卻只認識自己的名字一樣。」

聽了這話，燕翎心裡頓時舒服多了，一開心，那嘴便沒個把門的。

「那我教妳識字好了。」

說完才隱隱有些後悔。她學業不精，好像識得的字一共也沒多少個，好在玉竹也沒有同意。

「不用啦，謝謝妳這份心意了。咱們兩家離得遠，能一起玩一次都挺難得的，就不要浪費時間去學字了，妳在家裡還沒學夠呀？」

這話真是說到了燕翎心坎上。她不就是在家天天學這個、學那個給憋的嗎，就想著出來放鬆放鬆。

「玉竹妹妹真好，那咱們出去玩吧？妳不是說要帶我去撿螺回來烤嗎？」

「今日不行啦，潮水都漲上來了，海邊也沒什麼好貨了。」

「啊……」燕翎的情緒瞬間低落下去。

海邊可好玩了，她來這上陽村有一半是衝著玉竹來的，還有一半是衝著能去海邊玩。為了這個，昨日她老老實實在家寫了半日的字，學了半日的禮，結果現在卻去不了。

「那還能玩什麼？」

「好玩的可多啦！」

玉竹紮好頭髮，拉著她出門去找姊姊。「長姊，能不能借我兩根針呀？」

「妳要針做什麼？那東西可不是小孩子該玩的。」

「長姊，好姊姊，就給我兩根嘛，我想拿去做魚鉤釣魚呢。」

玉容被磨得沒辦法，只能給了兩根針。不過她沒給玉竹，而是拿給了玉玲。

「小妹要去海邊釣魚，妳陪著一起去，看著她們。」

其實她更屬意阿秀陪著一起去，只是阿秀不怎麼願意出門，燕翎又自己帶了護衛來，加上二妹，幾個大人看著出不了什麼事。

玉玲點頭應了，接過針便按照小妹的要求，給她們做了兩根簡易魚竿。她做魚竿的時候，玉竹自製的小魚餌也做好了。

燕翎有些迫不及待想要出去釣魚了，一個勁兒地催著玉竹出門，一行五人最後在一塊地勢比較平緩的礁石坡上坐了下來。

玉竹手把手地教著燕翎怎麼裝魚餌，怎麼甩魚竿。燕翎還挺有勁的，滿心都在釣魚上，玉竹的心思卻盯在她那塊玉飾上。

「燕姊姊，妳脖子上戴的這個，紋樣真好看。」

「這個啊，這是我祖母在我滿月時候賜與我的，說是能給我帶來好運。」

燕翎見玉竹總是瞧自己這塊玉飾，心下有些為難。若是旁的，她肯定二話不說便贈給玉竹，可這塊是祖母所贈，不能送人的。

「玉竹妹妹，妳要是喜歡，等我回家了，我去給妳挑幾個差不多的，下回來的時候送妳。」

「不不不，不用了，我就是喜歡這紋樣，覺得好看。這個紋樣別的店裡有嗎？」

「紋樣？」燕翎低頭瞧了瞧，搖頭道：「應該是沒有。這塊玉飾沿用的是昔年開國玉玦上的紋樣，是老祖宗親繪的，只有王族才能佩戴。」

「這樣啊，那我下次去店鋪再瞧瞧別的。咦，有魚了！」

玉竹掩藏起心裡的驚濤駭浪，拉起了魚竿。

第五十四章

燕翎在玉家瘋了一天，上午釣魚，下午又央著玉竹上山，採了一堆亂七八糟的野花、野果回來。快走的時候，還烤了兩條魚吃了才肯離開。

上午她釣了幾條魚，剩下兩條被她帶了回去，說是要拿去送爹娘。至於那些野花、野果，新鮮過後則是丟在了玉家院子裡，真是不知說她啥好。

送走了這小祖宗，一家才算是踏踏實實地吃了個飯。

晚上睡覺的時候，玉竹琢磨了下，主動將藏起來的玉玦拿了出來。有些事情，不可能讓她一個四歲的娃去出面。

準備上床的玉容一轉身瞧見被面上放的東西，嚇得幾乎失聲。

「小妹！這——」

看這玉玦的雕工和色澤，絕對是塊極品美玉。尋常人家不可能會有這樣的東西，只有……

白日裡來過的那個燕翎才會有。

可玉容不相信自己小妹會是個拿別人東西的人。

「這是那個燕翎小姑娘的東西？」

「當然不是，這是我在之前那座海島上撿的。」

玉竹把姊姊拉進被窩，姊妹倆擠在一起，趴在枕頭上瞧著那玉玦。

「那天發現它的時候，它放在一個爛的木頭箱子裡。我瞧著好看，便撿了回來。」

「這可是個好東西呢！」玉容感嘆小妹的運氣真是好得不得了。「就留著給妳做嫁妝吧，長姊先幫妳保管著。」

「長姊，我才多大呀？我給妳看這個是想和妳說事呢！」玉竹把玉玦拿過來，指著上頭的紋樣道：「今日燕翎不是來我們家了嗎，我瞧見她脖子上戴的那個玉飾紋樣和這塊玉一模一樣，就順口問了她幾句。長姊，妳猜她說什麼？」

「她說什麼？」

「她說，她那塊玉飾紋樣是沿用了開國玉玨上的紋樣，是他們老祖宗親手繪製的，只能王族佩戴。」

一聽只能王族佩戴，玉容第一反應就是可惜，不能拿來做小妹的嫁妝。好一會兒才反應過來，那句話代表著什麼。

「所以這塊玉玦……」

很有可能是王族的東西！甚至，再大膽想像一下，有沒有可能就是那塊開國玉玦?!

若真是這樣，交上去絕對是大功一件，二妹的身分她就不用再擔心了！

玉容眼光熾熱，抓著玉玦翻來覆去怎麼都看不夠，直到對上小妹的眼睛才反應過來，這是小妹撿回來的東西。

「小妹，這塊玉能不能、能不能送給長姊？長姊有很重要的用處。」

「當然可以，我的就是姊姊的，這塊玉本來就是要給長姊的呀。」

玉竹又不能自己拿著它跑到秦大人或是淮侯面前幫二姊解決身分問題，這種事情除了交給長姊，別無他法。

「好小妹，長姊跟二哥沒白疼妳。」

玉容抱著著小妹狠狠親了一口，連聲音都變得有些哽咽起來。

沒有人知道她心裡的壓力有多大。

二妹的身分就是懸在頭上的一把刀，即便是現在的生活已經非常舒適了，她也很難真正開心起來。

只希望手裡這塊玉玦能如她所願，抵銷掉二妹假造戶籍的罪名。

一刻鐘後，玉容終於冷靜了下來，開始詢問起妹妹島上藏寶的位置，還有箱子的具體情況。

玉竹回答得詳細，就連黑鯊一共銜出了多少顆石頭，她都記得清清楚楚。

不過光說沒用，還是要實地看看一看才能更加放心。

隔天一早，一家子都等不及退潮就取了船往海島去。鍾秀和玉玲完全是一臉懵的狀態，不知道為什麼又要去海島上。

玉容只是稍稍提了一句，島上彷彿有藏寶，別的便沒說那麼清楚了。

這回，她把自己裝衣裳的那口小箱子也帶來了，準備將小妹所說的爛箱子裡的那些石頭也一起帶回去。

那樣一座孤島，那樣一個木箱，能跟極品玉玦一起放置的，想來也不是凡物。

一家子來去匆匆，前後不過花了一個時辰。

玉玲和鍾秀就這麼瞧著玉容帶回了一堆石頭，很是不解，問她有什麼用處，她又神秘兮兮的不肯說，當真是教人好奇得很。

玉容不是不想說，只是她怕說出來後，要是拿去城裡人家說不是呢，弄得二妹白白歡喜一場。至於鍾秀，她到底是淮侯的人，玉容是半點都不敢讓她知道的。

這箱子被放在了玉容的床頭，早晚都要看上好幾遍，弄得玉竹哭笑不得。長姊未免也太過緊張了，東西是死的，放屋子裡還能跑了不成？

她這樣真是讓玉竹擔心，萬一玉玦並不能替二姊贖罪，她怎麼受得了？

「長姊，妳打算什麼時候進城啊？」

玉容想了想，回答道：「就明日吧！咱們去租車一日，早些把這東西拿去給人瞧瞧，看看究竟是什麼。」

她是想到便去做，天都快黑了又跑去蔡大爺家中付了錢，租了牛車一天。

翌日一早，蔡大爺早早便駕著牛車停在玉家院子外頭。本以為要等上好一會兒，沒想到剛停下不到一刻鐘，幾個人就都上了車。

往常這玉家租了車子去城裡，一路上都是說說笑笑，今日卻異常安靜。蔡大爺還以為是他們一家子鬧了矛盾，牛頭不對馬嘴地勸了一路，嘴皮子都快磨破了卻一點效果都沒有。

下車後，玉容倒是回了些神，帶著妹妹們和鍾秀去了一家首飾鋪子。

「妳們在外頭等我，我自己進去問問。」

玉容把箱子交到玉玲手上，連小妹也沒帶，自己獨自走了進去，隔了好一會兒才見她一臉興奮地出來。

這箱子裡的石頭竟然是極品玉石的籽料，既然如此，那玉玦的價值必定不凡。

她不再猶豫，直接帶著玉玦去找秦大人，跟著她一起去的還有玉竹。

秦大人瞧見姊妹倆，熱情得很，還以為玉容又是來獻方的。

之前的蠔油和增味粉賣到其他幾個州，迴響實在太好，如今他正在籌備將城牆好好修繕一遍。

不過若是買了兵器又修城牆，庫裡就要空上一段時日了，所以他這會兒看到玉容簡直是喜出望外。

「玉容姑娘這是又弄了什麼新的東西出來？」

「大人誤會了。」玉容尷尬地笑了笑，拿出那塊還包著布的玉玦。「民女此次前來打擾，是想請大人幫忙看看此玉的價值。」

秦大人一愣。看玉不去首飾鋪子，卻來找他？

「大人請看。」

玉容揭開了玉玦上遮蓋的麻布。秦大人張口想說不怎麼懂玉，一低頭瞧見那玉玦的樣子，眼都瞪大了。

這東西他太眼熟了，不，應該說是為官者都眼熟得很。

只要朝見過王上的人，都會知道在那王座後有塊巨幅玉雕，聽說是仿照開國玉玦的樣子做的。至於開國玉玦在哪裡，卻沒有人知道，也沒有人親眼瞧見過。

一直有消息傳稱王宮將開國玉玦弄丟了，秦大人都沒怎麼信過，可眼下，他覺得不是可能了。

他的手微微有些顫抖，小心地拿過了玉容手上的玉玦。

「這塊玉，本官暫時無法替妳估價。不過侯爺可以，妳們且隨我去趟侯府吧。」

玉容自是沒有不應的。

秦大人越是緊張，她就越是開心，二妹的身分問題也就越有把握。

淮侯府離得不遠，兩刻鐘便到了。

聽到秦大人上門，淮侯還以為他又是來要銀子的。

「不見不見，秦言這傢伙真把我侯府當錢袋子了？來一次、刮一次，再刮就要漏風了。」

秦大人就站在門口，身後還有兩姑娘，臊得臉都紅了，也顧不得什麼禮儀不禮儀的，直接高喊一聲。「侯爺，下官不是來要銀錢的，當真有要事！」

「咳咳……既是有要事，進來吧！」

秦大人回過頭讓玉容姊妹倆在外頭等著，自己先走了進去。

玉竹人小，也沒有護衛管她。她清楚聽到淮侯那抽氣的聲音，還有各種驚嘆，一顆懸著的心算是徹底放下來了。

很快，裡頭便有內侍出來傳玉容進去。

看得出來淮侯很是高興的樣子，連玉容姊妹倆的禮都免了，還賜了座。

「玉容姑娘，妳是在何處發現這塊玉玦？」

「在上陽村偏北方的一座海島上。當時這塊玉玦是放在一個滿是石頭的木箱子裡，民女瞧著木箱已經爛得不成樣，猜想它的主人應是不在了，便將玉玦拿了回來。侯爺，可是這玉玦有何不妥？」

「自然不是。」

淮侯愛不釋手地摩挲著那塊玉，心中激動之情溢於言表。

「這本是咱們萬澤國的鎮國之寶，當年隨著老祖宗一起失蹤了。沒想到，它竟然會出現在一座海島上。玉氏，此番妳立了大功，本侯會替妳上表功勞，求個封賞。」

「不不不，不用了，多謝侯爺美意，民女不想要什麼封賞，民女只想求侯爺一事。」

「哦，何事？妳說。」

玉容拉著妹妹跪伏到地上，鼓起勇氣道：「民女想請侯爺恕罪，恕家妹戶籍造假之罪！」

第五十五章

淮侯怎麼也沒想到會有這齣。

「戶籍造假?!怎麼回事?」

他看向秦言，秦言也是一臉的茫然。

「妳妹妹這樣小，如何造假?若是年歲的話，並無大礙，讓秦言回去給妳改下就是了。」

玉容搖搖頭，艱澀道:「不是這個妹妹……」

「妳不就這一個妹——」秦大人說著說著突然反應過來。「妳是說妳二弟是個女子?!」

玉容點點頭，趕緊解釋道:「戶籍造假並非民女一家所願，奈何家中皆是婦孺，沒有男丁頂立門戶，又逢災年，人心不安，這才冒險立了男戶。若是早知侯爺治下如此安寧，民女一家斷不會有此想法，還請侯爺恕罪。」

淮侯本來就只有微末惱意，一聽後面那話，那點不高興立時煙消雲散。

適逢災年，三個姑娘家又沒個長輩，一路逃荒過來，必定是見識了不少陰暗事情。家中沒有男丁，只有三個弱女子的話，的確更容易受欺負，戶籍一事，實屬無奈。

若按照國法，戶籍造假者須得受上三十大鞭，再發配西涼苦做五年，但這玉家對淮城貢獻不少，如今又替他拿回了開國玉玦，功足以抵過，罷了。
「戶籍造假原是該鞭三十再流放，不過念在妳一家對淮城多有貢獻，還找回了開國玉玦，此事便抵了。等會兒去秦言那兒領了新戶籍回去吧！」
儘管心中已有猜想，但這話從淮侯口中說出來，那便是板上釘釘的事了。玉容歡喜得都不知道說什麼好，只能實實在在地給淮侯磕了幾個頭。
「多謝侯爺！多謝秦大人！」
在場的人裡，大概只有玉竹明白長姊激動的心情。為了二姊的事，長姊已經很久沒有睡過好覺，再怎麼哄她開心，那眉間也總是帶著愁緒，明明生活條件都好了，也沒見她身上長點肉。
玉竹也跟著給淮侯磕了兩個頭。
不管怎麼說，是淮侯讓她們有了現在這樣安定的生活。如今二姊的身分問題也解決了，她們一家便再無煩憂。
淮侯急著要和夫人分享，沒再與她們多說什麼，只讓秦大人帶了兩人出去。於是一行人又回了府衙。
秦大人很是乾脆地招來了部吏，命他當場寫了一份新的戶籍。玉容抱著小妹眼巴巴地在一旁瞧著，待看到性別寫上了「女」字，隱忍多時的眼淚終於忍不住落了下來。
「小妹，妳二姊她……以後可以叫二姊了！」
玉竹點點頭，眼睛也是紅紅的。

「長姊，咱們等一下是不是可以帶二姊去看郎中了？」
「對對對，等一下就帶她去。」
有了這份新戶籍，她這心裡幹啥都有了底。
秦大人拿過部吏新寫的戶籍，落上了自己的大名。如此，新戶籍才能得用。
「好好收著吧，日後不必再擔心了。」
「多謝秦大人！」
玉容小心翼翼接過來，瞧著墨沒乾便沒敢收進懷裡，先拿在手上晾著。來府衙的事算是辦完了，她正準備帶著小妹告辭，突然聽到秦大人問：「好不容易來趟城裡，不去瞧瞧魏平？」
「啊？」
萬萬沒有想到秦大人會突然問這個，玉容好一會兒才反應過來，臉上莫名有些熱。
「他、他說過幾日會去村裡的，這會兒應是在當差，我就、不去打擾了。」
秦大人本是想幫幫魏平，沒想到他自己還挺爭氣，瞧著玉容那面上飛霞的樣子，兩人已是有情了。
「看來，本官用不了多久便能喝上一杯喜酒呀，當真是緣分。妳可知當初本官為何會將妳們一家安排到霞灣落戶？」
玉容一臉茫然。「民女不知。」
「自然是因為魏平了。當初本是想將妳們一家安排到貢源縣，那兒比起霞灣要差得很多，結果魏平說，妳們一家身體都不怎麼好，若是去了貢源，日後想進城尋醫實在太過麻煩，便指了霞灣，建議本官改主意。只是一戶人家罷了，本官便遂了他的意思，將妳們改去了霞灣。」

沒想到，自家會到霞灣竟是魏平的功勞。

玉竹對魏平的好感那是倏地往上漲。霞灣於她們一家可說得上是福地呢！

「好好珍惜這段緣分，魏平是個不錯的人。」

秦大人笑著起身送她們出門。都走到門口了，玉竹突然想起一事。

「大人，海島可以買嗎？」

「嗯？買海島??」

秦大人第一時間便想到了玉家姊妹發現開國玉玦的那座海島。

「海島自然是能買，不過可不便宜，最小的海島都要五十金貝。若妳們是想買發現開國玉玦的那座海島，那就得等官府的人上去查探過後，才能進行買賣。」

不光是要去查探大小，還要查探有無礦產；若是有鐵礦、銅礦，就是給再多錢都是不能賣的。

這些秦大人便沒與玉家姊妹細說了。

出了府衙的門，竹簡也已經乾了。玉容寶貝地將它放進懷裡，重新將小妹抱起來。

「小妹，妳想要那座海島？」

玉竹猶豫了下，很誠實地點了點頭。但她拿不出任何理由說服姊姊。島上的那些果樹價值豈只五十金，可好貨無人識也是無用。那些果樹至少要到明年八、九月才能看到果子，現在說這些，連她自己都沒底氣。

至少五十金貝，那是多少的錢財，拿去買一座荒棄不知多少年的海島，換成是她，她也不會同意的。

玉容並沒有一口回絕。

「這不是件小事，咱們晚上回去和妳二姊一起商量商量。小妹，我知道妳比我想像得還要聰明，咱們家也是因為妳，日子才一天天好過了起來。但在外頭的時候，記得要收斂幾分，太過拔尖易惹人妒，妳現在還太小了，知道嗎？」

玉竹心裡一時又酸又軟。「知道了，長姊……」

玉容這才抱著妹妹往自己和二妹她們約好的地方走。

玉玲這會兒等得無聊，和阿秀玩了幾把猜石子，結果把把都輸，身上的幾個銅貝都讓她輸光了。老遠看見長姊和小妹回來，頓時如蒙大赦，拔腿就朝她們跑了過去。

「長姊！怎麼去了這麼久啊，讓我好等。」

「二姊！」

「小妹……嗯，妳叫我什麼？」玉玲受到了驚嚇。

「二姊呀！」

玉竹喊得又脆又甜，嚇得玉玲直接捂住她的嘴。

「小壞蛋，可不能叫！長姊，妳怎麼告訴她了？」

「可不是我告訴她的，她自己看出來的。咱家這小滑頭，藏得可深啦。對了，我剛剛去辦了點事，給妳看樣東西。」

玉容笑得很是神秘，從懷裡將竹簡抽了出來。

「這是什麼？」

玉玲識字不多，不過往下看去，很快看到了自己的名字，名字後頭的性別……女！

「長姊，這是怎麼弄的？妳不會是去找人做假的吧？」

「想什麼呢，我怎麼會去找人做假？這是剛從官府裡拿出來的，這兒還有秦大人親筆寫的字呢。以後咱家玉玲不管是穿男裝還是女裝，那都是個姑娘家，再不用擔心被人發現了。」

玉玲像是受到了極大的驚嚇，握著那根竹簡，半天回不過神來。她還以為這輩子都要頂著男兒身分過活呢，怎麼突然就告訴她，不用了，沒事了，她可以恢復女兒身了？

她不會是在作夢吧？

剛想是不是在作夢，手上就傳來一陣刺痛。玉玲低頭一瞧，原來是小妹正咬著自己的手背咧嘴笑。

「二姊，痛吧？妳放心，肯定不是在作夢。」

「壞丫頭，欠收拾了妳！」

玉玲一把抱起小妹，兩個人鬧成一團。

鍾秀在一旁將她們姊妹仨的話聽得清清楚楚，萬分慶幸自己沒有去告發玉玲，不然如今玉家怕是沒有她的位置了。

「二姊、二姊饒命！咱們還有正事呢！」

玉竹笑得上氣不接下氣，好不容易從二姊手裡逃了出來。

「長姊，咱們不是還要去找那小馮郎中嗎？」

說起這個，玉容也反應過來。

「是，該去了。不然一會兒人家去吃飯，咱們就得等到下午才能瞧。」

玉玲都來不及問清楚戶籍是如何改的，就被長姊趕著去了醫館。

這會兒都是快做飯的時候了，醫館裡排隊的人很少，很快就輪到了玉玲她們。

小馮郎中一看人，有點眼熟。「咦，妳是玉姑娘對吧？」

「是的，這次不瞧我，是我二妹要看。」

說完玉容將一身男裝的妹妹按到了凳子上。

小馮郎中瞧見玉玲這身打扮，並沒有多問什麼，而是直接讓她搭了脈枕，給她診脈。

時間一點一點過去，小馮郎中的眉頭也是越皺越緊，臉色也變得有些嚴肅起來。

玉竹在一旁瞧得都緊張死了。

家中無錢，她可以幫忙想法子賺，可唯有這治病，她是幫不上一點忙，只能在心裡默默祈禱二姊並無大礙。

小馮郎中診完了脈，又看了舌苔，詢問了每月月事的情況還有各種零碎事情。一炷香後，才算是問完。

「妳身上的寒症很嚴重，想必自己也有感受，每月月事之時已經是越來越疼了，之前可能喝了有點用的湯藥也不再管用。好好的一個姑娘家，怎麼弄得這麼嚴重？若再不就醫好好調養，只怕妳這輩子都與子嗣無望了。」

玉玲坐在那兒，一顆心隨著小馮郎中的話，一時心涼透頂，一時又如枯木逢春。

「那我、那我還有得治嗎？」

「當然！」

第五十六章

得了小馮郎中的肯定答覆，所有人的心都踏實了。玉容又細細地問了下日常吃食的禁忌，才去抓藥。

出了醫館，四個人又去了布坊。

玉玲都恢復女兒身了，當然不能再成天穿那些灰撲撲的麻襖，而且之前做的過年衣裳不是黑的就是灰的，都要換掉。

姊妹幾個興沖沖地選著布，就連鍾秀都被感染了好心情也選了一身。臨到付錢的時候，玉玲卻猶豫了。

「長姊，要不還是不買了。我暫時……還不想把自己恢復身分的事情說出去。」

「為什麼？」

玉容無法理解，直到她被小妹拉了拉手。

「陶木哥哥。」

哦，原來是這樣，她懂了。陶木有不能和女人說話的毛病，二妹擔心陶木發現她的身分後，也不能和她說話。

「不說就不說，但布疋必須買。咱們自己先做著，在屋子裡頭想穿就穿。」

玉容不給妹妹拒絕的機會，直接付了銀錢拿上布便走。

這下，除了小箱子裡的籽料沒有賣出去，其他的事都算是辦得差不多了。姊妹幾個也不打算再逛，直接拿著東西去了停牛車的地方。

和來時的沈悶氣氛不同，回去的一路上，她們都是都歡歡喜喜的樣子。

能夠恢復身分而不受責罰，這對玉家來說簡直就是天大的喜事。晚上，玉容大顯了一番身手，做了一桌子的好菜，不過也只有她一家人吃。玉玲是女兒身的事情，她們誰也沒有說。

吃完飯又是姊妹仨的談話時間。

玉玲終於知道自己的身分究竟是拿什麼東西換來的。不等她從震驚中回過神，又聽到長姊說了個嚇人的想法。

「小妹想買那座島，我說要回來咱們一起商量商量。先前在府衙的時候問過秦大人了，他說一座海島最少也要五十金貝。」

「五十！」玉玲倒抽了口涼氣。「咱家哪兒有五十金貝啊？」

倒不是玉玲不同意小妹的想法，而是她知道自家的家底，一共就那麼點，大頭就幾個金貝，離五十金可還遠得很。

玉容點點頭，道：「咱們是沒有那麼多，但小妹找到的那箱子石頭，都是玉石的籽料，看了兩個都是極品，其他的也差不到哪兒去。那一箱子挺多的，若真好好賣，也值不少錢。再加上咱們的存銀，咬咬牙也是能買。但買了海島，咱一家就又窮了。」

她把話先說在了前頭。

海島的事，她其實最沒有意見。因為家裡的銀錢大多都是小妹想出法子掙來的，不管是增味粉還是蠔油，包括那塊香料和玉玦、籽料，都離不開小妹的影子。她也是一點一點想過來，才發現小妹竟是那樣聰明。

小妹既然想買海島，那肯定是有什麼必須要買的理由，大不了就是重新過回縮衣節食的日子，靠著大海，餓又餓不著。

玉容不反對，玉玲就更不會反對了。

「窮就窮吧，咱們也不是沒過過窮日子。現在房子有了，船也有，再不濟還能跟著陶二叔一起出去給人砌灶臺，每月總有進項，不用擔心。」

「那倒是，現在海蠣正是個頭肥美的時候，我也能多熬蠔油去賣，日子不會拮据。」

兩個姊姊妳一句、我一句，玉竹都沒來得及找出話去勸她們，她們就這麼同意了？

這晚，姊妹仨是擠在一起睡的。

「長姊，我沒作夢吧，妳們真的同意了嗎？」

「同意是同意，但得等那箱籽料賣出去。若是賣完了加上咱們手裡的錢還不夠，那便買不了，到時候可不許跟我們哭鼻子。」

「知道、知道！」

玉竹樂得直點頭。這下她倒是能安心睡了，不過很快又想起一事來。

「二姊，妳的身分不想說出去也行，但得跟陶嬸嬸說一聲。」

「嗯，為什麼？」

玉玲還沒反應過來，玉容倒是比她先明白。

「對，要跟她說一聲。陶實的婚事已經辦了，接下來她肯定要琢磨陶木的婚事。妳的身分得跟她通個氣，不然到時候陶木訂了親事，有妳哭的。」

幸好已經熄了燈火，玉玲臉紅也沒人瞧見。她沒有說什麼拒絕的話，只是默默將被子拉上，將自己縮到了被窩裡。

她怎麼也沒想到自己喜歡陶木的心思，居然一直被姊妹們瞧在眼裡。她還以為自己掩藏得很好，真是的……

這不說話就是同意的意思。

玉容知道二妹臉皮薄，沒有再笑話她，轉身給小妹蓋好被子後，自己也縮進了被窩睡覺。

一晚上很快過去，天邊已經漸漸露出微光。

睡得正香的玉竹突然聽到有人在叫她。

迷迷糊糊一睜眼，聽到是秀姊姊的聲音，她立刻清醒過來。自己說好要跟她習武的！

玉竹趕緊穿了衣裳開門出去。

一開門，冷風凜冽，吹得她起了一身的雞皮疙瘩，頓時有種想回到床上繼續睡覺的衝動。

「快過來呀！」

鍾秀一喊，玉竹那打退堂鼓的心思立刻煙消雲散。

己。

吃得苦中苦，方為人上人嘛！她不想當什麼人上人，只想盡可能地多學些技能，充實自

學好了武，日後能保護自己，也能保護家人。

玉竹給自己打了打氣，朝鍾秀跑了過去。

「秀姊姊，咱們今天就開始學嗎？我還沒來得及準備木劍，要不拿根樹枝？」

鍾秀被她這番話逗樂了。

「想什麼呢，哪有一來就開始學劍術的。妳這小身板下盤不穩，上身無力，學了也拿不動劍。」她指了指地上自己特意去海邊裝回來縫製的沙袋。「去把那個綁在腿上。」

不會是要她綁在腿上練跑步吧??

「第一天，咱們循序漸進，不能一次太狠，先跑個一刻鐘吧！」

這已經是鍾秀手下留情了，她還記得自己小時候剛進侯府那會兒，可是要跑上一個多時辰；跑完了才能停下來歇息半刻，歇完了還得去練扎馬步，一天下來，簡直想死的心都有了。

不知道這小玉竹能堅持幾天。

玉竹默默拿起沈沈的沙袋綁在腿上，反覆給自己打氣。

為了自己一句要學武，秀姊姊可是認真得很，不能臨到頭了，自己卻退縮了。一刻鐘，十五分鐘而已，就當是在鍛鍊身體。

「秀姊姊，我好了。」

「去跑吧，就繞著院牆跑，別一開始就跑很快，等一下會受不住的。」

玉竹很認真地點點頭，開始跑步。

腿上綁著兩個沙袋，就是想跑快也跑不快。才跑了兩圈，便已經氣喘吁吁出了一身大汗。

聽到動靜起床的玉容與玉玲看著小妹那樣，簡直心疼得不行，想叫鍾秀鬆口，結果小妹自己不肯。

一連跑了四、五圈，後頭都不能說是跑，玉竹只覺得自己的腳沈得不行，根本就提不起來，只能走。

「把沙袋解開看看。」

聽到這話，玉竹立刻解下了沙袋，頓時感覺整個人輕鬆不少，又慢跑了兩圈後，才聽到鍾秀喊時間到了。

玉容姊妹倆趕緊上前抱著小妹回屋子去擦汗換衣，生怕她著涼。

「小妹，妳才這樣小，還是不要學了吧？我聽阿秀說，這才是開始呢，以後不知道多累。」

玉竹不肯。「就是要從小學起呀，長姊，很快我就五歲，不小了，而且秀姊姊在咱們家也待不了多長時間，我得趁著她還在家，趕緊先學點。」

玉容想想也是，阿秀說不定過兩月便會被侯府招回去，小妹能吃那個苦，願意去學便學吧！

換好了衣裳的玉竹恢復了些精神，站在鍾秀面前問她還有什麼鍛鍊。

鍾秀看著眼前的小娃並沒有因為跑得太累而放棄，心裡倒是越發喜歡她了。

「妳太小了，先休息半個時辰吧，休息完了繼續跑。」

一開始不能太猛，怕傷著。她畢竟不像侯府裡的那些孤兒，累著痛著也沒人在乎，這小傢伙要是傷著了，別說她兩個姊姊心疼，自己也是要心疼的。

玉竹很聽話地休息了半個時辰，等她綁上沙袋正要繼續跑的時候，家裡的院門被拍響了。

「玉竹妹妹！快來開門呀！」

燕翎？這麼早跑到上陽村來，該不會又是偷跑的吧！

玉竹無奈地上前開了門，結果打開門才發現不是那麼回事，人家這次可是跟著她爹一起來的。

外頭除了她和她爹，還有熟悉的秦大人和魏平，以及那兩個始終如門神一般的護衛。

「侯爺、秦大人，你們這是？」

「玉竹妹妹，我們是來找妳們一起去上次那座海島的。咦，妳這腿上綁的是什麼呀？」

聽到燕翎這話，淮侯和秦大人的視線都不由自主落在玉竹腿上的沙袋上。綁沙袋在腿上跑步，他們可太熟悉了。

「玉竹這是要習武？」

「當然不是啦！前幾日不是去瞧了郎中嗎，他說我身體太虛了，要多鍛鍊，所以我才求著秀姊姊幫忙想個法子，監督我一下。」

玉竹也不知道淮侯許不許府裡的護衛教人習武，所以還是謹慎著些，沒敢照實說。不過瞧著一旁的秀姊姊聽了這話，緩緩舒了一口氣，心裡大概也明白了。

第五十七章

「侯爺，裡面請吧！」

聽到侯爺來了，正在廚房做早飯的姊妹倆趕緊收拾了下，出來迎接。好在淮侯在府中講禮數，出來卻不太在意那些，連忙免了眾人的禮。

「瞧著妳們這樣，還沒用過早食吧？妳們先吃，吃完了還得麻煩妳們帶我們去一趟海島。」

「那就請侯爺稍等了。」

原本還打算熬個粥的玉容轉身進了廚房，直接煮了水煮蛋。一人吃兩顆水煮蛋就好了，免得讓人久等。

玉玲則是去了隔壁陶家，跟他們打了聲招呼，說要用船的事。

淮侯坐在院中，一時有些尷尬。

這麼早來人家家裡，弄得人家吃飯都吃不好了。也是怪他，昨日拿到玉玦太過激動，今早竟忽略了這些。

玉竹瞧著院子裡的情況，立刻解下腿上的沙袋，一溜煙地回了屋子裡，將昨日長姊還沒來得及收拾的那箱籽料拖了出來，然後從裡頭拿了兩顆放到懷裡。

這東西是和那玉玦放在一起的，它的主人說不定還是個王族。像淮侯他們這樣的人一般是不會讓王族的東西流落在外的。
她要拿去試試，看看淮侯能不能吃下這些籽料。
玉竹揣著那兩顆石頭跑出去，放到了淮侯面前的桌上。
「侯爺，這是和那塊玉玦放在一起的玉石籽料，你要看看嗎？」
「哦？給我看看。」
淮侯可是個賞玉的行家，一上手便瞧出了料子的好壞。也是，能和老祖宗的玉玦放在一起，肯定不是一般的東西。
這些東西會不會就是老祖宗的遺物？
當初建國沒多久，老祖宗便讓出王位，獨自離開了王宮。之後那麼多年也沒有消息，如今卻在一座海島上發現了玉玦，說不定那海島就是老祖宗最後停留的地方。
淮侯越想就越是興奮。
玉竹小丫頭拿來的這兩顆籽料，比他自己收的一些都還要更好，如此品味，也不是一般人能有的。
「小丫頭，妳那兒還有多少這樣的石頭？」
玉竹眼睛一亮，飛快答道：「有一小箱。」
淮侯正想乾脆地答應買下來，突然聽到一旁的秦大人重重咳嗽了一聲，又見他摸了摸荷包的位置，心頓時涼了一截。
差點忘了，自己沒錢買這些籽料。

之前賺的錢都讓秦言買材料去修繕城門了，還有一部分買了兵器，剩下一點又賞了玉家，還買了塊香。

說實話，他現在兜比臉要乾淨，好險好險，差點就應下了。

玉竹瞧出淮侯的窘迫，也沒追問，一切可以等上海島看過了再說。她要的又不是現錢，淮侯拿得出來。

一家子匆匆忙忙地吃了雞蛋便鎖上院門，帶著淮侯一行往海邊去。

半個時辰後，船靠上了海島。

因為暈船而吐得昏天黑地的淮侯只能趴在護衛的背上，由護衛揹下去，在草棚子裡躺著，勘察海島的事便交到了秦大人的手裡。

這座海島並不是特別大，甚至還比上陽村要小一些。幾個男人來來回回，不到兩個時辰便將島上都察看了一遍。

除了發現了幾棵香蕉樹，便是一片淡水湖，其他再無任何異樣。

但秦大人總覺得還有哪裡不對。

昨日他看得真切，玉竹那小丫頭是當真想買這海島，若是這海島上什麼東西都沒有，那她想買來做什麼？總不能是為了好看吧！

他想著去套套玉竹的話，結果又被休息好的淮侯拉走去瞧石洞，不過那石洞只有小娃娃才鑽得進去，兩人只能伸個頭進去，勉強算是瞧過了。

其實裡頭都沒有什麼東西了，不過為了滿足兩個大人物的好奇心，玉竹還是燒了根柴火進去。

石洞裡光線很暗，頭一回，她只看到了個大概，後頭和姊姊來的時候，也是點了柴火進來看了看，就是些爛木頭碎屑，還有沒拿走的籽料，拿完東西就走了，倒是沒有細看過邊邊角角。

玉竹小心護著柴火，走到了石洞底端。以前看電視，武功秘籍都是刻在石壁上的，她這回特意瞧了下，啥也沒有。

也是，洞就這麼大，一個大人是鑽不進來的，想刻字就更不可能了。咦，那當初那麼沈的箱子，人家是怎麼放進來的？

難道他也有條聰明的狗？把箱子拖進去，再一點一點放進去？

玉竹越想越覺得不對勁，舉著柴火將石洞裡仔仔細細瞧了一遍，還是沒有發現。又踢了踢腳下的木頭碎屑，也沒有什麼異樣。

不過，當她走到放箱子的地方時，腳下踢到了一塊木板。瞧著彷彿是那木箱的底板，當初以為都爛透了，全是碎屑，便沒注意過。

玉竹扒開板上的碎屑，想拿出去。結果一入手，嗯，還挺沈的，完全不是一塊木頭該有的重量。

她這會兒也顧不得拿柴火，直接吹滅了，摸黑拖著那塊板子出去。

淮侯沒想到裡頭居然還真有東西，趕緊上前去接。拿到手上，一眼就看出這塊板是有夾層的，秦言趕緊遞上隨身匕首去撬，兩下子木板便碎裂，露出底下的東西來。

玉竹太矮了，看不到那木板裡是什麼東西，但瞧著兩人臉上訝異的表情也知道，絕對是個好東西。

「侯爺，我能看看嗎？」

淮侯回過神，將那塊木板交給秦言用衣裳掩蓋住，然後蹲下來和玉竹平視，很委婉地拒絕了她。

「這樣東西很重要，所以不能給妳瞧。妳這小滑頭太聰明，萬一不小心傳了出去，咱們淮城安寧的日子就沒有啦！」

這麼嚴重的嗎？居然還能影響整座城。不看就不看吧，有時候，不知道也是一種快樂。

「那我去找燕姊姊玩了，你們趕緊藏好吧！」

玉竹乾乾脆脆地離開，沒有一絲留戀。

「侯爺……這東西？」

「先放你那兒保管，小心著些。」

兩人跟在玉竹後頭從林子裡出來，依舊是一臉和善，什麼異常都看不出來。

眼看著就快到用午飯的時候了，海島上一窮二白的，又不是退潮的時候，想弄點東西吃實在不便，於是乾脆回了玉家。

姊姊們忙著做飯，燕翎在海島上瘋累了，正在床上睡著，玉竹又來到了淮侯面前繼續推銷她的東西。

「侯爺，我剛剛數過了，島上拿回來的籽料一共有五十八顆，每顆都比我的拳頭大。」

淮侯訕訕的不敢接話。東西再多再好，他買不起呀！家中夫人也不可能拿幾十金出來讓他買一堆玉石籽料。

「若是不要現錢，侯爺要買嗎？」

「那當然要！」

迷迷糊糊的淮侯一聽不要現錢，想都沒想就應了，氣得秦言沒忍住掐了他一下。這小丫頭明擺著是想拿那些籽料去換海島，島上什麼情況都沒有摸清楚呢，侯爺居然就敢應。

「君子一言，駟馬難追哦！侯爺你先好好休息，晚些時候，我長姊會來跟你談的。」

「哦，好，好的。」

淮侯強撐著精神，等玉竹一走便癱在了椅子上。暈船的滋味可真是太難受了，他到現在還覺得五臟六腑顛來倒去的。

「侯爺，您……」

「別說話，讓我安靜待會兒，我這腦子啊，還在嗡嗡嗡叫呢。」

行吧，不說就不說，反正到時候吃虧後悔的也不是自己。

秦大人在院子裡找了個角落坐下，又叫護衛擋在自己前頭，研究起那塊從海島上帶回來的木板。

方才在島上的時候，侯爺已經用刀撬開半塊，裡面是塊方形的玉石石板，沒有別的紋樣，只是刻了字。

兩人只看到「贈送淮城」幾個字便沒敢在外人面前看。想來也是好笑，當時他們也是慌了神，居然都忘了玉竹那麼矮，根本就瞧不見；而且她還不識字，怕個什麼。

秦大人小心撬開另外半塊木板，完整地將整塊玉石板看了一遍。

這是一份將淮城贈送予一位名叫阮姝的女子的贈契，以開國玉玦為憑，落款正是開國萬昇王的名字。

而那日期竟是在建國之後的第一日。

秦大人嚥了嚥口水，小心地將板子收了起來。建國都是幾百年前的事了，雖不知萬昇王與那阮姝是何糾葛，又為何沒有出現討要，但這東西絕對是不能讓人看到的。

誰知道這世間有無那阮姝的後人，傳出去又是一場麻煩。等回了侯府，這東西必須得銷毀了。

玉竹本想拿點剛炸好的小魚乾過來請秦大人用，不過瞧見前面擋著個護衛，知道他不願讓人打擾便罷了，轉頭拿去賄賂淮侯。

要說吃的，目前還沒有哪一家能做的比玉家更有滋味。

淮侯父女守著那盤小魚乾，吃得眼淚都要出來了。

燕翎以前可討厭吃魚了，不管是煮的還是蒸的，總是有一股腥味，尤其是對她這樣鼻子靈敏的人來說，每次聞到那股味道都特別難受；而且吃魚還得小心魚刺，遠不如大口吃肉來得舒坦。所以家中廚房做的魚，她是一向都不吃的。

可玉竹家炸的小魚乾，又香又脆，還是越嚼越香的那種。她從未吃過這樣用油炸的食物，只吃了一口就愛上了小魚乾。

若不是坐在她對面的人是親爹，她是一條魚都不想分出去的。

「父親，咱們能不能把玉竹的姊姊請到府裡做飯呀？我吃了她做的東西，都不想再吃家裡的了。」

淮侯何嘗不是這樣想，可人家是良籍又不缺錢，誰願意去幹那伺候人的事。

「這事妳就別想了，人家家裡大大小小的都要照顧，哪兒脫得了身？放心，等回去我便讓那廚房的人再來學學就是了。上次學的那兩道菜，妳不挺愛吃的嗎？」

燕翎聽著覺得有理，也不胡攪蠻纏。

好在很快就吃飯了。

家裡來了兩位大人物，玉容姊妹倆當然不能怠慢，動作麻利地做了滿滿一桌子。不過因為最近沒有大潮，海底深處的鮑魚等稀罕貨是撬不著的，所以做的都是些常見的魚蝦。食材普通，做法就要特別得多了。

玉容自從用了鐵鍋，又有小妹時不時地無意提醒她，自己學會了好多做法。今日光是蝦便做了三種，有蒜蓉蒸蝦、油爆蝦、雞蛋炒蝦仁。

蒜蓉簡直是萬能的，蒸什麼海貨都好吃得不得了。她們一家自己種的蒜，平時都不夠吃，還得在村子裡同村民買。

上回瞧著侯爺跟秦大人都挺喜歡吃蒜蓉蒸的鮑魚，玉蓉想著沒有鮑魚便給他們蒸了蝦，反正好不好吃都在蒜蓉上，只要蒜蓉調得好，蒸什麼都好吃。

果不其然，最受歡迎的還是那道菜。

不過燕翎大概是吃不慣蒜，所以那一盤都進了秦大人和淮侯的肚子。半個時辰後，吃飽也喝足了，淮侯和秦大人還得回城裡去處理事情，上陽村自然不好多待。

眼瞧著他們都要準備走了，玉容不忍讓小妹失望，洗乾淨了手，去尋淮侯說了說買島的事。

若是之前淮侯興許還不怎麼想答應，因為他以為海島是老祖宗最後停留的地方，或者連遺骸都在上面，要當真找著了，還得在島上建個香祠供奉，哪兒能賣？

現在嘛，聽了秦言和他講了那塊玉石板的字，知道島上那些東西都和老祖宗沒什麼關係，淮侯心裡便沒什麼感覺了。

能拿一個廢棄的海島換那麼多的極品籽料，這買賣怎麼想都不虧呀！就是自己不用，轉手出去賣一賣，也有幾十金貝呢！

淮侯根本沒有注意到一旁秦大人給他使的眼神，很肯定地告訴了玉容，讓她半個月後去找秦大人簽契。

至於為什麼要半個月後，自然是馬上便要忙年節的事了，等忙完了，年也過得差不多了，那時候再辦事，合適。

在場的人估計也就秦大人心裡老大不痛快了。

整整一座海島呀，就這麼三言兩語地被侯爺給賣了。

事情談好了，他們也該出發了。

燕翎依依不捨地拉著玉竹的手，突然哇的一聲哭了起來。

這裡沒有一直板著臉教她禮儀的岑嬤嬤，也沒有一直催著她練字的母親，簡直就是她夢想中的日子，為什麼還要回家?!

「父親……我能不能在玉竹妹妹家多玩幾日……」

「翎兒，妳可記得早時纏著我要來的時候是如何保證的？」

淮侯也沒發火，就那麼不急不緩地問著話。燕翎卻知曉父親怕是要生氣了。

「知道了，我不哭鬧就是了。」

燕翎一抹眼淚，悻悻地轉身讓護衛抱她上了馬。

周圍遠遠看著這邊的人不少，淮侯不想再多引人注意，一行人很快駕馬離開了上陽。

等他們一走，陶二嬸就帶著瑛娘過來了。

她也不問來的是誰，來幹什麼，只是帶了布疋過來找玉容學製衣。陶二嬸操持家務多年，要說製衣裳她也是會的，不過都是些簡單樣式，見過玉容做的衣裳才知道自己穿得有多不好看。而且玉容做的衣裳袖子沒有那麼寬大，平時幹活最是方便不過。

當然，她也是想著讓瑛娘早些和周圍的鄰居熟識起來，尤其是玉家姊妹。

正好玉家院子裡有塊大大的石桌，又平又滑，白日裡幹活放在那兒，亮堂得很。她們的布疋便是放在石桌上，玉容正在教瑛娘畫線，等瞧見二妹拿著挑子撿柴去了，她才轉頭說起別的。

「嬸兒，我有件事想同妳說。」

「什麼事？妳說。」

「嗯，能不能暫時不要給陶木相姑娘？」

玉容這話一說，陶二嬸眼都亮了。她下意識便是玉容對自家老二有意思。

「欸！行行行！這有什麼能不能的，妳能瞧上老二那是他八輩子修來的福氣！」

陶二嬸歡喜得恨不得跳起來跑兩圈，玉容可是她一直最中意的兒媳人選。

「不是，嬸兒誤會了，我對陶木沒什麼想法。」玉容也不繞彎子了。「是我家二妹，她對陶木有意。」

這種事也沒什麼不好意思的，而且陶嬸嬸知道了，絕對是有益無害。

「誰？二妹?!」

陶二嬸都懵了。玉容的妹妹不是就玉竹一個嗎？玉竹那麼小，也不能瞧上老二，那這個二妹……

「玉林是個姑娘家?!」

玉容點點頭，將自己一家最近發生的事簡單說了下。不過她沒有提起海島上的玉玦，只因淮侯臨走的時候交代了，海島上發現的東西一律不能往外傳。所以玉玲改換戶籍的事，她都推到了蠔油的功勞上。

「竟然還有這樣的事。」

陶二嬸震驚過後就是心疼。

她可是還記得玉玲一開始到村子便和兒子一起下海學泅水，後頭更是跟著一起上船，風吹日曬雨淋的，好不辛苦。

按玉容的歲數來算，玉玲也就十四、五歲，這麼嬌嫩的年紀揹負了那麼多的東西，讓人如何能不心疼她？

相處了這半年，陶二嬸對玉家姊妹的品行都是了解的，她也最是喜歡這一家子。玉容和老二沒有緣分，可玉玲有呀，這可太教人高興了。

「阿容妳放心，嬸兒心裡有數了，這事只有我和瑛娘知道，再不會往外說的。反正老二年紀還小呢，我不急，讓他好好跟玉玲先處處。」

瑛娘的手一頓。若是她沒有記錯的話，早些娘還在院子裡嫌棄著小叔，一把年紀卻沒個姑娘看上他，丟人現眼。

不過話說回來，自己是要與方才出去的那個玉林做妯娌了？

瑛娘抬頭看著這偌大的院子，青石蓋的新屋，還有婆母那心花怒放的神色，心下一陣黯然。

唉，玉玲若是進門了，恐怕自己的地位就要一落千丈了。

第五十八章

不知不覺就到了三十晚上。去年這個時候，她們家還是一家團圓，短短一年，爹沒了，娘被賣了，只剩下姊妹仨一路逃荒。

如今她們算是安定下來，可是娘還沒有消息。秦大人前幾日讓魏平傳了消息過來，府衙裡頭災民的戶籍都著人察看了一遍，並沒有娘的名字。

這說明，娘根本就不在淮城，這要往哪兒去找啊。

對於長姊和二姊的心情，玉竹不能感同身受。畢竟她來的時候就已經和娘分開了，從來沒有見過面，也沒有感受過母愛，她所有的溫暖都是源自於兩位姊姊。

不過聽兩個姊姊說，阿娘是個極好、極溫柔的人，不說自己該報恩，就算只是為了兩個姊姊，也要把阿娘找回來。

當然，找人的話，沒有人脈和金錢那都是不行的。現在的玉家顯然還沒有那個條件，靠著製蠔油還有蝦粉那點收入也是遠遠不夠。

新的一年，一定要為家裡弄一個能實實在在賺錢的營生了。

晚上躺在床上，玉竹已經開始琢磨起來。

她最擅長的當然是做回老本行，各種醃製的海鮮產品配方她都記得清清楚楚。不過現代的配方拿到古代並不適用，因為有些配料是這裡根本就沒有的。還有一些暫時也無法配齊，這樣做出來的味道便會大打折扣。而且這裡的酒不是很好，拿來醃製蝦蟹不光會影響味道，還會影響保存。

目前能做的，大概就是一些簡單的醬類，像蝦醬、蟹醬之類。海邊的這些東西都很便宜。至於那些比較高級的魚子醬等等，在這個時代估計一輩子都做不出來，想都不用想。

只是該怎麼教兩個姊姊做這些東西呢？難道又把爹搬出來？

玉竹翻來覆去大半夜，都沒想出個好法子。

算了，先過完年再說，過年嘛，就是要開開心心的，別的什麼都先往後放。話說馬上就是長姊的生辰了，她準備的禮物都還沒弄好呢。

前陣子被那海島吸引了全部心神，貝殼們藏在角落裡都落了灰，明兒個得找個機會出去，把貝殼們都磨出來做好。

她在這村子裡玩伴不少，但真正好的只有二毛和陶寶兒兩個。陶寶兒那傢伙的嘴不靠譜，前腳去他家，後腳他就能說出去。

所以初一一大早，她就拿著自己的小包袱還有一大袋的零嘴去了二毛家。

今日是新年第一天，家家戶戶都沒有人出海捕魚，村裡頭熱鬧極了。玉竹一路上遇上了不少村民，一個個都往她的兜裡塞東西，全是些自家曬的魚乾、蝦乾，奢侈點的還有幾根糖棍。走到二毛家的時候，身上的兜袋幾乎都已經裝不下了。

這些東西她打算和袋子裡的零嘴一起都給二毛。

「二毛、二毛，在家嗎？來開門呀！」

裡頭的狗聽到玉竹的聲音都興奮地叫喚起來，二毛奶奶像是受了刺激，又開始罵罵咧咧的。可裡頭那麼吵，就是沒有聽到二毛的聲音，也沒有看到二毛過來開門。

玉竹覺得奇怪，前天她都跟二毛說好了的，初一要來她家玩，她也應得好好的，怎麼會突然一下不在家？

「二毛奶奶能過來開下門嗎？我是玉竹呀，我來找二毛的。」

喊了兩聲後，院子門總算是開了。看著門口一邊罵罵咧咧、一邊開門的二毛奶奶，有那麼一絲疑惑掠過玉竹心頭，不過很快又被擔心壓了過去。

玉竹跑進二毛的那間屋子，發現二毛正躺在床上，身上只有幾件衣裳蓋著，額頭滾燙。

二毛發燒了！

「二毛、二毛？能聽見我說話嗎？」叫了好幾遍，也不見床上的人有什麼反應。玉竹把身上的東西都放到了她床上，轉頭就往家裡跑。

因著之前自己身體不太好，家裡備了好幾種藥，退燒的更是準備了不少。這會兒帶二毛去看郎中也來不及了，只能先給她熬點退燒的藥喝。

玉竹急匆匆跑回家找長姊要了藥，玉容不放心，也跟著一起到了二毛家。

二毛大概是病了有兩日，家裡亂得很，雞鴨狗都餓得叫成一團，二毛奶奶卻是精神振奮地坐在門口，時不時就要罵上兩句。也難怪沒人發現二毛生病了，就她這樣，大過年的誰也不想上門來受氣。玉容也不好說什麼，嘆了口氣，去找了些乾柴生火熬藥。

有了長姊幫忙，玉竹自然輕鬆很多。她瞧出來了，二毛生病就是凍出來的，這麼冷的天，她都沒有被子蓋。明明她家有被子。

玉竹轉頭跑出去，在二毛奶奶屋子裡發現了一床厚被。這還是半個月前二毛攢錢託長姊幫家裡買的。這老太太當真是過分了，自己整天糊裡糊塗地靠孫女養著，還搓揉孫女不讓她和自己睡。若是有厚被子蓋，誰願意擠在那冷冰冰的床上。

玉竹二話不說扯了那被子就往二毛房間搬。她個子太小，被子又重，還是長姊過來搭了把手才將被子移到了二毛床上。

有了這暖和的被子，再加上一碗熱熱的湯藥。兩刻鐘後，二毛的體溫已經開始慢慢降了下來。

玉容本想做點吃的給二毛，結果對著那一團髒亂的陶罐實在下不了手，只好回家去準備。

隔了一會兒，玉竹出來換水，瞧見二毛奶奶坐在門口，本沒有當回事。不過當她轉身回屋的時候，眼角餘光瞥到她朝屋子裡看了兩眼，正是那兩眼惹得玉竹懷疑。

等她把二毛額頭的帕子換下後，便悄悄走到窗邊往外頭瞧，可以很清楚地看到二毛奶奶時不時往屋子裡看的眼神。

她沒瘋，也沒傻，就這麼看著二毛一個人操持著家裡，還不讓她一起蓋厚被子，簡直是太過分了！

玉竹差點沒忍住脾氣，不過想想自己還是個娃，等一下吃虧就不好了。所以她一直等到長姊給二毛送吃的過來，才出去坐到了二毛奶奶旁邊。

「我剛剛瞧見妳一直往屋子裡頭瞧，擔心二毛，幹麼不進去看她？是沒臉進去看嗎？」她不回答玉竹的話，玉竹也不強求。

「妳老啊就繼續裝吧，裝到哪天二毛寒了心怎麼辦。這麼好的孫女都不珍惜，有妳後悔的時候。」

「妳懂什麼?!她再好也是個姑娘家，要嫁出去的！我已經沒指望了！」二毛奶奶瞬間激動起來。「她娘就是個賤胚子，剋死了我兒子！我們家絕後了、絕後了！妳個小毛孩子知道個什麼?!」

「絕後？沒有後人才叫絕後，二毛這還活生生的呢，怎麼就絕後了？妳吃的不是她做的、穿的不是她洗的？妳蓋的那床厚被子又是誰買的？跟著二毛沒指望？可我瞧著妳這日子過得比以前還舒坦呢！」

「妳！」

二毛奶奶想找話來反駁，可她這腦子一團亂麻，根本扯不出個頭來。

理智告訴她玉竹說的都是對的，可從小接受的那些觀念卻告訴她，女兒根本無用，家中無男丁，那就是絕戶，沒了指望。

「二毛奶奶，看看妳現在的樣子，明明和陶嬸嬸差不多的年紀，卻老成了這樣。我知道妳是因為沒了兒子才這樣憔悴，可日子不還是要過嘛，二毛這麼小就知道不能沈溺悲傷，努力賺錢，妳怎麼看得還沒一個小孩子遠呢？」

要不是官府一直有在收購蠔油，她們家的日子，簡直不敢想像。二毛奶奶若是肯在家幫著做些事情，一家的生活肯定會比現在好上很多。

二毛才剛滿七歲，怎麼就忍心把自家的擔子全壓在孫女身上，玉竹實在無法理解。

這問話大概是扎到了二毛奶奶那敏感的心，之後她再也沒有理過玉竹。不過玉竹也不甚在意，至少她知道了，二毛奶奶精神很正常，根本沒有瘋。

興許二毛她爹剛過世的那幾日，二毛奶奶是有些精神恍惚，但最近這些時日肯定都是裝的。知道她瘋瘋癲癲的，村民便不會上她家的門，也不會找她說話，頂多說上一句可憐。她縮在自己的殼裡，保護著自己不受傷害，卻把二毛給忘了。

玉竹憐惜二毛，轉頭去找了長姊，問她能不能把二毛接到家裡去小住幾日，把病養好了再讓她回來。玉容是沒什麼意見，反正家裡已經多了兩張嘴，也不差再多一張。

「可咱們把二毛帶走了，她家裡就剩一個精神不好的阿奶，這樣會不會有些不太好？」

玉竹朝外頭看了看，招手示意長姊伸耳朵過來。

「她阿奶沒有瘋，精神好著呢，都是裝的。咱們每日給她送一碗飯過來就是了。」

她的聲音很小，不過玉容聽得清清楚楚，躺在床上剛恢復些意識的二毛也聽得明白，一時說不清心裡是何感受，很快又迷迷糊糊睡了過去。

等二毛再醒來的時候，已經是晚上了。她睜開眼看到的便是在油燈下縫補著衣裳的玉容，還有在一旁打瞌睡的玉竹。

她想自己大概這一輩子都不會忘了這個場景。

原以為都要死了，沒想到又被小竹子她們救了。回想起在家時聽到的那些話，還有阿奶平時異常的地方，二毛眨了眨眼，一滴眼淚從眼角滑落下去。

隨之逝去的，還有很多、很多的東西。

二毛底子好，在玉家養了兩日便恢復了。她一好便說什麼也不肯在玉家住了，直接回了家。玉竹也沒留她，只是給她借了床舊被子，等開春的時候再還回來。

為了二毛這事耽擱了兩日，她要送的禮物差點就耽誤了。好在後頭幾日有二毛幫忙一起緊趕慢趕的，總算是做好了。長姊生辰這日，她誰也沒請，關上院門就自家幾個人慶賀。

玉玲也難得地穿了一回女兒家的衣裳，再將頭髮放下盤辮，玉竹往她們中間一站，任誰都瞧得出來這是三姊妹。

「長姊，妳乖乖坐著，今晚的飯讓我和二姊給妳做哦！」

「行行行，我樂得清閒。」

玉容很是開心，就在院子裡頭做針線活。鍾秀猶豫了好一會兒，才將自己手裡的東西拿出來，放到桌上。

那是一枚很是精巧的玉哨。

「阿秀，這是？」

「送妳的，生辰禮物。」

鍾秀覺得有些不好意思，這東西好像太小了，也不值什麼錢，但這是她能想到的唯一適合送出手的東西了。

當然，比不得玉竹偷偷做的那個有心意，卻也是她跑了好幾家店才尋著的。

「我聽說妳之前遇過險，這個玉哨帶在身上，日後有個什麼情況吹一下就能讓很多人聽到。當然，我希望妳這輩子都用不上這個東西。」

「給我的？」玉容伸手將那玉哨拿在手裡，眼裡滿是驚喜。「阿秀，謝謝妳，我很喜歡，妳幫我戴脖子上吧！」

瞧她是真的喜歡，沒有嫌棄，鍾秀心裡頓時滿足了，高高興興地上前幫忙將玉哨戴在了玉容脖子上。說起來，這還是她頭一次送人禮物呢。

「好哇！秀姊姊居然趁著我跟二姊做飯，搶著第一個送禮物。」

兩人回頭一瞧，玉竹正站在廚房門口，兩手扠腰，一臉氣鼓鼓的樣子。

鍾秀心知她不會真的生氣，卻還是上前抱著她哄了哄。

「瞧瞧這是什麼，我可沒有只惦記著阿容哦。」她的手掌心裡躺著一串小玉珠串成的手鍊。「我想找個玉製的小竹子，可沒有找到，只能取個諧音，買了玉珠來，妳可別嫌棄啊。」

「不嫌棄！喜歡！嘿嘿！」

玉竹抱著鍾秀，好不吝嗇地在她臉上印了個大大的吻。

玉容一邊笑、一邊趕緊拿帕子出來幫鍾秀擦臉，玉竹訕訕地拿著那串小玉珠又回了廚房。

姊妹倆在廚房裡鬧著折騰了快半個時辰，才叫外面兩人吃飯。

玉容滿含期待地進了廚房，卻發現桌子上只放著空盪盪的四個麵碗。

「這是什麼？」

玉竹身上的粟米粉都還沒有弄乾淨就趕緊過來介紹道：「長姊，這是我跟二姊調製了好幾回才揉出來的長壽麵。一根吃到底，祝願長姊一生順遂，幸福安康。」

本來心裡還有點失落的玉容一聽妹妹這話，一顆心像是泡了熱水一般，暖洋洋的。

雖然這麵條味道並沒有平時的炒菜好吃，但她還是一口氣將麵條都吃了下去。

不過只有一根長長的麵條，有些吃不飽。

正想著呢，就見二妹從碗櫃裡端出了一盤盤的菜。

「嘿嘿，長姊不會以為晚飯只有一根麵條吧，咱們怎麼能讓壽星餓肚子呢？」玉玲一邊端，一邊開口介紹。「這是肉末蒸蛋，這是炸蛋餃，這是海蠣煎蛋……」

聽得玉容、鍾秀口水都冒了出來，這些都是之前沒有聽過的菜色。

「這是我跟小妹新琢磨出來的，嘗嘗看？」

玉容是今兒的壽星，自然是由她先下筷子。

菜式看著好看，香也夠香，只是肉末蒸蛋有點鹹，炸蛋餃裡頭的餡還沒熟，至於海蠣煎蛋……殼沒有清洗乾淨，硌到她牙了。

但好歹是兩個妹妹的一番心意，怎麼說也得高高興興地吃下去。

「好吃、好吃！」

玉玲作為掌勺的人，聽到這話自然是最歡喜了，顧不上自己吃，全都挾進了另外三個人的碗裡。三個人，硬著頭皮全都吃了下去。

這時，外頭的黑鯊叫喚了一聲，玉玲放下筷子出去瞧了瞧，沒發現什麼，小心開門往外看了看，也沒有什麼發現。剛關上院門就聽到裡頭長姊叫她，一時忘了把門閂上，直接回了廚房。

幾個人狼吞虎嚥地吃完了飯，簡單收拾了碗筷後，玉竹把自己要送的禮物拿了出來。之前耽誤的時間太多，二姊的手鍊只能暫緩了，這次她只做出了長姊的。

玉容愛得不行，當場戴在了手上。

玉玲也把自己的禮物拿了出來。她的禮物不是買的，是之前在捕魚的時候，無意間發現的東西。兩顆圓圓的珠子一放到桌上，立刻吸引了所有人的目光。那是兩顆指頭大小很是圓潤的珍珠。

珍珠這東西，在沿海並不是什麼特別稀奇的東西，不過像這樣圓潤的，價錢肯定要高很多。

玉容小心收了起來，開玩笑道：「這樣好看的珠子難得，到時候長姊給妳留著做嫁妝。」

玉玲臉上有些熱，不敢接長姊的話，轉頭出了廚房。剛出來就瞧見自家院門開了，一個熟悉的身影走了進來。

「玉林，我娘讓我來借點……」

第五十九章

陶木宛如被雷劈了一般，呆呆地看著玉玲。

雖然現在天快黑了，但他確定自己眼睛沒花，眼前這個姑娘，長得跟玉林一模一樣。

她是誰?!

「陶木哥哥，你說你要借什麼來著？」玉竹跑出來，捏了捏二姊的手，讓她放鬆下來。

陶木回過神，結結巴巴地說了個借油，眼睛卻一眨不眨地盯著玉玲瞧。

玉玲一時還沒想好要怎麼跟他說，乾脆轉身進了屋子。陶木也拿著借來的一碗油回了家，卻是一副魂不守舍的模樣。

陶二嬸瞧見兒子這副樣子，一把將碗拿過來。「想什麼呢？都快撞門上了。」

「娘……我方才在玉家瞧見一個跟玉林一模一樣的人，可是她穿的是姑娘家的衣裳，頭髮、頭髮也是散下來的，是不是他們娘找到了？」

陶木一臉認真，顯然是當真那樣想的。

「你是豬腦子嗎！要是她們的娘，那頭髮能散下來嗎？那分明是玉玲。」

陶二嬸沒好氣地瞪了眼兒子。幸好玉玲這會兒沒聽到這話，不然聽到老二把自己認成她娘，還不定多生氣。

「玉玲是個姑娘家，你不會真的一點都看不出來吧？」

「啊？啊！姑、姑、姑娘家?!」

「啊什麼啊？當真是塊木頭！以後在玉玲面前注意點形象，別再那麼傻乎乎的了，聽到沒？」

陶二嬸憋了這些日子，總算是能說了，拽著兒子細細叮囑了一遍，結果說得口乾舌燥後，只聽兒子問她。「她怎麼突然就變成姑娘了呢？」

「什麼叫突然變成姑娘，人家本來就是姑娘，只是以前家裡沒有男丁撐著，怕家裡只有三個姑娘受人欺負，這才頂了男戶。好在前些時候已經將功補過，改回了戶籍，不然玉玲到現在還得頂著男兒身呢！」陶二嬸說完想起自己還在做飯，一時也懶得和兒子掰扯。「我剛跟你說的話，你好好琢磨琢磨。」

陶木哦了一聲，慢吞吞地回了自己房間。

躺在床上好一會兒，他才慢慢釐清了思緒，也慢慢接受了玉玲是個女子的事實。方才看到嚇著了，也沒仔細看，不過很好看就是了，比她姊姊玉容還要好看，也說不清為什麼，心裡就是特別高興。

這一晚，陶木連飯都沒吃，一個人窩在屋子裡翻來覆去地想著自己和玉玲認識以來的日子。從一開始教她泅水，到前兩日一起上山砍柴，好奇怪，這些事情他通通都記得很清楚。

陶木並不知道這是一見鍾情加日久生情，還當自己只是不習慣玉玲的新身分。於是第二天一早，他就去了玉家門口，打算等玉玲出去挑水的時候跟她一起，順便早日習慣她女兒家的身分。

不過玉玲只是昨日短暫地穿了下女裝，一早起來又換回了男兒打扮。

陶木結巴了一下，很快恢復正常。

「妳怎麼、怎麼不穿昨兒那身衣裳了？」

玉玲沒回答他，只是問：「你不是不能和姑娘家說話嗎？我也是個姑娘家，怎麼不見你結巴？」

她想聽到的答案是，自己是特殊的那個。不過，不解風情的陶木是注定要讓她失望的。

「因為我當妳是兄弟啊！我一想到妳是我兄弟，我就不會結巴了。」

誰要跟你做兄弟！玉玲氣呼呼地越走越快，遠遠將那木頭甩在了身後。

他們之間的事，兩家誰也沒有插手，都是抱著順其自然的心態，只看陶木頭何時開竅了。

半個月一晃而過，很快又到了該進城採買的日子。

玉竹可是比誰都要興奮，因為今日長姊出門時還帶了那箱籽料，不用問就知道她是去找秦大人買海島了。儘管因著天氣，長姊沒有帶上自己，可只要一想到長姊會帶回來的東西，她就興奮極了。

沒有意外的話，海島就是自家的了。那滿島的各種果樹，到下半年就能為家裡帶來源源不斷的收入。

她一點都不發愁果子的銷路。淮城隔壁就是據說富豪滿地的冀城，聽說那兒的人最是追捧珍奇的東西，島上的果子們哪一樣不珍奇呢？走水路的話，也就幾日時間，不影響水果的銷售。

就算果子不好賣，還可以做成果乾、果脯，甚至是果醬；再不濟還能釀酒，怎麼也不會浪費。

玉竹在家裡坐也不是、站也不是，乾脆拉著二姊出去釣魚。

最近的退潮都在凌晨，太早了，一家子都爬不起來，加上漁船很久沒有出過海，所以家裡沒啥新鮮的海鮮吃。不是吃之前曬的魚乾、蝦乾，就是找村民去買。但是過年嘛，願意出海的也沒有幾家，還是要靠自己才行。

這回釣魚不像上次那樣倉促，也不是在礁石上，她和二姊是坐著漁船出去，準備在船上釣魚的。

今日沒有什麼風浪，只是瞧著天色有些陰沈，像是要下雨的樣子。所以她們並沒有將船行遠，只在岸邊徘徊，若是真的下雨了，船上也有蓑衣，來回岸邊只須一刻鐘左右，很是方便。

玉竹很是熟練地將魚餌套上魚鈎再扔進水裡。

「二姊，妳也來釣釣看嘛。」

玉玲坐在船尾，掌著漁船的方向，有些意動。反正坐著也是坐著，支根漁竿學著妹妹那樣釣釣看，說不定還能釣到大魚呢。

於是姊妹倆一人一根魚竿，安安靜靜地釣起了魚。

一個時辰後，姊妹倆陸陸續續釣上來幾條馬鮫魚，此時海上已經起了小小的風浪，天空也開始飄起點點細雨。不出兩刻鐘，必定會有大雨落下。
「小妹，咱們回吧，等一下淋了雨再受寒就不好了。」
「好，回吧、回吧。」
玉竹去收拾船上的魚竿、魚餌，玉玲則是調轉船頭開始往岸邊靠去。
姊妹倆剛穿著蓑衣進門，大雨便嘩啦啦地兜頭澆下。這也是她們家蓋了新屋子後，第一次下這麼大的雨。
玉玲拿過小妹的蓑衣掛在門邊的牆上，看著越下越大的雨水，擔心起進城採買的長姊。
「二姊，妳別擔心啦，這個時間長姊肯定在秦大人那兒。這麼大的雨，秦大人肯定不會讓長姊冒雨出來的。再說魏家哥哥知道今日長姊進城，看到大雨也不會不管長姊的。」
玉玲想想也是，便不再擔心了。
「今天魚釣了六條，有點大，咱們家一時也吃不了這麼多，送兩條過去給陶嬸嬸家吧？」
玉竹搖搖頭，寶貝一樣地護住木桶。「今日就不送了，我要做好吃的呢。等做好了吃的，二姊妳再送嘛。」
玉玲瞧她那護食的樣子頓覺好笑。「行行行，隨妳，做了好吃的，咱們再送。現在，是不是讓二姊幫妳把魚都殺了呢？」
玉玲提著那桶魚蹲到了廚房門口。
當初蓋廚房的時候，沿著大門左側都是做了屋檐的，為的就是遮風擋雨。她往那屋檐下端個小板凳一坐，一絲雨都淋不著。

一共六條魚，花費了兩刻鐘才殺到最後一條，也是最大的一條，提起來大概有六、七斤的樣子。

「小妹，好幾十斤的魚呢，妳要做什麼吃的呀？要不這條大的留著明天吃？」

玉竹不肯。「我要做魚丸呢，二姊快殺吧，等一下刮了肉下來，哪兒還有幾十斤。」

「魚丸？」

玉玲沒聽說過，不過小妹腦子裡就是有那麼多奇奇怪怪的點子。也是虧得她，自家上桌的菜式真是越來越多。

玉玲一刀拍在魚頭上將魚敲暈，俐落地刮鱗剖腹。掏內臟的時候，她感覺碰上了什麼硬硬的東西，拿出來沖掉血水一瞧，嚇了一跳。

居然是一條黑色的蛇形耳墜。

黑蛇與玄鳥是天生的敵人。

信奉玄鳥的萬澤國子民都知道，信奉黑蛇的巫滄國，早在十幾年前便滅了，所有被抓到的巫滄國臣民皆成為了低下的奴隸，這黑蛇耳墜一看就是巫滄國的東西。

玉玲沒讓小妹瞧見，直接丟進了正在燒水的灶臺裡。

火能焚萬物，她以為那耳墜丟進去一陣就該燒了才是。結果隔了好半天去瞧，還是完好無損的模樣，真是邪門。

玉玲將它撿出來，先蓋到了灶臺下的灰裡，免得一會兒被小妹看到拿去玩了。

「二姊，魚殺好了嗎？我東西都準備好啦！」

「來了、來了！」玉玲趕緊出去將最後的那條魚弄乾淨，一起提到了廚房的桌子上。

「小妹，什麼是魚丸啊？怎麼做？要我幫忙不？」

「當然要，沒了二姊，我可做不成魚丸。二姊先把這些魚剖成兩半吧。」

玉竹把裝魚肉的陶盆等東西都往後推了推，露出菜板周圍的地方。

其實馬鮫魚煎來吃也很不錯，只是她這會兒嘴饞了，晚上想和姊姊們煮點熱燙燙的火鍋吃。

既然是火鍋，那怎麼少得了丸子呢？正好釣上來了馬鮫魚，拿來做魚丸是再好不過了。

等二姊將那些魚都一一剖開後，她拿了把木勺子給二姊。

「二姊，妳拿著這勺子，從這魚刺間的縫隙從上往下刮，將魚肉刮下來放盆子裡就行了。」玉竹先拿勺子做了個示範。

玉玲看一遍就會了，手上力氣也大，刮得又快又乾淨。姊妹倆一邊討論著村子裡最近聽到的新鮮事，一邊刮著魚肉，說說笑笑間，六條大魚很快刮了個乾淨，一旁的陶盆已經裝得滿滿當當。

「這些骨頭等一下拿來熬湯，二姊別丟了啊。」

玉玲幾下收拾好了桌面，提著魚都放到了一邊後又趕緊過來瞧小妹是怎麼做的。

「只要加雞蛋還有調味料就行了？」

玉竹點點頭，讓開位置，示意二姊過來。

「二姊來，把這些雞蛋、調味料還有蔥和均勻了，順著一個方向使勁攪拌。」

其實做魚丸最好還要加些澱粉進去，會凝得更牢固也更有彈性，不過這裡還沒有澱粉這個東西呢，沒辦法，就這樣先做。

她來了這麼久，從來沒聽到人提過地瓜、馬鈴薯那些農作物，想來是現在這個時代還沒有發現吧？不過萬澤國那麼大，這兩樣東西也許就藏在某個地方，等著被發現。

玉竹指揮著二姊幫她端到灶臺上，自己踩著個凳子開始往鍋裡頭的清水擠魚丸。

擠了滿滿一鍋白胖胖的丸子後，她才叫二姊重新生起了火燒水。等水開後繼續煮兩、三分鐘便能撈丸子起來，然後讓它們泡泡涼水就可以了。

出鍋的時候，玉竹留了幾個在碗裡，拿去給二姊嚐味道。

「好吃好吃，晚上拿來煮給長姊她們嚐嚐，咱們不說，她們肯定不知道是魚肉。」

玉玲心滿意足的吃完碗裡剩下的幾個丸子，轉頭將今日做好的那些都放進了碗櫃裡。

這麼大的雨長姊她們一時半刻恐怕也回不來，中午她和小妹做點麵疙瘩吃就行了。

一刻鐘後，姊妹倆一人端著一碗麵疙瘩坐在屋簷下，一邊看著大雨瓢潑，一邊吃著飯，倒也挺有情趣。

吃完飯後，玉竹的午覺時間就到了。大概是正在長身體，每日中午只要一吃過飯，她就睏得不行。

等她一進屋，玉玲立刻回到廚房，從煙灰裡頭扒了那只黑蛇耳墜出來。

這東西反正是不能留在自己家的，先藏到她屋裡，等雨停了，還是將它扔回海裡了事。

玉玲暫時將那黑蛇耳墜藏在了自己的衣櫃裡。

下午無聊，她把家裡的漁網、簍子什麼的都拿出來修了修，原以為雨該越下越小才是，結果到了傍晚，反而更大了起來。

就在姊妹倆以為長姊晚上不會回來的時候，突然聽到院子外頭彷彿有馬兒停下的聲音，打開院門一瞧，正好看到長姊和阿秀從一輛馬車上下來。

這麼冷的天，身上還沾了水，三個人趕緊進屋重新換了套衣裳，這才坐下，說起了今日出門辦事的成果。

玉容瞧見小妹那眼巴巴的樣子，也不逗她，直接將島契拿出來往桌上一放。

「從今日起，咱們也算是有地的人了。」

玉竹懸著一天的心終於放了下來，興奮地抱著島契又蹦又跳。歡喜過後，才反應過來問長姊。「長姊，海島一共花了多少錢呀？」

玉容拍了拍空盪盪的荷包笑道：「荷包都空了，妳說花了多少？那秦大人平時瞧著挺好說話，跟他一談起買賣來，當真是寸步不讓，一箱籽料不夠，還搭上六枚金貝才算完。」

六個金貝一拿出去，家裡就剩些銀貝、銅貝了。

其實就這些銀貝，便是很多人家一輩子都賺不到的銀錢，加上金貝是做蠔油賞的，來得容易，玉容並不怎麼心疼。

「臨走的時候，秦大人說要送咱們幾個守島的奴隸。我拒絕了，他卻不肯，堅持要送，說是祝賀咱家買島置地的喜事，等什麼時候雨停了，什麼時候送到海島上去。」

「奴隸?!」

自家這是變身地主階級了？

而玉玲一聽奴隸便想到了巫滄國，又想到今日那麼巧，自己就撿到了那東西，著實有些邪門，更堅定了要把東西扔得遠遠的心思。

晚上吃過飯，姊妹仨又躺到了一起。

「小妹，現在島也買了，妳該告訴咱們，海島妳準備要來做什麼了吧？」

這個問題可是讓玉容憋了很久。

玉竹趴在兩個姊姊中間，左看看、右看看，小聲嘀咕道：「我倒是想說，就怕妳們不信嘛。」

「小丫頭，妳平時說的話，咱們姊倆啥時沒信過？說弄海蠣弄海蠣，說弄灶臺弄灶臺；還有那什麼石磨、魚丸、各種菜式，哪次不是妳說要怎麼弄，便依著妳怎麼弄？」

不說不知道，玉竹這才發現自己竟然仗著兩個姊姊寵愛，幹了這麼多出格的事。若是放在旁人家裡，會不會當成邪祟給燒了呀？

越想她越是害怕，趕緊往姊姊身邊擠了擠。

「長姊、二姊最疼我了。」

「那是，咱家就妳最小，不疼妳疼誰。快說快說，妳想在那島上幹些什麼？」

「我……」玉竹想了下，這才認真回答道：「我在那島上發現了很多的果樹，也不知道為什麼，看到那些樹，腦子裡就有那些果子的名字、樣子，彷彿上輩子見識過一樣。」

說完，她轉頭小心地看了下兩個姊姊的臉色，發現她們不僅沒覺得奇怪，反而還一臉好奇地催著她繼續說。

玉竹花費了半個時辰，將島上的各種水果簡單介紹了一下，不過還沒講完，便迷迷糊糊地睡著了。

瞧她睡著了，玉容才小心地幫她掖了掖被子，將二妹趕出去，另外蓋一床。若是同蓋一床被子，她和二妹轉個身，小妹就會蓋不了，晚上容易著涼。

「長姊偏心，只疼小妹。」

「少胡說啊，我可是一視同仁的。」

玉容白了二妹一眼，老老實實躺下準備睡覺。

「長姊，妳說，小妹她……到底是個什麼來歷呀？」

玉玲問得極其小聲，哪怕隔壁的鍾秀耳朵再靈，也是聽不到的。不過玉容還是第一時間捂住了二妹的嘴。

「以後不許再說這個。不管是什麼，她都是小妹，跟著咱們一路逃荒的小妹。」

「我知道，就是好奇嘛。」

玉玲支支吾吾地冒出這句話後便老實地閉上了嘴。她明白長姊的意思，也知道其中的厲害，就是一時沒忍住，才問了。

她們都知道現在的小妹並不是最開始的那個小妹。

有件事，玉竹並不知道。

以前的那個小妹因為被阿奶丟進過山裡，發了高燒、生了病，醒來便是癡癡傻傻的模樣，逃荒路上，更是體弱得不行。

一個眼瞧著就要斷氣的娃，突然間有了精神，還會開口叫她們，變得那樣聰慧。她們就算一開始懵了沒想到，後頭也想到了。

不過，長姊說得對，小妹永遠都是她們的小妹，有些事情不用知道得那麼清楚。

玉竹趴在被子裡，閉著眼睛，嚇出了一身冷汗。

第六十章

這一晚，玉竹睡得格外不安寧，夢見許多前塵往事，整個人像是又回到現代一般，充滿疲憊。

早上被叫醒的時候，還沒清醒過來，眼裡沒有一絲鮮活，瞧得鍾秀都不好意思說重話了。

「玉竹，習武是件需要堅持的事，妳這三天打漁、兩天曬網的可不行。」

聽到鍾秀那熟悉又陌生的聲音，玉竹才漸漸清醒過來，頓時鬆了一口氣。還好還好，只是個夢。

「秀姊姊，對不起，我睡過頭了，這就起來去練跑步。」

玉竹兩三下穿好衣裳，熟練地套上沙袋準備開始跑步，結果剛要出門便被攔下了。

「昨日下了大雨，院子裡濕滑得很，妳去跑什麼？」

「我、我忘了。」

整個人一副心不在焉的樣子，瞧著也不是個想好好練武的人，鍾秀搖頭走了出去，玉竹老老實實地在屋子裡扎起馬步，一邊想著昨晚長姊和二姊說的話，心中一時百感交集。

不過正如長姊說的那樣，自己就是她們的小妹，永遠都是她們的小妹。

「小妹，怎麼起床也不出來吃早飯，現在練什麼扎馬步？」

看到二姊端著蛋羹進來，玉竹才反應過來。自己這一早恍恍惚惚的，床起晚了不說，飯也忘了吃。

「二姊，我自己吃吧。」玉竹端過蛋羹，朝外探了探頭，沒瞧見長姊，也沒聽到長姊的聲音。「長姊呢，這麼早去哪兒了？」

「去隔壁找陶二叔他們啦。半夜雨不是停了嗎，她擔心等一下秦大人會把奴隸送過去，打算叫陶二叔一家跟著過去看看。」

買島的事，村裡暫時要瞞著，不過陶二叔一家倒沒必要防著。秦大人既是說要送來守島的，肯定不會是些姑娘家，還是要叫幾個男人一起去，陶二叔一家是最合適不過的人選了。

玉竹顯然也想到了，一陣狼吞虎嚥地吃完蛋羹，纏著二姊跟著一起上了船。她想去瞧瞧奴隸是什麼樣的，再看看島上究竟該怎麼弄。

陶二叔一家顯然是受到了不小驚嚇，坐在漁船上彷彿木頭一般，連話都不知道要講什麼。

玉家才來村子裡多久，幾個月前可是連飯都要吃不起的樣子，一眨眼，買了地、蓋了屋，現在居然還買了島！

天啊，那海島是多大的傢伙，那得花多少的銀錢？

當一個人只比自己多一點錢的時候，還可以和他說說笑笑；當對方多很多很多錢的時候，就只能仰望。陶家現在就是這樣。

好在有玉容一路主動和他們說話，加上兩個妹妹在一旁笑鬧，氣氛這才好了不少。陶二嬸能察覺出玉家姊妹對他們還是一如既往，心裡自然就放開了，不再拘謹。

今日海上風浪很小，掌舵搖槳的又是陶實、陶木兩個壯漢，漁船很快就停靠在了海島上。

不過島上安靜得很，沙灘上也沒有腳印，顯然秦大人的人還沒來。於是玉容帶著他們先去島上轉了轉。

陶二叔看著不是樹就是沙的海島，不明白玉家花大錢買島做什麼。不過那些都不是他該操心的事，他現在擔心的是另外一件。一路上猶豫了好久，還是問了出來。

「容丫頭，妳這島現在是買了，已經是私產了，那日後，路過的漁民還能再上島歇息嗎？」

玉容之前倒是沒想過這個問題，不過很快就拿定了主意。

「當然還是可以的，過陣子我在沙灘邊搭幾個棚子出來，過路的漁民還是可以上岸休息。」

完全隔絕漁民上島，絕對會惹眾怒，也不現實。而且漁民大多都抓緊時間捕魚，不是特殊情況，也不會停下來休息。

與人方便，便是與己方便。到時候將果樹都用柵欄圍起來，不讓人進出便是。

聽了玉容的話，陶二叔心裡可算是踏實了。茫茫海上，有時候出了些狀況想要找個地方暫時停靠，那是不容易得很。這座海島若是以後都不讓人停靠了，會很不方便。

玉家這丫頭，是個心善厚道的。

幾個人沿著島邊轉了轉，正準備去看島上的淡水湖時，另一頭沙灘上的黑鯊突然大叫起來。眾人繞過去一瞧，一艘漁船正巧停靠過來。

一瞧見漁船上的魏平，知道是秦大人送的奴隸到了。

「魏平哥哥！」

魏平偷偷瞄了一眼玉容，見她也正在瞧著自己，心裡一甜，下船便將玉竹抱了起來，大步朝她走了過去。

「這是秦大人讓我交給妳的奴契，一共五個人，三男兩女，都是以前巫滄國的平民。四個年紀大的，之前是在一座採石場上做活，做了有七、八年吧，體力都還行。至於那個小的，抓了才兩年，沒見他說過話，彷彿是個啞巴，不過幹活倒也索利，養上幾年，也是個壯勞力。」

說完，魏平將奴契交到玉容手裡，轉頭招了那五人近前來。

「這位玉容姑娘一家日後便是你們的新主人了，姑娘好性子，只要你們勤勉，必不會苛待了你們。」

五個奴隸老老實實地撲通跪到沙灘上，給玉容一家磕頭，又自我介紹了一番。

其實也用不著介紹什麼，他們除了姓氏不一樣，名字全都是按數字排的。

玉容低頭看了看奴契，年紀最大的蘇十一已經四十出頭了，年紀最小的才十一歲。

只因家國被滅，便要淪為奴隸，生生世世不得翻身。看著沙灘上一身破舊薄襖裹身、戴著腳鐐的男女，她心裡頓時想起自家逃荒時的模樣，難免有些心酸同情。說起來，他們也是一群可憐人。

不過，若是當初被滅的是萬澤國，自己一家恐怕也是這樣的下場。萬般都是命，他們有這樣的結果，也只能認命了。

「陶二叔，麻煩你帶他們去找個合適搭棚子的地方，先搭兩個棚子吧。」

這麼冷的天，沒個遮風擋雨的地方哪能行。

「長姊，巫滄國是哪邊的呀？」

「嗯，以前是在咱們萬澤國的左邊，現在已經被滅國，不存在了。」

滅國了，那這些奴隸豈不是都恨死萬澤國的人？讓他們來守島，萬一起了歹心，動手傷害兩個姊姊怎麼辦？

理智告訴她，這麼多年，人家對付奴隸肯定是有法子的，但她還是忍不住擔心。

魏平笑著捏了捏她的臉，哄她道：「臉都皺得不漂亮了，哥哥帶妳去看他們搭棚子。」

這會兒，那幾個奴隸已經就近取材，找了好些樹幹、藤蔓出來，一個個瞧著都特別聽話，沒一個偷懶的。

「魏平哥哥，他們的耳朵上怎麼都有個黑點點啊？」玉竹不懂就問。

「那是他們巫滄國的人生來便有的，不管男女，一出生便要在那黑點上刺個耳洞出來。所以只要耳朵上有個黑耳洞的，便是巫滄國的人了。」

「那要是我的耳朵上也正好長了個黑痣，正好也扎了耳洞，怎麼辦？」

魏平一聽，頓時停下腳步，一手抓著她的兩隻小耳朵仔細瞧了一遍。「還好沒有。這種事不要瞎說，小心被抓去放血。」

「放血？」

巫滄國的人，血液和萬澤的不一樣？玉竹打了個冷顫，不敢再繼續問巫滄國的事情。

島上叮叮噹噹地響了大半個時辰後，一個簡單的草棚子已經搭得差不多了。五個奴隸沒有多少行李，連衣服都只有一身換洗，更別提睡覺用的被子了。

在這樣漏風的草棚子裡過夜，肯定是不行的，生了病又是一場麻煩。於是玉玲和陶木駕船回了趟村裡，在村裡收一收舊被褥、衣裳什麼的，拿來晚上給他們用。還有吃的那些，也要操心。

島上這時還在忙著搭棚子，因為有五個人，一個棚子不夠住。

陶二叔是個閒不住的人，本是叫他監工，結果袖子一挽，自己也忙活起來。

不過他不是幫忙搭棚子，而是和了泥沙摻石頭，砌了個簡單的灶臺出來。他砌灶臺砌得多了，如今已是得心應手，手藝十分出眾。

幾個奴隸沒見識過這樣式的灶臺，看了好一會兒。

「嘖，老東西又顯擺手藝去了。」

陶二嬸嘴上嫌棄著，臉上卻笑得開心，顯然自己也覺得陶二叔的手藝很好。

「阿容啊，方才我瞧了好一會兒，這幾個奴隸看上去都挺勤快的，幹活也還老實，沒有偷奸耍滑之輩，目前瞧著還好。不過妳這一下子添了五張嘴，負擔有點大了。」

玉容點點頭表示明白。「那也是沒辦法的事，人都來了，總不能不管。而且日後這島上清理雜草、打理果樹也是要雇人來做的，現在白得幾個勞力，說來還是我占便宜了呢！」

說是這麼說，心裡是如何肉疼便不好與人講了。

玉竹沒有和長姊一塊兒去撿柴火，她和鍾秀坐在一旁看著人家搭棚子，看久了倒是也看出點門道來。

五個人裡，最小的那個祝十五很明顯和其他四個人關係不太好，幹活一點默契都沒有。因為他不說話，只是默默做著自己的事，人家也不和他說話。

另外四個人也不是一團和諧。

蘇十一和十二、十三關係親近，唯獨對那十四娘十分排斥。每次十四娘走到他的身邊，他都挪開位置、拉開距離。

三個人一起，十四娘被排斥，十五被無視。五個人一臺戲，還真有意思。

「秀姊姊，這幾個奴隸會不會哪天合夥欺負長姊、二姊啊？」玉竹最擔心這個了。

「他們不敢，妳們是主家，他們是奴隸，終身不能翻身的。如有一人敢冒犯主家，所有奴隸全部連坐，到時候受盡極刑不說，死後還將受火刑，屍骨無存。這對巫滄人來說，比極刑還要可怕。除了剛滅國時發生了幾起襲擊主家的事情，之後的這些年，再沒有聽說過哪兒出現過這樣的事。」

「連坐！」

玉竹看著那並不合諧的五個人，加上腳鐐，心裡倒是稍稍安了下，認真聽著秀姊姊給她講述那些有關於巫滄奴隸的規矩，聽完心裡唏噓不已。

萬澤國對巫滄子民彷彿很有惡感，加諸在奴隸身上的刑法也非常嚴苛，便是偷個懶、幹活慢一點，也得受鞭刑。

而且，他們是永遠沒有機會轉為良民的。無論立了多大功，無論是多大的善人，只要是巫滄血脈，那便永遠都是奴隸。

聽秀姊姊說，當初打仗打得慘烈，萬澤損失了近二十萬兵將，巫滄更慘，全軍覆沒。這些年下來，存活的巫滄人大概只有幾萬子民了，另外還有幾千在逃，國內也一直都在追捕。

比如那個十五，便是近兩年抓到的。

玉竹轉頭多看了兩眼那個叫祝十五的男孩。十一歲的年紀，眼裡卻早已沒有了鮮活，個子高高的卻很瘦，和之前逃荒路上看到的孩子差不多。

兩國交戰，苦得總是百姓。

他們能輾轉流落到這裡，未必不是福氣。

長姊、二姊仁厚，並不會苛待他們；吃飽穿暖，不受責打，安穩度日，想來也是他們內心期盼的日子。

只要他們不出什麼么蛾子，玉竹想，有生之年在這島上，讓他們過上正常人的生活，也是可以的。

一上午很快過去，草棚子已經暫時搭了兩個出來。因為來時潮水已經漲了，海邊一時也沒有工具去弄什麼吃的，只能吃玉玲他們回去後搬來的食物。

一袋粟米，還有幾顆白菜、各種鹹魚乾，這樣的伙食比採石場的伙食好多了。

粥還沒熬好，幾個奴隸便已經頻頻朝灶臺望過來，那可憐兮兮的樣子，也不知道多久沒有吃過飽飯。

玉竹原以為長姊煮了一大鍋，是要讓他們吃飽好幹活，結果出乎意料的是，長姊只是一人給他們分了一碗，吃了個半飽。

「誰家的糧食都不是大風颳來的，想吃多少就能吃多少，要想吃飽飯，那就得幹活。這座島上林子裡有許多雜草，你們接下來幾天的活便是將島上的雜草清理乾淨。做得好，吃到飽；偷奸耍滑的，就只有半碗粥。」

玉容沈著臉說話，還是挺能唬人的。玉竹都被這樣的姊姊給驚到了。

鍾秀倒是挺贊成玉容這般。一來就噓寒問暖，給他們吃飽，這些奴隸便會覺得主家性子軟和，好糊弄。雖然才五個奴隸，不成什麼氣候，但有備無患，一開始就要把氣勢拿出來。

幾個奴隸自然是連連應聲，不敢有違主家的心意。

玉竹一直瞧著那五個人，發現最小的那個還真是特別。他比別人表情更少，也比別人吃得少。

那一碗粟米粥，別人都是狼吞虎嚥，唯有他喝了大半便停了下來，磨磨蹭蹭好一會兒才喝完，鹹魚乾是一動不動。

這小孩，還是沒有體驗過真正挨餓的感覺。

想當初逃荒的時候，若是有這麼一碗粟米粥和鹹魚乾，她和姊姊們都能把碗嚼碎了吞下去。

吃過午飯後，玉竹便歪在長姊身上睡起了午覺。其實也沒怎麼睡熟，畢竟奴隸們的腳鐐叮叮噹噹的，實在是有些吵。

他們正在忙著和泥胚、做泥磚，畢竟冬日住草棚，還是在海邊，滋味可不好受。

玉容盯了一、兩個時辰後便帶著陶二叔他們回了村裡。

島上沒有船隻，那些奴隸是跑不了的，而且沒有奴契的巫滄人，在外被抓住了一律算逃奴，逃奴的下場可不好，他們不敢跑。

第六十一章

瞧著主家的船越駛越遠，島上幾人的的動作也慢慢停了下來。

十四娘第一個癱在了地上。一上午都沒怎麼歇息過，手都快廢死了。

其他幾個互相看了看，雖然手上的動作慢了，卻沒有停下來。

「欸，幹麼那麼老實。這是海島，不像石場還有監工，咱們幹不幹活，她們又不會知道，歇一會兒怎麼了嘛？」沒有人理她。

四個人都在專心做著手上的活計，忙完了自己那份便開始在海島上轉悠起來。

主家臨走的時候說了，島上除了樹不能動，別的都無所謂。他們幹完活後就可以在島上轉轉，熟悉島上的情況。若是有運氣能抓到什麼野物，也可以歸他們所有。

說實話，這樣大方的主家，他們還真是頭一次見。而且這裡的環境和採石場比起來，真是一個在天上，一個在地下。這裡沒有時時刻刻拿著鞭子盯人的監工，也沒有永無止休的幹活。像現在這樣，幹完活還能自由地活動，那還是十幾年前的事。

四個人自然而然地分成了兩隊。

蘇十一帶著十二、十三走了左邊，祝十五一人走了右邊。

十四娘眼瞧著人都走了，沙灘上就剩自己一人，立刻爬了起來，朝那祝十五跑了過去。

腳鐐叮叮噹噹在身後響起，祝十五卻沒有回頭，反而走得更快了些。

「祝十五！你等等我呀！」

不管身後的咆哮咒罵多麼刺耳，少年彷彿根本就聽不到一般，很快消失在林子裡。

他的運氣還不錯，走得是玉容她們之前走過的那條路，順著那條小路，很快就看到了島上那片淡水湖。主家之前說過島上有湖水可以取用，想來正是這片湖了，真漂亮。

祝十五尋了塊石頭坐了下來，望著湖面開始發呆。

其實他根本就不是巫滄國的人，只是沒有辦法證明自己的身分。

耳朵的這個黑耳洞，是當初偷偷抱走他的那個男人用針扎穿後，拿了什麼東西抹黑的。他說是一種毒，只要自己乖乖聽話，等自己成年後，便會將解藥還給自己，並放自己離開。

那時自己年幼無知才會相信他的話，隨著一年年長大，他心裡也漸漸明白，那個男人根本不可能放自己離開，他才費盡心力從那巫滄族的藏身之處跑了出來。

原以為逃出來便能得救了，結果卻被當成巫滄國的餘孽抓進了牢裡。

起初他喊冤，說自己不是巫滄人，還有人帶他去查驗，可查驗出來他身上的血竟然和巫滄國的人一樣，都是甜的。

有著標誌的黑耳洞，又有著和巫滄國人一樣腥甜的血，如此鐵證之下，沒有人再相信他的話。不管他喊了多少冤枉，都沒有人再理會他。這幾年，他累了，也認命了。原以為要在地牢裡關上一輩子，或者是像別人那樣被送到外面做苦力，沒想到，居然來了這裡。

其實在哪裡都沒有什麼意義，他永遠只能是個奴隸，再不能見自己的親人。

「喂，叫你等我，你沒聽見啊?!」

一道尖利的女聲打斷了祝十五的思緒。
十五沒有理她，轉過頭去看另一邊。
十四娘憋了一肚子的火追上來，瞧見他這副模樣，頓時心頭火起，伸手就是狠狠一推。
沒有防備的十五就這麼被推到了冰寒刺骨的湖裡。好在湖邊水淺，他稍微撲騰幾下又爬回到了岸上。
「哈哈哈，讓你不理我。大家都是奴隸，你裝個什麼勁！這裡你最小，還敢不聽話，下次再這樣，我還收拾你！」十四娘伸腿還想踢他兩下，卻教人抓住腳脖子，瞬間拉下了湖。
「你！」
她一站起來便想咒罵一通，卻被十五那凶狠的眼神嚇得噤了口。
欺軟怕硬的十四娘硬生生又將話嚥了回去。
一刻鐘後，兩人一前一後回到了草棚裡。
其他三個人先回來，瞧見他們那一身濕漉漉的樣子，彷彿都沒瞧見似的，自顧自地做著各自要用的東西。
十五強忍著刺骨的寒冷，躲進草棚裡頭換了衣裳。自己的衣裳換上還是冷，他又加了一件主家之前拿來的襖子，這才恢復了些精神。
把衣服掛在一根樹幹上後，他轉頭又進了林子。
島上雖然有主家拿來的一袋粟米，但每日吃的都是有定量的，他又吃不下那個鹹魚乾，只能自己去找找看有沒有什麼食物。

十五一走，蘇十一幾個又恢復了談話。

「我瞧他倆像是打架掉湖裡了。」

「好像是的。咦，十四娘怎麼躺下睡了？她活還沒幹完呢，又想讓咱們幫她幹？」

十三娘想起以前在石場時便是被她這樣坑了，頓時氣不打一處來，扔了手裡東西就要去找她算帳。十二趕緊將她攔了下來。

「主家可是說了，咱們各幹各的，幹得多，吃得就多。她不願意就不幹吧，明兒個等主家來了，她就知道厲害了。」

蘇十一也是這個意思，十三娘便不再堅持，重新又坐了回去。

這一晚，陶家老倆口正在發愁著老二的婚事。

「他爹，你說以阿容她們家現在這樣的家底，咱家要是想給老二訂下阿玲，這聘禮……」

陶二叔也愁啊！

要說他們一家在村子，日子雖說不是最好，卻也不差，尤其是攬了做灶臺的活後，一個月總有好幾銀貝的收入。

原先想著玉玲還小，自家又剛剛辦過婚事，便等個兩年，到時候多給些聘禮，風風光光地將她娶進門。可是現在，人家家裡有石屋，有海島還有奴隸，自家有什麼呀，十幾銀貝和一座泥磚院子，想想都捨不下那個臉去開口。

「要不，就再等等吧。咱一家好好幹兩年，多存些銀貝。玉家幾個丫頭都知道咱們家的情況，能拿多少她們心裡也有個數，只要誠意到了就好。」

「也行，只是老大媳婦的聘禮咱們才給十個銀貝，老二的給多了……」

這一碗水端不平，家裡就容易生口舌之事。他們見得多了，一點也不希望自家也變成這樣。

「到時候再說吧！唉，睡覺睡覺，明兒個還得跟她們再上島去瞧瞧呢。」

但此刻，同他們一樣輾轉難眠的還有玉家姊妹。

玉容白日裡一直和陶二嬸在一起，對她情緒上的變化難免要更敏感一些。

「二妹，妳是真喜歡陶木嗎？我瞧著陶嬸嬸他們今兒可是有些打退堂鼓的意思了。」

「啊？是因為咱家買了海島？」

「我想是的。她大概是覺得兩家如今差距太大了，有些猶豫。而且陶木也還沒說過喜歡妳，要娶妳，陶嬸嬸的態度有所改變也正常。妳呢，想好了嗎？真的喜歡陶木，要和他在一起？」

玉玲沒有第一時間回答，很是煩躁地翻了幾遍身，才道：「如果是要在一起過一生的話，我是想和他一起的。不過陶木頭真的從來沒有說過喜歡我的話，明日我必得去問問他了。」

喜歡就在一起，不喜歡日後就少來往，多簡單的事。玉玲覺得自己是很看得開的。

翌日一早，她就拿送小魚乾的藉口，氣勢洶洶地去了陶家。等她真走到了陶家門外，又慫了，來來回回的，不敢上前敲門。

這會兒陶家的人陸陸續續都起了床。

陶二嬸想著昨晚自己苦惱的事，便拉著兒子到牆角處，很嚴肅地問道：「老二，你跟娘說句實話，你究竟喜不喜歡玉玲？」

「喜歡啊！」陶木答得非常乾脆，院子外的玉玲心滿意足。

「行吧，有你這話，娘就是豁出臉皮不要，也給你把這媳婦娶進門。」

「啊，什麼媳婦？我不要媳婦。我跟玉玲那是兄弟情，娘可別去瞎說。」

但不等陶二嬸再說什麼，老大媳婦開了院門，突然朝外頭叫了一聲玲妹妹。陶二嬸心道不妙，一回頭便瞧見玉玲那丫頭端著一盤炸得酥脆金黃的小魚乾，一臉殺氣地走了進來。

「兄弟情是吧？兄弟情啊？」

一條一條小魚乾通通扔到了陶木身上，砸得他丈二金剛摸不著頭腦。

「玉玲，妳怎麼了？」

「以後別來找我了！」

玉玲氣得連盤子都不要了，紅著眼睛跑出了陶家。

「木頭啊你！快去追啊！」陶二嬸一巴掌拍在兒子肩上，真是恨不得替他追上去。

陶木聽話地往前跑了兩步，很快又回來問：「我追她幹麼？」

這兒子沒救了……

第六十二章

玉家院子裡，這會兒一個人都沒有，全都擠在屋子裡哄玉玲。

一看到她紅著眼，怒氣沖沖地跑回來，玉容就猜到了大概是怎麼回事。玉竹昨晚裝睡聽到兩個姊姊的談話，也差不多明白了。只有鍾秀還以為玉玲是讓人欺負了，直說要去幫她打回來，玉玲都給逗笑了。

「阿秀姊，沒事，沒人欺負我，就是被氣到了，這會兒心裡舒服多了。長姊，咱們是不是該去島上了？」

玉容點點頭，是該去了。

這會兒離漲潮還有一個時辰左右，去了島上還能教那幾個奴隸趕趕海，辨識海物。魏平說過有四人之前一直都是在採石場做活，另一個也常年生活在深山裡，他們對海物肯定是不了解的。

教會了他們，日後他們自己趕海便能獲得食物，就不用自家再時時送糧過去了。

「我去叫陶嬸嬸他們一聲，你們把家裡收拾收拾，該拿的農具別忘了帶。」

「知道啦！」

玉竹第一個跑出屋子去，把自己小板凳什麼的都歸整到一處，想著等一下一起帶上島去。村子裡實在是沒什麼能夠吸引她的，她一顆心如今都放在了海島上，巴不得在上面住下才好。

玉玲也跟著出來幫忙一起收拾。昨日沒什麼準備，島上能用的東西實在太少了。反正以後要常去島上，一些常用的東西都先拿上去準沒錯。

一行人很快就出發了，不過陶二嬸沒有跟著一起去。老大媳婦才剛嫁進來，自己一家都跟著玉家走，次次都不帶她，難免會讓她心裡多想。

所以她乾脆帶著老大媳婦去海邊撬海蠣，省得她胡思亂想。

陶木跟著大哥在後頭搖船，眼神卻一個勁兒地往玉玲身上瞧，可惜人家理都沒理他，連個眼神都沒給他。

「老二，你得哄……」

陶實自覺比弟弟有經驗，嘀嘀咕咕傳授了一通。陶二叔在一旁聽著又是親、又是抱的，總覺得哪兒不對，卻又一時想不起來。沒一會兒，船靠了岸，他就沒心思去想那些了。

陶實兄弟在後頭泊船，姊妹仨和鍾秀還有陶二叔先去了搭草棚子的地方。

五個奴隸都睡得香甜，他們走過來弄出挺大的動靜都沒醒。

玉容先去瞧了昨日給他們留的活，發現其他四個人的泥胚都完成了，只有十四娘的，幾乎和昨日走的時候一樣。所以，她們一走，十四娘便偷懶沒有再做了。

說不生氣，那是不可能的。

她又不是什麼大善人，花糧食供著讓人來享福，比起採石場的條件，玉容自覺待他們已經很寬厚了，就這點活還偷懶，絕對不能慣。

「十四娘，起來！」

一連叫了好幾聲，十四娘沒醒，十三娘倒是醒了。隔壁草棚的幾人聽見了也都清醒過來。以往在採石場，每天累得都是聽著監工的鞭子聲起床，來了這兒，難得的安寧鬆泛讓他們都放鬆了警惕，竟然一覺睡到了現在。

十三娘趕緊理好衣裳起來。「大姑娘恕罪。」

「去把十四娘叫起來，我在外面等你們。」玉容轉頭出了草棚子。

十三娘一顆心提到了嗓子眼，趕緊又搖又晃地把十四娘拉了起來。

「妳快點！主家都來了，再拖拖拉拉的，等一下小心吃不了兜著走。」

「哎呀，急個什麼勁嘛！」

十四娘一點都不擔心。她看人可是準得很，那玉氏一家都是些軟和性子，並不凶惡。待會兒只要自己把昨日落水的事一說，再裝得可憐些，她們定然不會和自己計較。

要說幾個人裡頭，看人心、看臉色，十四娘那當真是翹楚，要不然也不會在苦累的採石場裡活得如魚得水。

這也是蘇十一他們最瞧不起十四娘的地方。整天耍弄心眼，把自己的活全都推給了他們，偏偏監工還睜一隻眼、閉一隻眼，實在討厭。好在現在換了主家，幹活也不必再和十四娘算在一起。

三個人站在一旁等著看熱鬧，十五沒什麼興趣，去摸了下自己昨日掛上去的衣裳。一晚過去了，還是濕答答的。

玉竹瞧見了他的濕衣裳，還當他是愛乾淨才勤換洗的，也沒多去注意，轉頭跑去了長姊身邊，看著十四娘狡辯。

「大姑娘，我說得都是真的，昨日要不是十五將我推到湖裡受了寒，昏昏沈沈的，我肯定已經幹完那些活了。」

「你們剛上島就打架？」

十四娘一愣。好像和自己想得有點不一樣。

「我們沒有打架，只是言語間有些不痛快，然後他就突然推我下湖了。」

玉容淡淡看了她一眼，轉頭去看十五。十五當然是搖頭了，明明是這女人先推他的。

「長姊，妳看那樹上的衣裳，像是十五的呢。」

「嗯，是他昨日穿的。看來昨日掉進湖裡的不止十四娘一個，我現在就想知道究竟是誰先動手的。」

十五想都不用想地指著十四娘。十四娘死活不認，非說是十五。

玉容懶得和他們掰扯，直接叫來五個人站在一起。

「秦大人將你們送給我，是讓你們來幫忙的，不要求你們相親相愛，只要求你們和平共處，共同幫我把島上打理好。結果這才第一天便開始內訌。我這島小，留不住你們這樣的大佛。蘇十一，你們來說讓誰走，我即刻將他送還給秦大人。」

既然放在一起會吵會打，分開就是。

蘇十一幾個萬萬沒有想到事情會是這樣發展，這種事根本不用考慮，當然是要十五了。

十四娘又懶又壞，十五雖然冷了些，不與他們說話，但該幹的活一點都不含糊。

「大姑娘，留十五吧，十五幹活很勤快。」

「蘇十一你——卑鄙！」

十四娘氣得臉都青了，轉頭就想去抓人。鍾秀一隻手便將她壓得服服貼貼。

「先綁起來吧，等會兒把她送回去。」

這十四娘能被多年同伴這樣嫌棄，留下來也只會是根攪屎棍，早送走早好。

「你們幾個去陶二叔那兒領了簍子，跟著他走，他會教你們如何看潮水，如何在沙灘上尋找食物。等潮水漲上來了，再去做吃的。」

玉容毫不拖泥帶水地處理了十四娘，其他幾個心中戚戚，個個越發聽話得很。

陶二叔很快帶著一群人沿著沙灘走了。

十四娘一開始還以為玉容只是嚇唬嚇唬她，可沒想到她居然被綁著放到了船上。這是來真的！長了眼睛的都知道海島是個多麼舒服的地方，主家不會一直在島上盯著，晚上完全自由，想幹麼就幹麼，她當然不想離開。

一開始她是哀求，然後再是哭求。說實話，玉玲都有些心軟了。不過還沒等她幫忙勸兩句，船上的十四娘就耗盡耐心，開始發瘋抱怨起來。

有一句話最是讓玉竹震驚。

她說，三百年你們的開國大王不一樣是我們巫滄國的奴隸，得意什麼？這樣大逆不道的話，聽得鍾秀立刻變了臉，上船直接打暈她。海邊總算是安靜了下來。

不過也才安靜了一瞬，就聽到沙灘前頭傳來了一陣慌亂的尖叫聲，是十三娘的聲音。

玉容幾個過去一瞧，原來是讓沙灘那些密密麻麻的小螃蟹給嚇的。

陶二叔一臉無奈。

「我都跟他們說了好多遍，沙蟹不咬人，無視即可。可這十三娘還是怕得厲害，容丫頭，讓她去幹別的活吧，這麼小的沙蟹都怕，旁的豈不是要嚇破膽？」

別說十三娘了，玉容自己乍然看到這麼多跑來跑去的小螃蟹，也是嚇得不輕。沙蟹是聽都沒有聽說過的，比指頭稍微大點，她也是頭一次見到這東西。

「行吧，那十三娘去給他們做飯吃。做飯妳會吧？」

「會的、會的！多謝大姑娘！」十三娘調頭就跑，彷彿沙灘上有狗追她一般。

沙灘上的沙蟹確實很多，密密麻麻得教人看了直起雞皮疙瘩。玉容怕嚇著小妹，伸手打算抱她，卻讓她拒絕了。

「長姊，能不能先叫他們幫我抓抓沙蟹啊？等一下漲潮就沒有了，長姊～～」

玉竹兩眼發光，看著滿地亂跑的沙蟹，口水都要流出來了。

沙蟹太小了，幾乎沒什麼肉，這裡的人想來是不吃的。也是他們不懂吃，不知道這沙蟹只要簡單的操作便能做成美味。

如此美味，怎能錯過。

第六十三章

「長姊，我想要這些沙蟹。」

玉竹抱著長姊的手一個勁兒地搖，玉容還能說什麼呢，當然是滿足小妹的願望了。

「陶二叔，先不教了，讓他們幫忙一起抓沙蟹吧。」

「那我也一起抓吧，這小丫頭可真是會鬧騰。」

陶二叔嘴上唸叨著，臉上卻是笑呵呵的，招呼了另外四個人一起幫忙捉沙蟹。

「先去團一坨雜草，把簍子堵上，不然這些小東西可能爬了，前腳進去，後腳就能出來。」

四個人從來沒有來過海邊，哪裡知道這些，都是陶二叔說什麼，他們便做什麼，倒也乖覺。

玉玲想著小妹那些奇奇怪怪的菜譜，心知這肯定又是一道好菜了，趕緊叫了陶實過來一起抓。

兄弟倆明明都在一處，她卻只叫陶實沒叫自己，這樣明顯的冷待讓陶木心裡難受得很。人家都在熱火朝天地忙著，就他一個人在這邊沒事做，所幸他臉皮厚，還是湊了過去。當然他沒敢往玉玲身邊湊，只敢跟在他爹身後抓沙蟹。

直到潮水漲上來的時候，漁船上帶來的兩個木桶已經裝滿了，那密密麻麻爬動的沙蟹一眼看過去，大概也就玉竹和陶二叔這樣的老漁民才會面不改色。

「小妹要這麼多沙蟹做什麼？」

玉竹蓋上木桶，沒敢再瞧。「當然是為了做好吃的嘛！不過島上沒有我要的工具，咱們得回家才能做，先放在船上吧。」

做沙蟹最重要的工具就是石臼了，不是家裡的那種小石臼，得要陶嬸嬸家舂米用的那種大石臼，不然這兩桶沙蟹好幾天都搗不完。

「行吧，妳自己回家鼓搗去，讓妳二姊給妳打下手。」

玉容一想到那些沙蟹就頭皮發麻，非常俐落地將這活甩給了二妹。

正在教十三娘處理蛤蜊的玉玲莫名打了個冷顫。

「今日我們拿了兩個木盆、兩個水桶過來，桶呢給你們挑水用，盆嘛，等一下妳去打些水來，先將這點蛤蜊放裡頭泡上一、兩個時辰，吐吐沙。這回刨得有點少，才這二十幾個，可以放到粥裡一起煮，加點鹽，不放別的東西就很好吃了。」

十三娘一邊點頭，一邊嚥著口水。

她有見過監工吃這個，雖然小，但總歸是肉，奴隸是沒有資格吃的。沒想到這東西竟然就藏在沙下，還那麼容易挖到。明日退潮的時候，她一定要早早起來去挖上幾個時辰吃到飽。

「謝謝二姑娘！」

「沒什麼好謝的，教會你們這些，日後我們就省心了。明日陶二叔說了，會早些過來教你們趕海，日後不出意外，你們要在這島上生活很長時間，所以識得海物都是必須要學的。」

「嗯，二姑娘放心，奴一定認真記，好好學。」

年近三十的十三娘這樣一副卑微的樣子，還挺教人心酸的。回去的路上，玉玲忍不住感慨了下。

玉容摸了摸妹妹的頭，將她攬進自己懷裡靠著。

「世上可憐人多了，咱們以前逃荒不可憐嗎？個個都要去同情，哪忙得過來？她能到咱們這裡，其實已經比在採石場好很多了，日後只要她不做妖，咱就拿他們當普通人處著。」

「我明白，只是想到她的年紀就想到了阿娘，不知道阿娘現在在哪兒，過得又是什麼樣的日子。」

一說到阿娘，玉容一時心裡也難受起來。

所以一到家，玉竹就趕緊拉著她倆幫忙幹活，幹起活來就不會想那麼多了。

「長姊、二姊，記得幫我把這些沙蟹洗個兩、三遍哦，要洗乾淨。」

洗兩、三遍可是大工程，有得她們忙了。

寵妹的兩個人認命地打了水，拿了盆出來淘洗沙蟹。

鍾秀也說要幫忙，玉竹便讓她去隔壁陶家把大石臼借了回來，然後跟著自己一起將洗乾淨後的沙蟹肚拔掉。

滿滿兩桶的沙蟹光是清理便花費了差不多大半個時辰。全都清理乾淨後，玉竹先倒了一桶沙蟹到石臼裡，又加了些鹽。這些沙蟹雖說不用搗得像蝦粉那樣細，卻也不能太粗糙，所以得力氣大的人來幹活。

玉玲和鍾秀接下了這項工作，兩人輪流來，兩刻鐘便將沙蟹搗得碎碎的。

眼瞧著快到吃飯的時候了，還有一桶沒弄，玉竹也不強求了，直接將拍好的薑塊、大蒜丟進去，攪拌均勻。

「小妹，這個陶罐夠裝嗎？不夠我再去陶嬸嬸家借一個來。」

「夠啦夠啦，另一桶咱們又不弄，留一半咱們自己炸著吃，另一半送給陶嬸嬸家。」

玉竹美滋滋地將石臼裡的沙蟹都舀進陶罐裡，倒黃酒進去攪拌。密封的事她幹不來，只能交給了長姊。

「放上大概十來日就能吃啦。」

還要十來日……玉玲和鍾秀眼巴巴地瞧著玉容將陶罐抱進了屋子裡，肚子忍不住咕嚕了一聲。玉竹沒忍住，笑了。

「真是勞累姊姊們了，走走走，咱們這就去做好吃的。」

一家子轉移陣地進了廚房。不多時，廚房便飄出了陣陣油香。姊妹幾個一邊炸、一邊吃，正吃得興起，就聽到陶木來了。

玉玲慢慢放下手裡炸得酥脆的沙蟹，抬頭看了看長姊。玉容心領神會，擦擦手走了出去。

「陶木，人送到了？」

「嗯，送到了。秦大人沒有見我，不過讓魏平給帶了話，他說那些奴隸既然已經送給妳們了，生死便由妳們自己處置。若是實在不聽話，打殺掉也無事。」

只是心性不好、偷懶撒謊而已，用不著那樣嚴重。

「行吧，我知道了，今兒真是麻煩你兄弟倆了。對了，你等一下，我拿點東西給你帶回去吃。」

玉容沒有自己進屋子去拿，而是朝廚房喊了一聲。「二妹，拿碗裝些沙蟹出來，再把那半桶沒做的提出來。」

陶木一聽叫了玉玲，瞬間來了精神，眼巴巴地望著玉家的廚房門口。玉玲已經有大半日沒有理過他了，滋味真是相當難受。

「玉玲……我……」

不等陶木說完，玉玲直接把東西往他手裡一塞，再輕輕一推，將人推出了院門，然後砰的一聲，門關上了。

玉容沒好氣地點了點妹妹的額頭。

「怎麼氣性那麼大呢？」

「不管，我還生氣呢，就不理他。」

玉玲輕哼了一聲，心情不錯地轉回廚房繼續吃沙蟹去了。

吃了閉門羹的陶木怏怏地提著東西回了家。

陶二嬸本來就格外注意他，一瞧見他手上拿了吃食又提了東西，立刻明白兒子這是去了玉家，連忙上去詢問。
「見著玉玲了沒？說好話哄她了沒？」
「見是見著了。」陶木放下手裡的東西，很是苦惱地道：「就把這些東西塞我手裡，然後把門給關了，連句話都沒跟我說。」
真沒用啊這兒子！
「你真不想娶玉玲當媳婦？」
陶木猶豫了下，老實回答道：「不怎麼想，當兄弟天天在一起不是挺好的嗎？」
得了這回答，陶二嬸也不意外。她點點頭，沒再說什麼，心裡卻迅速冒出了個想法來。
第二天一早，陶二叔帶著兒子一起又去了島上，回來的時候便瞧見陶二嬸一副欲言又止的模樣。
平時有話就說的人突然這副樣子，自然是引人注意得很。
「娘，這是怎麼了？是有啥事？」
陶二嬸又是裝模作樣地糾結了一番，才說道：「今兒我瞧見媒婆去玉家了，給玉玲說親呢，玉玲好像答應了。」
啪的一聲，陶木手裡的筷子掉在地上。
「娘，玉玲當真答應了？這不可能！」
「有什麼不可能的，玉玲翻過年就十五了，先訂個親，來年就能成婚，現在說親事正正好。若是有那條件不錯、人品又好的男兒，答應了也正常。」

陶二嬸一本正經地忽悠著兒子，陶二叔看出了點什麼，暗笑了下便埋頭吃飯不管了。

「玉玲很早就跟我說過，她不會成親的，娘肯定聽錯了。」

陶木恍恍惚惚地撿起筷子，也不知道是在說給他娘聽，還是在安慰自己。

「哎呀，我的傻兒子啊！以前玉玲說不成親，那是因為她戶籍還是男兒身嘛，當然不能成親了。可現在人家的戶籍改過來了，哪有女子不成親的道理。你自己慢慢想吧，我得去琢磨琢磨備什麼賀禮才行。」

陶二嬸忽悠完兒子，瞧著他那副心神不寧的樣子真是神清氣爽。讓你死鴨子嘴硬，後悔去吧！

平日一頓能吃上兩大碗的陶木難得地沒了胃口。

他知道女子到了年紀便是要嫁人的，可沒想過玉玲也會嫁人。嫁給一個陌生的男人，興許還不是上陽村的，日後再見面就不容易了，而且她夫家想來也不會讓她和別的男子走太近……

不行，絕對不行！

陶木丟下碗筷，拔腿就往玉家跑。

「臭小子，總算是有點開竅了。」

這會兒玉家還在做飯，突然就瞧見陶木跑進來，張口就問玉玲訂了哪戶人家？一家子是丈二金剛摸不著頭腦。

玉玲沒好氣地直接扯著陶木去了院子裡。

「大中午的不在家吃飯，上我家來耍什麼威風？」

「沒耍威風，我就是想來問問妳，訂了哪一戶人家？」

「你就這麼想看我嫁出去啊？」玉玲氣得不行，推著人往院子外頭走。「你出去！我家不歡迎你，我也不想跟你說話！」

兩個人推推搡搡的，卻不知怎麼抱在了一起，嚇得玉容趕緊一把捂住小妹的眼睛，不許她再跟著一起偷看。

「長姊，我都看到了，妳再捂住眼睛還有用嗎？」

「反正不許瞧了，咱們做飯去。」

玉容非常強硬地拽走了小妹，還有一旁偷看的鍾秀。

瞧著陶木和二妹那樣，彷彿是終於說開了。這樣也好，找個時間便能同陶嬸嬸商量下，把他們的親事先訂下來，省得老有媒婆惦記上門。

至於成婚，那還早得很。怎麼也要等小妹再大些，才能教人放心。

廚房裡頭，三個人忙活了半個時辰做好了飯，出來一看，陶木居然還在院子裡。玉玲跟他坐在一塊兒，不知道是說了什麼，臉上那笑就沒有停過。

「咳咳咳……二妹，吃飯了。」

「來了！」玉玲下意識地立刻站了起來。「木頭，你先回去，我得去吃飯了，回去替我謝謝你娘。」

「啊？謝我娘？謝她啥？」

陶木想問清楚，結果玉玲跑得比兔子還快。方才他敢勇闖廚房是一時上頭，這會兒卻是不敢了，只好一頭霧水地回了家。

於是，玉玲和陶木的親事很快就訂了下來。

上陽村的人這才知道，原來玉玲竟是女兒身！

後悔的人家不知多少。因為上陽村的女孩極少，幾乎是出生沒幾年便會訂下娃娃親，村裡成年的姑娘幾乎都是有主的。所以有男丁的人家一開始的目光都盯在玉容和那些分配過來的姑娘身上，玉玲這個小子自然沒人注意過，早就和玉玲交好的，大概也只有陶家兩兄弟。

「長姊，我不要這院子！」玉玲幾乎是一聽到長姊說要把這院子給她的時候就炸了。「蓋這院子的錢又不是我出的，幹麼給我？等過幾年，我和木頭成親了，直接住到他家去，又不是沒地方住。」

玉容幾次張口都被情緒激動的二妹打斷了，好不容易才找了條縫插進去。

「妳先聽我說完嘛！」她一把將小妹抱進懷裡。「這也是小妹的意思。」

玉竹附和著點頭，這座院子和陶嬸嬸他們離得這樣近，日後成婚了，二姊和陶木單獨分出來住也不妨礙兩人盡孝。

至於長姊，她是打算日後直接將海島一半的收益給她。有了錢，不管是想在城裡買屋子，還是在村子裡蓋院子，那都是小意思。

姊妹都不是自私的，好東西都想著另外兩人，結果這不就吵起來了？

鍾秀旁觀者清，忍不住出來說了句。

「倒也不必推來讓去的，我瞧著玉竹以後並沒有打算在村子裡住，她可是唸叨了海島好多回了，所以這院子不是給玉容就是給玉玲。那便等日後妳們誰先成家便先給誰唄，另外一個拿了銀錢在旁邊或者附近買塊地，圍個院子起來，誰也沒虧著誰。」

玉竹一聽，這法子好。誰先成家，這屋子就過給誰。

她自己嘛，還真是像秀姊姊說得那樣，日後準備長住島上。她心裡有著許許多多的計劃，每個計劃都離不開那座海島。

沒有意外的話，她肯定會把老本行醃製海鮮，還有各種海鮮醬料做起來；這些需要配方的東西在村子裡做，太不保險了，海島上就要安全得多；而且收貨、賣貨都很方便，直接靠船就能發走，不像陸路那樣要耽擱很久。

姊妹仨爭論了半天，最後還是選擇了鍾秀的建議。

不過姊倆成婚還早，暫時就不提了。

當天晚上，已經醃了半個月的沙蟹醬終於可以開封了。

剛一開蓋，便聞到了淡淡的酒香及一絲沙蟹獨有的腥味。這東西是聞起來帶腥，吃起來卻香得很。

玉竹舀了一大碗出來後，又趕緊封上陶罐。

「小妹……這味道……」

玉玲的臉色有點紅，顯然是憋氣憋的。一旁的玉容和鍾秀也好不到哪兒去，鍾秀甚至有些反胃要吐的感覺。

難道就她一個人聞起來是香的？這東西在這兒並不受人歡迎……玉竹的自信心瞬間塌了一半。

要是自己做的醬不合這個時代的口味，那她的醃製大業豈不是還沒開始就要結束了？

想著可能是這裡的材料和現代的不一樣造成的，玉竹拿了筷子，挑了一點放到嘴裡嚐了嚐。

嗯？又鮮又香，比現代的沙蟹醬更好吃啊！

這沙蟹醬，只要一點，她能配著把整鍋粥都喝了。這麼好吃的東西，長姊她們卻是一副聞都聞不了的樣子，實在是有些挫折。

就在玉竹懷疑的時候，突然瞧見陶嬸嬸帶著瑛娘來了。

「小玉竹，妳們一家又在做什麼好吃的？好香啊！」

玉竹瞬間來了精神。「陶嬸嬸，妳也覺得這個東西香是吧、是吧？」

「是很香啊，我這晚飯都吃過了，又被勾起了饞蟲。快讓我瞧瞧，妳家又做什麼好吃的了？」

要說吃的，陶二嬸還沒在別的地方吃過更好吃的東西，不管是葷是素，只要這姊倆動手，那真是饞到作夢都還想吃。

難得有個識貨的人，玉竹趕緊像獻寶一樣地把那碗沙蟹醬端到陶嬸嬸面前。

「陶嬸嬸嚐嚐看，就這個，看看好不好吃。」

陶二嬸先是聞了聞，很是享受地大吸了一口。真是香，不光是蟹香，還帶著點酒香。這東西，不用嚐就知道老頭肯定會喜歡。

「嬸兒，妳嚐嚐呀！」玉竹迫切地想看看陶嬸嬸的反應，一個勁兒地催她。

「那我吃啦，就這樣乾吃？」

「對，少挑點，嚐嚐味喜不喜歡。」

陶二嬸一筷子挑進嘴裡，抿了抿，沒有說話，又挑了一筷子，滿眼都是享受。

「好香啊！這是什麼東西做的？我怎麼吃著感覺味道有點熟悉？」

玉竹心頭大定，笑著回答道：「當然熟悉啦，這些都是用沙蟹做的。」

第六十四章

「沙蟹?!」陶二嬸當真是驚訝得很。那東西年年都能在沙灘上看見，可惜太小了又沒有肉，誰都不會費工夫抓，沒想到竟是這樣好吃。

「也就妳們一天奇思妙想的，總是能把不起眼的東西做得格外好吃。」

陶二嬸毫不吝嗇地將玉家姊妹幾個一頓誇，好一會兒才想起自己的正事來。

原來是她的外甥明日成親了，要回娘家幫忙，瑛娘也要跟著一起去。家裡的男人又接了城裡的活，要忙上兩日才能回來，所以來提前和玉容說一聲，等明日他們走了，讓玉容姊妹幾個照看些家裡，幫忙餵餵雞鴨。

這是小事，自然沒有不答應的道理。

玉竹瞧著陶嬸嬸是真心喜歡沙蟹醬，臨走的時候給她裝了好大一碗。

等她一走，玉容三人便跟著逃出了廚房。廚房裡這會兒還飄蕩著沙蟹醬的陣陣清香，她們誰也待不下去。

不過後來，習慣了也還好，雖然還是吃不進肚，好歹不會聞著味就想跑了。

說來也是奇怪，她們吃不下的沙蟹醬，上陽村的人卻喜歡得很。尤其是像陶二叔和老村長那些人，自從嚐到了味，隔三差五便要來買上一小罐回去佐飯吃。

從海島上帶回來的沙蟹做了一大陶罐，不到半月便賣了個精光。賣完一算，那一罐子二十斤左右，居然賣了三百多銅貝，成本不算人工的話，也就是一點鹽和黃酒，五個銅貝都不到。

做這東西，操作簡單還暴利，不用玉竹說，玉容和玉玲就已經決定要繼續做下去了。

既然上陽村的村民都很喜歡，那下陽村、古和村，那麼多的村民，好這口味一定還有很多。只要有人喜歡，就不愁沙蟹醬的銷路。

於是姊妹幾個訂了兩個大石臼、大石缸，都搬到了島上去。

畢竟家人大多不喜歡沙蟹醬的味，還是搬到島上比較好。到時候直接在靠船的地方賣，海風一吹，啥味道都沒有了。

經過這一段時間的考察，蘇十一他們四個幹活勤快又老實，從來沒有偷奸耍滑過，玉家姊妹對他們也算是放下了大半的心，還將製蟹醬的法子教給他們，讓他們幫著一起做。

奴隸沒有工錢，玉家姊妹又不分彼此，鍾秀完全是幫忙，可以說這沙蟹醬幾乎是無本買賣。而且製作週期短，半個月便能開罐，存放時間又長，兩、三個月都不會壞。

這個沙蟹醬的方子，玉家是沒打算交上去的，不過做好後還是買了比較高級點的陶罐，各自裝了一罐子給秦大人和淮侯府上送了些。

若是他們喜歡，玉竹就準備拿來做文章了。

現在自家產品還太單一，不適合大肆進攻市場，只能潛移默化地讓人們心裡有個印象，畢竟玉家的吃食，是連淮侯和秦大人都讚賞的。

第二批沙蟹醬製出來後，小的送去了城裡，大的留在沿海的村上、碼頭上。玉玲和陶木駕船沿岸停靠，鍾秀和玉容姊妹倆負責賣貨。因為做了試吃，所以幾乎嚐過的人都願意花上一個銅貝買些回去，結果一吃便成了回頭客。

一個月賣到底，除開給陶木的工錢還有鹽和黃酒的成本，玉家淨賺了二十個銀貝，另有七百銅貝。

玉容看到算出來的數字都驚呆了。

「沙蟹醬竟這麼賺錢，要不咱們以後就專做這個吧？」

「好姊姊，妳沒發現咱們最近抓回來的沙蟹少了很多嗎？這島上該休養休養了，一日只能少抓些回來。若是要一直做的話，那就得去外頭收回來做。」

玉容聽完皺眉。「去外頭收，那人家豈不是一瞧便知道咱們是用沙蟹做的了？」

到目前為止，就只有陶家知道這東西是用沙蟹做的，若是別人都知道了，沙蟹醬就沒有人買了，大家肯定都想抓來自家做。

聞一聞就知道沙蟹醬裡有黃酒、大蒜和薑塊，配料再明白不過。

這點擔心在玉竹看來完全是不必要的。真要那麼好學，就不會有配方這東西了。同樣的菜餚，放的調料多少、烹煮的時間長短都會影響味道。自家現在的沙蟹醬可是現代人累積下來的經驗與配方，那些劣勢沙蟹醬完全沒有可比性。

「先把這兩個月賣過去再說吧，趁著人家饞勁兒還在。」

還沒等她們賣過兩個月，外頭突然冒出了個李氏海鮮醬，擺明了是要和玉家打對臺。不過這家製醬的師傅估計是個半吊子，連沙蟹的肚臍、腸子都沒去，直接搗碎，做出來的沙醬雖然形似玉家的，味道卻大不一樣，格外地腥，鹽還特別重。

他們賣得便宜，一斤才賣三文錢。那一斤裡有小半斤都是水，酒味只有一點點，差距實在大得很。

人家也不是傻子，一看那樣，立刻轉頭去買玉竹家的。因此不到半個月，李氏很快銷聲匿跡，隨後又出現了喬氏、江氏等等。

不用往外傳，人人都知道了那醬是用沙蟹做的，可是別家做的都沒有玉家的好吃，輾轉相傳下，玉氏海鮮醬慢慢有了名氣，別的地方就算有沙蟹醬，人家也不要，只等玉家的。

很快又到了月底，每到這個時候，就是姊妹仨數錢的日子。

「一、二、三、四……二十三個銀貝！小妹，咱們家這個月竟然賺了這麼多，再努力幾個月，是不是就可以在長姊旁邊買地蓋屋子了？」

玉竹笑了笑。「蓋個小泥磚房子當然可以啦，不過妳住慣了石頭屋子，還會想回去住泥磚屋子嗎？」

姊妹仨數了數家裡的存銀，分出一半來。這些是她們商量好，用來花錢請人打探消息的。

淮城沒有娘的消息，興許在冀城，又或許是在別的什麼城，老家也要派人去探探，說不定娘根本就沒有一起逃出來。

這件事一直是玉容姊妹倆的心病，如今錢已到位，只缺人了。

找人這種事，問陶二叔他們沒什麼用，得問魏平。他認識的人多，門路也廣，所以這天在把玉玲和玉竹都送上島後，玉容便和鍾秀轉頭去了城裡。

跟著她們姊妹倆一起上島的還有陶木。自從他和玉玲訂了親，玉家的事情他是件件都要跟著一起忙。雖說他願意免費幫忙，但玉容還是堅持給了工錢。反正他家裡做灶臺的事有陶二叔的徒弟們幫忙，用不上他，乾脆直接徵用過來。

玉玲看了一圈，只看到十三娘一人正在生火熬粥，

「十三娘，怎麼就妳一個人在，他們去哪兒了？」

「這不是開始退潮了嗎，他們去抓沙蟹了呀。二姑娘沿著沙灘往前走就能瞧見他們了。」

相處了這些日子，十三娘對主家熟識了很多，已經沒有一開始那麼拘謹，直接搬了凳子出來，又繼續坐回去熬她的粥。

玉玲沒有坐下，也沒有去看抓沙蟹的三人，而是察看了下之前做的那些沙蟹醬。陶木自然是跟著她身後一起去的。

玉竹找十三娘要了個簍子和夾子，帶著黑鯊去了沙灘。

最近家裡忙得很，島上的幾個奴隸更是忙得團團轉，退潮時間有限，抓沙蟹都是要爭分奪秒，暫時放不了假給他們，所以只能在伙食上稍稍彌補了。

好像自從家裡開始做起沙蟹醬，她都好久沒有去趕過海、抓過海貨了，每次一退潮，肯定都是在抓沙蟹。今兒個就給自己放放假，去看看能不能找些好東西回來給十五他們補補身體。

「黑鯊，今天的任務就是在這兒刨蛤蜊，乖乖的。」

玉竹拍拍黑鯊的頭，自己朝著海邊走去。

玉竹瞧著今日沒有風浪才敢走進水裡。誰讓她還小，一個大浪過來就能直接捲走她。

不過今天運氣挺好，剛下水就看到隻蘭花蟹，玉竹小心走過去，沒怎麼驚動便拿夾子挾住了。

繼續走下去，又發現了幾隻蟹，除了太小的放了，別的她都扔進了簍子裡。海水裡的石頭縫是最容易藏貨的地方，玉竹找了好幾處地方，逮住兩隻大章魚。最意外的是，竟然還看到了一隻大龍蝦。

龍蝦可不常見，而且還是挺大一隻。她抓著龍蝦鬚鬚拔了幾下，沒扯出來，也不知是自己力氣太小，還是那龍蝦卡在石縫裡了。

玉竹剛想大聲喊二姊來幫忙，一回頭，正好瞧見十五提著沙蟹回去，趕緊叫了他過來幫忙。

十五到底要年長她幾歲，有力氣多了，又拽又扯的總算是將那龍蝦扯了出來。

剛開始看到那黑黃相間的觸角，玉竹就猜想是不是錦繡龍蝦，拿出來一瞧，那漂亮的身子、豔麗的色彩，真的是！

「十五，你幫我把這隻蝦提回去吧！小心點，尾巴會打人的，記得等一下拿點乾草捆起來。」

十五點點頭，提著龍蝦頭也不回地走了。若是換成十三娘在這兒，肯定要纏著玉竹問東問西，這不說話的十五，還挺教人省心的。

就是有些省心得過頭了，也不知道他之前過的什麼日子。

玉竹看了他一會兒，甩掉腦子裡那些七七八八的，繼續去找海貨。沒走多遠，突然看到一處礁石縫中有激烈的水花。

是什麼東西在打架！

她瞬間想到當初的章魚和螃蟹，眼瞧著就要抓到了，一個浪打來就什麼都沒了，還丟了耙子，當真是損失慘重，這回一定要撈回來。

玉竹小心地淌著水走過去。石縫裡的傢伙還在掙扎，攪得海水渾濁，看不清是什麼東西，她就沒敢走太近。

要是碰上什麼小鯊魚、鰻魚之類的，撞上就不好了，還是再退退。這個念頭剛從她腦子裡閃過，石頭縫裡的傢伙就突然躥了出來。

她一瞧見那冒出來的尾巴，拔腿就往沙灘上跑。真是個烏鴉嘴，那石頭縫裡的真是鰻魚，還不止一條。

結果她那小短腿哪兒跑得過兩條鰻魚，才要跑到沙灘上，腳踝就被其中一條鰻魚給咬住了，疼得她差點沒哭出來。

準備繼續抓沙蟹的十五看到這情況，連忙跑過來幫忙，撿了個石頭就往那鰻魚頭上砸，一連砸了好幾下，終於死了。

「小妹，怎麼了這是?!」

憋了好一會兒的玉竹一看到二姊來了，哇的一聲就哭出來了。「二姊……嗚嗚嗚！好痛！」

玉玲一瞧見妹妹哭就心慌，見她鞋子都濕透了，還滲著血，抱起她就往十三娘做飯的地方跑。

趴在二姊肩頭的玉竹一邊哭著還一邊喊：「十、十五，把那條鰻魚拿回來……我要吃……嗚嗚嗚嗚……」

到底還是個孩子，只知道吃，平時瞧著那般聰明，大概是錯覺吧！

十五撿起已經死透的鰻魚，拿了回去。

這會兒，陶木已經生了火堆在烤玉竹的鞋襪，玉玲則是抱著她，一邊給她烘腳、一邊給她上藥。瞧著那五、六個血洞，真是又氣又心疼。

「妳說妳，一會兒看不見就要招點事！一個人跑海裡頭去幹啥？這還是隻條小的咬上就哭成這樣，萬一來條大白鯊，看妳上哪兒哭去！」

玉玲數落了好久，玉竹只能委屈兮兮地抽泣，半句都不敢還嘴。

等她上完了藥，玉玲才把鞋子接過來烤，不看不知道，一看嚇一跳。

「天啊，妳這兔皮靴子外頭一層皮，裡頭還絮了棉，那麼厚實都把妳的腳咬成這樣，那鰻魚可是夠凶狠的。以後可不許去海裡頭了，聽到沒！」

「知道了……二姊。」

玉竹這會兒回過神了，想著自己剛剛跟個小孩似地哭，怪沒出息的。她想從二姊懷裡下來，腳一踩地就是一陣鑽心的疼。
「二姊……抱……」
玉玲認命地把她重新抱到懷裡。「妳啊，給我老實些，有什麼要做的讓妳陶木哥去做。」
一旁被點名的陶木立刻應了一聲。「要我幹啥？」
「陶木哥哥，你幫我把那條鰻魚殺了吧，還有我剛剛抓的幾隻螃蟹也洗一下，兩隻八爪魚也殺乾淨。」
「行，妳乖乖聽妳姊的話，我去幫妳弄。」
陶木拿過一旁的簍子，拿起刀就往海邊走。
玉竹本想趁著退潮大幹一場的，如今只能看著二姊和陶木哥忙活。家裡的沙蟹只缺不多，所以他們閒了也是要幫忙一起抓的。
至於十三娘，她對沙蟹怕得厲害，所以平日裡只負責做飯洗衣，還有清除林子裡的雜草。雖說只有她一人，但這兩個月下來，林子裡已經清理了小半，看著空曠敞亮多了。
玉竹坐在沙灘上遙望大海，再回頭看看綠樹朝陽，心裡是說不出的舒坦。
她一定要在這座海島上蓋座石頭小樓出來，閒了就趕趕海、釣釣魚，做些美味小食物。哦，到時候長姊、二姊可能都有娃了，自己還可以在這沙灘上陪他們玩。
結婚這樣的事，她這輩子還是沒有什麼想法。不過她現在已經想到個好主意，等日後年紀到了，就去人牙子手裡頭買個人回來，跟他來個假成親。

嗯，好像有點不太對，假結婚只能瞞住長姊她們和村裡的人，官府那兒，自己的記錄依舊還是未婚，二十歲還是要被配人的。

什麼事她都能慢慢想法子，唯獨這個，一時還真想不到好法子解決。好在長姊、二姊都有了心儀的人，對象也都還挺靠譜，不用擔心她們二十歲的問題。

自己嘛，還有十五年，不著急，可以慢慢想法子。

「小妹、小妹，妳看這是什麼?!」玉玲興奮地抱著個大傢伙朝她跑過來。

玉竹探頭一瞧。好大一隻椰子螺！

椰子螺素來就要比平常的海螺大，幼時便有她拳頭大小，長大後更是比成人的手掌都大，可二姊手裡這隻，都有她兩個手掌那麼大了，估計光肉就有七、八斤重。

可惜椰子螺的肉並沒有別的螺肉那樣美味，尤其是這樣大的螺，肉會非常有嚼勁。在她看來，這螺身上最值錢的是殼。

椰子螺的殼顏色漂亮，花紋又整齊，那些富人喜歡收藏得很。

「二姊，這個是椰子螺，不過個頭這麼大，肉會很老，不怎麼好吃。」

玉玲的興奮瞬間沒了大半。「啊……不好吃啊，那肯定不值錢了。」

「還不好說呢，先拿個網子裝著放到海邊養著吧，等下回拿到城裡去問問價錢。」

一說到養，玉玲頓時面露尷尬。「牠好像快死了。」

玉竹這才注意到二姊手上那隻椰子螺已經吐了一堆泡泡，碰牠也沒什麼反應，活力都沒了。

「好吧，快死了，那咱們中午做來吃了吧，把殼留著就行了。」

這個椰子螺既然活不過第二天，只能做他們的盤中餐了。

玉竹抱著那椰子螺，叫了十三娘扶她回去。兩人先燒了一鍋水，將椰子螺放進去煮一煮，這樣才好取肉。

說是她動手，結果還是靠十三娘幫忙。

「十三娘，麻煩妳幫我把這螺肉切一下，切得越薄越好。」

「三姑娘，奴能問一下，這螺肉是要如何吃嗎？」

十三娘對廚藝興趣不是一般的大，以前只會做個粥、蒸個魚，現在已經會了好多菜式，都是和玉容、玉竹學的。

說句實在話，十三娘這天分手藝，若不是奴隸的話，隨便去哪兒開個小飯館都能瀟灑過活，在這島上真是屈材了。

玉竹對她起了惜才之心，做菜什麼也不瞞她。

「這個螺切薄了，拿一半爆炒，還有一半刷上十一叔他們找回來的蜂蜜烤來吃。」

「刷蜂蜜？蜂蜜不是甜食嗎？」

「萬物皆可烹飪嘛，蜂蜜能做的吃食可多了，等一下妳嚐嚐就知道了。對了，幫我拿個碗和勺子來吧，我有用。」

玉竹拿著自己扯下來的一大坨螺尾巴甩了甩，口水都要流出來了。

這東西比鮑肝醬製作起來容易些，鮑肝弄的時候還得拿鹽醃製，拿清酒去蒸，一弄就是幾個時辰，麻煩得很。

螺尾巴只要碾碎了，加上鹽、酒、蝦粉拌勻蒸上一小會兒，美味便出來了。

其他的都交給了十三娘，唯獨這個是她自己親手製的。

不對，還有樣東西她忘了。

玉竹這才想起來，方才還有隻大龍蝦讓十五提回來的。

「十三娘，十五之前提回來的那隻龍蝦呢？」

「哦，在那樹下面拴著呢，我去提。」

十三娘跑出去，沒一會兒就提了龍蝦回來。

「三姑娘，這龍蝦好像是死了，都沒瞧見怎麼動。」

「沒事，才剛抓來的，還新鮮著，一會兒吃掉就行了。等一下妳拿根筷子，從這兒插進去……啊！」

玉竹伸手過去指位置，不料那龍蝦居然還沒死，尾巴一捲，啪的一聲重重打在了她的手上。

那龍蝦尾巴又尖又硬，一打下去，玉竹的手瞬間被扎了十幾個血洞，滋滋地冒血。

這是她今天第二次受傷了！

第六十五章

「妳今天是怎麼回事？怎麼這麼倒楣？」

玉玲眉頭皺得緊緊的，上島才一個時辰不到，小妹就受了兩次傷。雖說不是太嚴重，卻也說得上是血光之災。

「是不是招惹了什麼不乾淨的東西？」

「沒有啊，就是不小心……嗚嗚嗚……」

玉竹只覺得今日是自己沒注意，明明方才自己還提醒過十五要小心，結果自己一聽牠快死了便放鬆警惕，這才挨了打。

「二姊，輕點、輕點。」

「別動！老實點，上了藥才能好。等一下藥敷好了，妳就老實在這兒坐著，哪兒也不許去。要幹什麼就叫十三娘，什麼都不能碰，聽到沒？」

聽到這熟悉的囑咐，玉竹懨懨地點了點頭。

玉玲上完藥又盯了小妹一會兒，發現她真的是乖乖坐在灶臺邊，這才放心跟著陶木抓沙蟹。

「三姑娘……對不起，方才奴不該將那龍蝦拿得那麼近的。」十三娘越想越是愧疚，主家不責怪，她還要是認錯。

玉竹聽得一頭霧水。

「啊？跟妳有什麼關係，妳拿的位置又打不到我，是我自己伸手過去才被打的，這事怪不到妳身上。十三娘，妳去把那條鰻魚處理下吧，中午咱們炒來吃。」

她又不是那不講理的人，有什麼錯都是別人的錯。

有了玉竹這話，十三娘這才釋懷了些，連忙去拿鰻魚處理，灶臺邊便只剩下玉竹一人。

因著怕再出意外，她坐的地方離灶膛起碼有三尺遠，火燒水燙都挨不著她。

玉竹舉起右手瞧了瞧，包了一層層厚厚的草藥，傷口就跟那針扎似的，刺疼刺疼的。腳上的傷口只要不動，幾乎都不怎麼痛了，就手上疼得厲害，動都動不了。她現在不光是瘸子，還成了個廢人。

唉……真是倒楣。

等一下長姊回來，看到自己這副樣子，只怕又要掉眼淚了。玉竹轉頭去看海邊，沒看到船隻回來，不知怎麼，今日格外想念長姊。

午飯的時候，長姊應該就回來了吧？

說到午飯，她回頭瞧了下灶臺上正在蒸著的螺醬。鍋裡已經冒起了熱氣，下頭的水開了，大概再蒸上半刻鐘就行了。這個時間，十三娘差不多也收拾好了鰻魚。

玉竹琢磨著午飯該怎麼安排，一低頭就發現柴堆裡滑出了一條蛇。

「十三娘！有蛇！二姊！」

她最怕的就是這玩意兒，上次還是黑鯊救了她——對，還有黑鯊！

「黑鯊！嗚嗚嗚……」

一聽到自己的名字，遠在沙灘上的黑鯊比十三娘她們反應更快，咻的一下飛奔向玉竹。如今的黑鯊可不是幾個月的小狗，已經長到了玉竹胸口位置，是隻比玉竹還重的大狗。牠一跑過來便一口咬上那條野蛇，甩來甩去間，一屁股就撞翻了玉竹。就那麼倒楣的，玉竹摔到地上的時候，額頭剛好撞到了地上的石頭，頓時又是血紅一片。

玉竹覺得二姊說得有道理，自己肯定是撞了什麼不乾淨的東西。

等黑鯊咬死那條蛇的時候，十三娘和玉玲這才跑了回來，趕緊把玉竹從地上扶起來。

這回玉玲是再不敢離開了，小妹今天得一眼不錯地盯著才行。

有玉玲盯著，一上午總算是平平安安度過。玉容回來瞧見了，心疼得直掉淚，也覺得二妹說得有道理，小妹這麼倒楣，肯定是衝撞了什麼，或者是惹了什麼不乾淨的東西。

於是下午回去的時候，姊妹倆特地去蔡大爺家裡討了幾塊乾牛糞，放在院子外頭燒了。穢物去邪，姑且燒了試試。

不過就這樣，姊倆還是不能放心，第二天一早她們便去租了蔡大爺家的牛車，準備帶小妹去拜一拜玄女廟。

玄女廟是淮城裡香火最為鼎盛的地方，聽說靈得很。不管怎麼樣，帶小妹去拜拜，沐浴下香火的氣息，肯定比燒牛糞靠譜。

玉竹雖然今天換上新衣裳，可額頭包了一圈，手上包了一圈，腳上也包了一圈，整個人慘兮兮的，趴在長姊肩頭好不可憐。

「長姊，玄女廟真的有那麼靈嗎？」
她剛問了一句，屁股就挨了一下。
「等一下進了玄女廟可不能說這個，神靈會聽見的。」
「哦，好嘛。」
玉竹乖乖閉了嘴，趴在長姊肩頭看著沿途風景。說實話，古代的空氣真好，要不是現在一身的傷，她還想下地跑跑。
一個時辰後，牛車停在了玄女山下。
所有人都得徒步上去，一路上的人不少，大多都是女子結伴，幾乎看不到什麼男人。
玉竹大概算了下，從山下爬到玄女廟大概花了半個時辰左右，三個姊姊輪流抱她才沒有那麼累。
「小妹，進廟要把嘴巴閉上，不許說話了。」
長姊居然如此不信任她，她像是那麼不懂事的人嗎？
這玄女廟出乎意料的，居然不是泥磚建的，而是一排青石築成，就連地上都是鋪毛石，大氣又乾淨，一進去就聞到了一股教人心靜的清香。
不知道是不是她的錯覺，總覺得聞了那香，身上傷口都沒那麼疼了。玉竹沒敢說話，由著長姊抱著她排隊等著進廟拜拜。
排了小半個時辰，總算是輪到了她們，後面還排著一長串的人。
長姊說，這玄女廟香火鼎盛，倒是不虛。

玉玲走在最前頭，彷彿看到了什麼，轉過頭有些興奮。

「長姊，咱們待會兒也去抽個籤吧，陶嬸嬸說玄女廟的籤也很靈。」

「去吧，先去拜了再說。」

拜玄女自然不能抱著小妹去拜，於是玉竹只好拖著傷腿，自己跪一個蒲團。看著姊姊那般虔誠地跪拜，她心裡也有些敬畏起來。

說起來，她能到這個世界，本就不尋常得很。鬼神之說也許並非是無稽之談，心中保持著敬畏總是沒錯。

她也跟著一起拜了拜，希望玄女娘娘能保佑兩個姊姊健健康康，一輩子平安喜樂。

拜完後，姊妹幾個便去了抽籤的地方，一人交了十個銅貝才能去抽上一籤。玉竹本不想抽的，可是長姊都先給錢了，只好跟著她們抽了一支。

「長姊，這籤上就一個二十四，什麼意思呀？」

不等玉容回答，一旁的小道姑出聲解惑道：「抽出來的籤數要去前面尋清風道人解籤，道人一看數字便知道是何籤文了，姑娘們拿過去一瞧便知。」

這套路，該不會等一下解籤文還要給錢吧？

事實上真是，解一籤要五個銅貝，算起來她們四個人，一套下來就花了六十銅貝，人家就坐著動動嘴皮子，錢還真是好掙。

「清風真人，麻煩您幫我瞧瞧這是什麼籤。」

玉容第一個去解籤，問的是家人的安康。

「草木逢春盡發芽，百般好似到君家。心中縱有憂疑事，撥開雲霧見日華。上吉啊，姑娘所問所求之事，想必很快就會有好消息了。」

「真的嗎？謝謝真人！」

玉容眼睛都紅了，可見是真信了。玉竹知道長姊肯定是想起了阿娘。這籤文雖不知真假，卻能讓姊姊安心，十五個銅貝花得值了。

後頭，二姊和秀姊姊都去解了簽文，都是中吉。

只剩玉竹一人了，她其實不知道要問什麼。

「真人隨便解吧。」

「小姑娘面相真好，喲，上吉的籤呢！」

那清風真人拿過數字，思索了一番才唸出了籤文。

「白雁卸書過山林，七八文馬歡人心。既來何必若徬徨，天從人願事事昌。姑娘既是沒有想問的，只需要堅持本心即可。」

籤文倒有那麼點意思，玉竹點點頭，誠心謝過，一家子這才離開了玄女廟。

下山的時候，姊妹幾個想著難得來一次，慢慢走著賞賞景也不錯，便沒急著趕路，悠哉悠哉地慢慢下山。

才走半刻鐘，鍾秀突然臉色變得嚴肅，擠到姊妹中間小聲道：「走快些，走到前面那群人裡頭。」

玉容心頭一跳，想到鍾秀的身分，猜到了點什麼，腳下立刻快了起來。玉玲自然緊跟在後。

趴在姊姊肩頭的玉竹光明正大地看著姊姊們身後的情況，很快也發現了異常。她們不遠處跟了一個男人，看著一點都不像是上山拜玄女娘娘的。他跟得很緊，還時常朝自家這邊看過來，像是在確認什麼。

可惜離得有點遠，看不清他的眼神，分不出善惡。

不過這樣鬼鬼祟祟跟在人身後的，想來也不是什麼好人。

玉竹倒是沒太擔心，先不說二姊有男人的力氣不容小覷，還有個會武的秀姊姊一路，四對一怎麼都不怕他。

幾個人混在下山的女眷中很快就下了山，駕上牛車就往城裡去，一路都是敞亮的大道，那人也漸漸沒了身影。

「阿秀，剛剛後面是有人跟蹤我們嗎？」

「是，我瞧著還是個會武的。不過他好像沒太大惡意，一直保持著距離，沒有近前來。」

玉容抱緊了懷裡的小妹，心下有些不安。「那他現在應該沒跟上來了吧？」

鍾秀回頭仔細看了會兒，點點頭。

就在她們以為擺脫了身後那人的時候，牛車被人攔了下來，居然還是個有點熟的人。

「玉姑娘可真是讓我好找啊！」

那人騎在馬上，臉上笑得燦爛，正是年前有過一面之緣，買了一小截龍涎香的雲銳。

玉容頓時反應過來。「在玄女山上跟蹤我們的是你的人？」

「姑娘莫怪，在下也是沒有辦法，實在是因為遲遲不見妳們上門來找，這才派了人出來尋。驚擾了姑娘一家，真是抱歉。」

雲銳從馬上跳下來，一副誠懇道歉的樣子，倒是弄得玉容有些心虛起來。她想起來了，當初忽悠著人家三百銅貝買了個香料，還說好了給他留著，等他回來上門去找他。

可是……

香料最後被淮侯買走了，還賣了那般高價。說起來，三百銅貝賣給雲銳的那點，還是他占了便宜呢！

這樣一想，玉容又突然理直氣壯起來。

一家子下了車，站到路邊說話。

雲銳開口便問起之前那塊香料的事，玉容自然是照實說出來。一聽說香料被淮侯買走了，他整個人都呆了，好久才回過神來。

「玉姑娘……當真都賣了，沒有留一點？」

「公子說笑了，那樣名貴的香料，我們小老百姓留它做什麼？當然是賣掉換錢比較實在。已經全都讓侯爺買走了。」

「這……」

雲銳想說這是不講誠信，可他捫心自問，若是換成自己，恐怕也會選擇高價賣給淮侯，而不是等著一個不知道什麼時候才回來的陌生商人。

只能說那香料與自己有緣無分了。

「唉，既然如此，那雲銳便不打擾姑娘一家了，告辭。」

這人來得快，去得也快，知道想要的貨沒留下也沒有發火，乾乾脆脆地走了，倒還挺大氣的。

「這種人，和他做生意應該能合作得挺好的。」

玉容卻是一語成讖，第二天就在島上又看到雲銳，雲銳也是驚訝得不行。

「玉姑娘，這座海島竟是妳家的?!」

「呵呵……」玉容都不知道該說什麼好了。「雲公子來島上，所為何事？」

雲銳見她默認，心中驚異非常。這才過了多久，那賣三百銅貝都還要講價的玉家姑娘，竟然買下了一座幾十金貝的海島。

幾十金貝，那可是一般平民幾輩子都掙不到的銀錢，這玉家姑娘，看來是有奇遇啊！

「玉姑娘，我呢，前段時間改行了，做了商人。淮城讓我感興趣的，不瞞妳說，除了那個增味粉和蠔油，還有一樣，就是新出來的那個海鮮醬。我吃了幾家，發現還是玉家的味道最正最香，所以花了好些錢才打聽出來妳們這兒的位置，想直接找島主商量拿貨，沒想到……」沒想到竟是相識的。

玉容一聽是來做生意的，立刻請進去。

若是能直接在島上供貨給人，那她可要輕鬆多了。

之前的小生意是積少成多，都是些小商鋪或者散客自己買回去吃，讓他們自己駕船過來拿貨都不怎麼願意。一是拿的貨少，花錢租船不划算，二是怕擔風險，萬一船在路上遇了大浪，顛簸幾下碎了罐子，豈不是白花花的錢打了水漂兒？

所以一直都是玉容他們裝了貨沿路送過去，賺是賺得多，卻也累。

「雲公子，你準備拿多少貨？」

雲銳指了指身後不遠處停靠的大船，比了個巴掌。

「五十斤？」

「不不不，五百斤。」

「這……」

玉容犯了難。家裡存貨雖是有五百斤，但還有兩百斤是沒有醃製夠的，另一百斤都是那些小商鋪訂下的，這幾日就要送走。

「玉姑娘，若是暫時沒有五百斤也不要緊，我可以先提兩、三百斤，剩下的下次再來取便是。」雲銳很是善解人意。

其實，他這回的大項還是從官府進的那批蠔油和增味粉。這兩個月他已經來往好幾趟，蠔油和增味粉是賣得最好的。

他都這樣說了，玉容自然是求之不得，立刻帶著雲銳去看了沙蟹醬成品。

如今的海島可不是當初那光禿禿的模樣，玉容幾個和陶家父子帶著幾個奴隸製了許多的泥胚，在這海島上一共蓋了五間小屋。

一間是男人們住的，一間是廚房隔了個小間讓十三娘住，另外三間都是用來做醬、存醬的地方。

等這陣子忙過了，她們還準備在林子裡蓋兩間木屋，若是遇上大風大浪的天氣回不去，也可在島上歇息下來。

「雲公子吃得慣這海鮮醬？要不要嚐嚐看？」

「吃得慣、吃得慣，煩勞玉姑娘了。」

雲銳沒好意思說，他一天佐飯至少要吃掉一小罐，連兄弟都說他敗家。既然來了這製醬的地方，不吃點醬怎麼對得起他的肚子。

再說，不是還要驗驗貨嗎？

玉容舀了一碗醬給他，又給他拿了三個十三娘蒸的粟米餅。以十三娘的手藝，那蒸出來的餅又香又甜又軟，再加上一勺醬，那滋味，玉容不餓都要流口水了。

雲銳吃得大呼過癮，三個餅下肚，碗裡的醬也少了大半。他有些尷尬地將醬料碗放了回去。

「多謝玉姑娘招待，此醬甚是美味，不如咱們去談談價錢？」

玉容忍著笑，帶他出了門，迎面正好遇上從林子裡砍柴出來的十二和十五。

自從十一他們保十五趕走了十四後，十五對他們的態度明顯和善起來，十一幾人又是親和性子，關係便越來越好了。如今幹什麼都是你幫我、我幫你，和諧得很。

雲銳下意識地打量了下，發現他們耳朵的黑耳洞，瞬間明白這是島上的奴隸。

咦……那個小個子奴隸，有點眼熟啊。

第六十六章

看著眼熟，卻又一時想不起是誰。

不過大千世界，長得相像的人多了，遇上一個也不稀奇。

雲銳沒有多想，和玉容去了一旁談價錢。

現在市面上賣的玉氏海鮮醬都是二十銅貝一斤，他一次拿得多，玉容便給他一斤減了兩銅貝，算他十八銅貝。兩百斤一賣，立刻就有三個銀貝的進帳。

雲銳叫了船上的人下來搬貨，親自盯著裝船。等沙蟹醬一裝完，很是乾脆地付了錢；不光給了這次的銀錢，還加了一個銀貝，做了下次提貨的訂金。

這雲老闆還挺大氣，玉容也很大方地送了他一小罐蟹醬。

不過送的卻不是沙蟹醬，而是用普通海蟹搗碎後醃製而成的。

自從抓到的沙蟹越來越少，小妹便開始試做起其他的醬來，這是她才做好沒多久的新鮮蟹醬，和那沙蟹醬的味道很是不同，但相同的是非常美味。先拿給這雲老闆嚐嚐，下次再來，說不定島上就有新訂單了。

小妹有句話說得好，捨不著孩子套不著狼嘛。

玉容和島上眾人歡歡喜喜地送走了雲銳，回頭再看自家的海島時，總覺得哪裡還差了點什麼。

哦對了，沒有私密感！

每次一登島，島上什麼情況都看得清清楚楚，就連那些上島來休憩的漁民也是想去哪兒就去哪兒，有幾次還抓到幾個想偷方子的。

雖然不能做得太絕，要給過路漁民留個休憩之地，但這樣整個島都任他們來去自由的，實在不成樣子。

玉容盤算了下家中的存銀，覺得可以計劃一下，將這海島的外圍一圈林子全都用密實的竹柵欄圍起來，平時漁民停靠拾拾柴火，那沒人管，但進不去裡面。

小妹不是說了裡頭那些果樹價值高得很嘛，這樣也省得日後會被人挖走。

玉容當晚便和家人仔細商量了下，兩個妹妹都沒有任何意見，只是不等她買好竹子請好工匠，颱風就來了。

這是她們到了上陽後，遇上的第二回颱風。

海島上攢的那些醬料已經在颱風來臨前都搬到了姊妹仨的石頭院子裡，倒是不用太過擔心，讓她們擔心的是島上那四個奴隸。

一預測到颱風，玉容便和他們說了，可以一同坐船回上陽村暫避風雨。奈何他們死活不肯，說什麼都要留著守島。

其實玉家姊妹都明白，他們是不想被村子裡的人當成怪物一樣地瞧。但颱風的威力，沒有經歷的人哪裡會知道厲害？海島上只有幾間泥磚做的小屋子，颱風一過，不知道能剩點什麼。

若是才相識的時候，玉容還能拿出主家的威嚴迫使他們聽話。可現在，相處這麼長時日，主家的威嚴哪兒還有半分。

拗不過那四人，玉容最後還是放棄了。不過走之前，她們和陶木一起用了很多木頭，將十一和十三娘的屋子都圈了起來，希望幫忙穩固一下。

做完這些又搬完東西，幾人便駕著船離開了。

第二日，狂風暴雨呼嘯而至。

和第一次遇上颱風的狼狽相比，玉家現下可是要舒服得多了。堅固的石壁擋住了所有風雨，管他外頭的風雨再大，她們坐在廚房門口，那是一絲雨都淋不著。

她家太過舒服，過了兩天，風雨一小，連陶二嬸都待不住，頂著蓑衣、斗笠過來了。

「阿容啊，還是妳家舒服，妳瞧瞧，這一進院門就淋不到雨了。再瞧我家，滿院子的泥水，廚房屋頂也漏了，灶臺給澆得透透的。」

說是這樣說，她臉上可沒有絲毫愁苦之色。反正家裡勞力多，天氣稍微好一點，兩個時辰便能修繕好了。

「嬸兒，今天怎麼自己一個人來了，瑛嫂子呢？」

說到瑛娘，陶二嬸那雙眼都在發光，歡喜得不得了。

「瑛娘有身子了，這麼大的風雨，肯定是不能出門的。」

「啊？這是喜事啊！什麼時候的事呀？嬸兒也不告訴我們，我們好備些東西去看看她。」

難怪最近這些日子總覺得很少看到瑛娘出門，原來是這樣。

「才剛滿三個月呢，這不馬上就告訴妳們了？她最近害喜得厲害，人也不舒服得很，所以就讓她在家休息了。等過陣子好些了，再讓她出來找妳們說話。」

「那行，既然瑛嫂子不舒服，咱們就不上門去打擾了，等一下拿點東西讓妳帶回去就是。咱們一家來了上陽，多虧嬸兒一家悉心照顧，陶實大哥也是幫了我們良多，就咱們兩家這關係，嬸兒可別跟我推來推去的客氣。」

陶二嬸下意識看了眼有些面紅的玉玲，笑得很是開懷。

「是是是，咱們兩家這關係，我才不跟妳客氣。其實我今兒過來，還有一件別的事要與妳們分說。」

說到這兒，陶二嬸頓了頓，顯然她要說的，不是件很好開口的事。

「最近村子裡有村民捕魚上過妳們那島休息，想來妳們也知道吧？」

「是，我記得還有些面熟，是住河邊的那家叫青山的吧？」

說起來都是半個月之前的事，玉容一天忙得團團轉，能記得名字已經很不錯了。她知道自家買下海島的事，遲早有天會被村民發現，所以也沒想過要特地去瞞，順其自然就好了。

「他回來跟村裡人說了？」

陶二嬸點點頭。

「不光他一個人上去瞧見了，隔壁村人家看到那島有了主人，肯定也會打聽嘛。妳們買海島的事，村裡自然就知道了，而且還知道妳們在島上做那個海鮮醬。」

玉竹本來聽得都快睡著了，這會兒說到重點，立刻又打起精神。

「海鮮醬怎麼了？莫不是村裡要求我拿出方子？」

這個猜想當真是驚了眾人的心。陶二嬸生怕她們誤會了，連忙解釋道：「怎麼會？那是妳們家的方子，憑啥要妳們交出來，那得多不要臉才能幹出這事。再說妳們之前拿出來的增味粉和蠔油方子，已經讓他們受益良多了，大家還是知好歹的。」

玉家姊妹仨面面相覷。既然不是拿方子的事，那還真想不到村民們讓陶二嬸來找她們是要說啥。

「嬸兒就直說了吧。」

「是這樣，之前妳的那個海鮮醬一出來，不是賣得很好嗎？稍微用些心將那海鮮醬一察看，就知道那是沙蟹做的。所以後頭出來了好幾家用沙蟹做醬的小攤。只是他們的醬做出來沒有妳們的那樣香，一股腥味，還鹹得很，做了一堆醬大半都砸在了手裡。他們跟咱們村是有姻親關係在的，憋不住就找了自家親戚託上我了。」

陶二嬸說到這兒，玉竹大概也明白了。想來那些人是賣不了醬，想直接和長姊做買賣，把沙蟹丟出手。

「咱們這沿海的海岸線長得咧，沙蟹也多得很。他們收了一堆的沙蟹，現在做也不是，不做也不是，就想搭個線問問妳們能不能收了。」

玉容現在正愁島上的沙蟹減少，怕後繼無力，沒想到就聽到陶二嬸帶來這樣的好消息。

「他們有說要怎麼賣嗎？」

「說了說了，他們弄的沙蟹彷彿挺多的，如果妳願意收的話，他們答應便宜賣給妳，三斤一銅貝。」

三斤一個銅貝，三百斤也才一百個銅貝，賺頭還是挺大的。

不過玉容沒有一口答應下來，只說要再考慮考慮，等颱風過了再和陶嬸嬸細說。這樣的回答陶二嬸也不意外，幾百斤的沙蟹買賣是要好好考慮清楚。

幾人坐在廚房門口又聊了會兒，眼見快到做午飯的時候了，陶二嬸才提著玉家裝得滿滿的一籃子雞蛋回家。

陶二嬸才走沒多久，玉家的大門便被砰砰拍響了。

來人叫的卻是鍾秀的名字。

鍾秀心頭一震，猜到了外頭的人是來幹麼的，不捨瞬間湧上心頭。可再不捨，也得去開門。

「六子，是你啊。」

門口的六子準備進門，瞧見院牆下乾乾的，就自己一身水，於是沒好意思進去。

「鍾護衛，小的是奉淮侯之令前來召妳回府的。」

「侯爺有召，我自然是要回去的。只是不知是出了何事，竟這樣著急。」

這還是颱風天呢，雖說風雨小了些，但雨路濕滑難走，路上可夠折騰了。

「侯爺也是沒辦法，平州傳了詔令下來，大王身體不行了，侯爺一家不得趕緊回去呀？夫人、小姐都是女眷，自然要隨身的女護衛一起。咱們府裡就妳們幾個，肯定是要帶上的。

妳趕緊收拾收拾走吧，明日一早，侯爺就要啟程了。」

「我知道了，這就去收拾。」

鍾秀一轉身就看到了姊妹仨眼睛紅紅地瞧著她。

「阿秀！」

「秀姊姊……」

玉竹知道留不下人，心中難受，只能抱著她的腿依依不捨。

「秀姊姊，妳去了平州，什麼時候才能回來呀？」

鍾秀抱起玉竹，給她抹了淚。

「不哭啊，去了總會有回來那日的。我答應妳，一回來肯定騎快馬來瞧妳好不好？」

玉竹還能說什麼呢，只能說好。

鍾秀不是個拖泥帶水的人，一人說了兩句話便轉身進屋收拾東西。

來時只有兩套衣裳的她，現在居然收了一個包袱還沒有全部收完。她多了幾身新衣裳、一包零嘴、魚乾、貝殼，還有各種各樣的小玩意兒，都是玉家姊妹進城時買回來的。

她忍不住吸了吸鼻子，將小東西都放了回去，衣裳也只拿走了兩身。反正、反正日後她還有可能回來看看的，留著興許還能穿呢。

鍾秀抹了把眼淚，其實心裡已經覺得自己不太可能回來了。

大王若是崩逝，各路王侯必定要起奪位之爭，到時候是個什麼情況，誰也不知道。像她這樣的護衛，在爭鬥中無聲無息死掉的可不少。

當然，這些她不會與玉家姊妹說明白的，說出來只是徒惹擔心而已。

趁著她在屋子裡收拾東西，玉容姊妹倆在廚房裡倒騰了一陣，把家裡所有能吃的乾貨全給她裝上了。

怕被雨淋濕了發霉，還特地裝在了陶罐裡。反正如今家裡做醬料的生意，別的沒有，空陶罐倒是多得很。

鍾秀看著那滿滿一罐子吃食，只覺得空落落的心也被填得滿滿的。她沒有拒絕這份心意，畢竟不知道何年何月才能再吃到她們姊妹的手藝了。

「那我走啦。」

玉竹眨了眨眼，眼淚又忍不住往下掉。

「秀姊姊，妳一定要再回來看我呀！」

「知道啦，我一回來就來看妳，我保證。」

鍾秀摸摸玉竹的頭，拿了自己的蓑衣、斗笠穿上，正要上馬時，突然聽到六子多說了幾句話。

「玉家姑娘，我們侯爺說了，城裡來了些人，最近可能會有些不太平；若無十分要緊的事，最好還是不要去城裡，也不要孤身上路。」

「謝、謝侯爺的提醒，我們知道了。」

玉容心裡發慌，但還是強撐著精神送走了鍾秀。

「長姊，方才那六子的話……」

「侯爺既是那麼說了，城裡肯定是有什麼危險。咱們小老百姓的，還是不要去湊熱鬧了。最近都老老實實待在家裡，村子裡這麼多人，歹人不敢來。」

這話也不知是在安慰妹妹還是在安慰自己。

原本只是不捨鍾秀離開，結果聽了那六子的話，玉容都沒心思去想鍾秀了，滿心都是城裡的那個人。

淮侯要離開，城中必定是秦大人主事，想來最近要忙的事肯定有很多。作為下屬，那就更不用說了。

魏平那樣，怎麼能照顧好他娘呢？他娘眼睛不好，又有那樣嘴碎的鄰居，若真是碰上了歹人，恐怕……

玉容被自己的想像給嚇著了。猶豫了好久，她還是將自己的想法說了出來。

「二妹、小妹，我想……城裡情況要是不好的話，我想把魏平他娘接過來照顧一段時間。妳們覺得呢？」

姊妹倆當然沒有意見。不過……

「長姊，妳不能自己去城裡接，等下次魏平哥到村子來，妳叫他自己送來。」

「這我知道，過兩日他本該就要來的。只是不知淮侯這一走，他還有沒有時間來了。」

玉容心中發愁，中午的飯也沒心情做得細緻，一人煮了一碗麵就算完了。

過了兩日，颱風已過，風雨已經很小了。可那個風雨無阻，每隔五日便要來上陽村的人卻沒有來。

又過了兩日，沒有等到魏平，倒是等到了幾個漁民。他們都是搭上了陶二嬸的線來找玉容賣沙蟹的。

養了這四、五天，死都死了一小半了，哪裡還耽擱得下去。遇上玉容也不說三斤一銅貝了，直接降價到四斤一銅貝，還說好了日後有沙蟹都賣過來。

玉容當場就收了，秤了一共有兩百來斤。這兩百來斤加上薑片、大蒜、黃酒、涼水，做出來起碼要多出五十來斤，轉手一賣，還不錯。

左右家中無事又下著雨，姊妹仨乾脆老老實實待在家裡處理那一堆沙蟹，陶二嬸也拉著一家過來幫忙。

兩家人從早上忙活到晚上，累得腰痠背痛，一連兩日才將那些沙蟹都處理好醃起來。正好天也晴了，隔日一早，陶二叔便帶著老大和徒弟們去補灶臺。

這會兒，玉容一家也準備出門了。

一連好幾日都沒去海島，雖說給十一他們留了足夠的糧食，還是擔心島上的情況。前幾日那樣的颱風，屋子肯定是有所損傷，只希望沒有人受傷。

一家子帶著新鮮糧食還有乾淨衣物，正準備出發去碼頭，走了一半的路，卻瞧見陶寶兒家的門口停著一輛牛車。

玉容的眼頓時就亮了，轉頭就把手上的東西交給了妹妹，朝著陶寶兒家跑過去，果真在院子裡瞧見了魏平。

「魏平！」

「容兒？妳怎麼來了，我這兒很快交代好了，一會兒就去妳家裡。」

「還好我來了，不然你待會兒要撲空了，我們正準備去島上呢。」

玉容瞧見了人，心裡總算是踏實了，一回頭，發現院子裡還有他娘、他姊在，頓時有些尷尬。

「大娘也來啦？」

「是，這不想妳了嗎？來看看妳們。春兒啊，我口渴了，領我進去喝口水吧。」

余大娘一伸手，魏春便心領神會，立刻帶著娘進了屋。

「聽淮侯帶話說，最近城裡不是很太平，你還好嗎？」

魏平哪敢說不好，生怕又多一個為自己擔心的。

「好著呢，跟平時一樣。只是淮侯走了，確實是忙得很，實在無心照顧我娘。所以特地和秦大人請了半日假，把我娘送到我姊這裡，讓她照看一段時間。妳若是有空，便多來陪她說說話，娘喜歡妳得很。」

玉容點頭應了，沒再提起自己之前打算將他娘接到家的想法。

既然有他姊照顧，那自然是最好了，自家忙成那樣，也怕怠慢了人家。

總之，大家都平平安安的，就行了。

第六十七章

魏平這一趟趕得急，和玉容沒說幾句話便又急著趕回府衙。

一家子這才上了船去海島。

隔著老遠就看到島上那幾間土黃屋子塌了兩間，其中一間正是十一他們睡覺的屋子。

也不知道有沒有人受傷。

姊妹吊著的一顆心，在看見四個人忙碌的身影時才安定下來。

「十二，快過來幫忙搬下東西！」

聽到喊聲，正在埋頭清理的幾人這才發現是主家來了。十三娘頓時眼淚汪汪地跑了過去。

「大姑娘、二姑娘，妳們終於來啦！之前妳們說颱風有多厲害，奴還不怎麼害怕，結果頭一天就差點被風給颳跑了，第二日屋子也垮了，嚇死人了！」

「人都沒事吧？」玉容將她上下打量一下，十三娘倒是沒受什麼傷。

「人都沒事，就是嚇著了。」

他們之前待的採石場在山裡，從沒遇過這樣強烈的颱風。十五也是頭一次經歷，再老成也嚇得不輕。

「不過這兩日已經緩過來了，島上一共塌了兩間屋子，他們之前正修著呢。」

「人沒事就好，屋子可以再蓋。」

玉容再次慶幸起自家蓋了石頭院子，不必再來來回回修繕。

「長姊，要不蓋竹屋吧？」

竹子的防水功能強，就是有些漏風，不過在裡頭砌上一層泥胚牆就可以了。而且位置也不能再蓋在海邊，得放到林子裡頭才行。

島上的樹又多又壯，屋子建在裡面，可以大幅度減少颱風危害。建在湖邊就很不錯，取水也方便。

玉容細想了下小妹的話，覺得很有道理。只是島上並沒有竹子，要蓋的話還要去外頭訂了送來。這樣算下來，又是好大一筆開銷。

不過，節約了十一他們修繕房屋的時間，讓他們可以做更多的事情，從長遠來說，當然是建竹屋得好。

村裡的後山倒是有成片竹林，就是不知道是公家的還是個人的，所以玉容第二天就去了村長家，找他詢問竹林的事。

知道是公家的，便直接花了十個銀貝找村長買了半片竹林下來。畢竟不光是建屋子要竹子，她還想做柵欄，將島上林子外圍都圍起來，量少了肯定不行。

買下了竹林，需要人砍，需要人運，這些都是大工程。玉容一家子肯定是忙不過來的，只能雇了村子裡的村民去做。

小小海島突然熱鬧了起來。

每日都有船隻來來往往，一捆一捆的竹子都往島上運送，加上玉容請來做竹柵欄的匠人，島上頓時多了生氣。

來了這麼多人，要做的吃食自然就更多了，十三娘和玉容兩人有些忙不過來，便把十五叫過去燒火。

本來這活玉竹一個人來就可以了，不過鑑於她在這島上碰傷了幾回，玉容實在不放心讓她碰柴火。

沒事的玉竹只能坐在十五身旁，無聊地看著他燒火。

玉竹晃著兩條腿，歪著頭仔細打量著十五，突然發現了一點東西。

「十五，你這耳廓上有顆紅痣欸？你們那黑痣要打耳洞，紅痣有沒有什麼別的說法？」

挾著柴火的十五僵了僵身子，好一會兒才搖搖頭。

「小妹，我和十三娘去把這些魚洗出來，妳要不要一起去？」

「要要要！」玉竹立刻跟了上去。

出去沒走多遠，玉容想起忘了拿刮魚鱗的板子，便使了小妹回去拿。結果玉竹剛走到門口，就看到十五摸著耳廓上的紅痣發呆，然後輕輕嘆了聲。

他居然是能出聲的！

為什麼平日裡只是搖頭、點頭呢？

玉竹想不明白，轉頭走了一段路，才裝著像是剛跑回來的樣子喊：「十五呀，幫我拿下刮魚鱗的板子！」

十五絲毫沒有發現玉竹剛剛回來過，忙去找了刮魚鱗的板子出來給她。

玉竹將那板子遞給十三娘的時候，忍不住問了。

「十三娘，十五是真的啞巴嗎？你們沒有聽過他說話嗎？」

「啊？沒有啊，我們和他是在來的路上才第一次見，從那時候起，反正是沒聽見他開過口。至於是不是真的啞巴，我們也不清楚。」

「哦，這樣啊。那沒事啦！」

玉竹不打算追根究底。人家說不定是有什麼隱情才不說話，追根究底地窺探他人的隱私，有些不好。再說他是不是啞巴、能不能說話對自家來說沒有什麼差別，只要他好好幹活，不出么蛾子，那就行了。

「小妹，妳回去看看水開了沒有，水開了就讓十五把菜板上的丸子都倒進去，方才走的時候，忘了和他說了。」

午飯打算做鍋大雜燴配飯吃，人多炒菜實在麻煩。

玉竹跑回去的時候，正巧碰上十五從廚房裡頭出來。

「長姊說，水開了就把菜板上的丸子都倒進鍋裡煮。」

聽到說要繼續煮，十五轉頭回去續上柴火，再去倒菜。他那衣裳還是以前那身，袖子賊大，放丸子的時候，袖子都差點浸進了鍋裡。

玉竹瞧著實在礙眼，伸手就想幫他捋上去。

「小心！」十五眼疾手快地抓住了玉竹的手，將她輕輕推到一旁。「鍋燙。」

「十五你會說話呀！」

「嗯。」

很少的幾個字，卻能聽出他的嗓子不太好。

十五剛被抓的時候，喊了太多的冤枉，也是那時把嗓子給喊壞了。後來對官府失望，又見恢復身分無望，便死了心，不再開口。

他也是瞧著三姑娘童真活潑，才願意和她說上兩句。小孩子聽不出聲音好壞，也就不會用那種奇怪的眼神去瞧他。

直覺告訴玉竹，十五身上有故事；但另一個直覺也告訴她，不要多管閒事。

畢竟十五是個巫滄人，和他有關的事，都不是什麼小事，就算知道了，也管不了。

玉竹聽從理智，關住了快要衝出來的好奇心。

午飯吃過後，玉竹便跟著姊姊去了湖邊蓋房子的地方。兩大堆竹子已經準備好了，屋子位置就選在離湖邊大概四尺遠的位置。

這裡主要是十一他們幾個負責，二姊和陶木哥也在這邊幫著一起做。鋸竹子、畫位置、打樁子，各有分工，幹得也快。

這些竹筒，玉容是打算拿去曬乾了當柴燒，當下就被玉竹攔住了。

「長姊，這些竹筒給我吧，我有用。」

「行行，給妳，看妳能玩出什麼花樣來。」

玉容把那些竹筒都堆到了廚房外頭，留給小妹。

要說玉竹拿這些東西做什麼，這樣的小小容器，章魚最是喜歡。在現代的時候將空竹筒或者是空瓶子串上，往那海裡一放，隔兩天再收，十個筒裡少說有大半都是滿的。

這裡沒有類似浮標的東西，她就不往海裡放了，直接等退潮的時候，將這些竹筒卡到那些石頭縫或是埋進沙裡，隔天退潮再來取，不說滿筒，一半肯定有的。

可惜今日潮水已經退了，得明日才能動手去裝。玉竹便將竹筒拖到海邊全都清洗一遍。當然，怕她出事，玉容叫了十五去，最後還是十五幹的活。一事不煩二主，隔天退潮的時候，玉竹便還是讓十五拿著竹筒和她一起去放。

十五這個年紀，玉容也就隨他去陪小妹了。有他盯著，自己沒那麼擔心。

「十五、十五！這裡放一個。

「十五，來這兒放一個。

「十五，我坑挖好啦，放這兒。」

玉竹嘰嘰喳喳的跟個小麻雀似的，指揮著十五將那幾十個竹筒都放到了各處。

「三姑娘，有何用？」

「這些啊，等漲潮海水將它們淹沒的時候，喜歡鑽洞的傢伙就會鑽進去了。等退了潮咱們再來收竹筒，保證有驚喜。」

十五這才明白過來。方才他還以為三姑娘是在胡鬧著玩的。

「好啦，都放完了。咱們去找點好吃的。」

說到好吃的，十五下意識地嚥了嚥口水，瞬間回想起之前吃過的那幾道神仙美味——

烤得甜滋滋的螺肉，燒得香噴噴的龍蝦肉，還有一道鰻魚湯、炒螺片，光是想想，肚子就有些受不了了。

「三姑娘，抓龍蝦？」

這位小兄弟還真是有眼光。

「龍蝦可是稀罕貨，不常見的。以後退潮了，多翻翻石頭興許還能遇上。咱們現在去找螃蟹，順便撬點海蠣回去。」

自從海蠣能熬蠔油這方子拿出去後，不只是別人家，就連自家都是一有空就熬蠔油，正經吃那都是過年時候的事了，再不吃，海蠣都沒這樣肥了。

玉竹將鞘刀遞給十五，讓他去撬。怎麼說他的力氣也要比自己更大些。至於她自己嘛，就負責找螃蟹，看看還有沒有跟螃蟹打架的章魚。

兩個人從海灘這頭找到海灘那頭，簍子都騰了兩、三次。這裡的海鮮資源是真的多，每天都在勾引著她搬到海島上。

可惜，長姊、二姊都還沒有嫁，自己年歲也還太小，姊姊們不會放心自己一個人住到島上來。

唉，好想快點長大啊！

忙活了十來天，柵欄什麼的幾乎已經做好了，大多數的匠人都離開了海島，只有一個還留在島上做收尾的工作。

湖邊的屋子還差一些，不過也是這兩日就能完成了，所以大家一早上就趕過去做事。

玉容一邊監工，一邊負責在旁邊燒些熱水給十一他們。玉玲和陶木則是負責將家裡的那些沙蟹醬運送出去，分給沿岸那些小商鋪。本來想著淮侯那交代，玉容是打算暫時不再供貨的，可玉玲幾句話又將她勸住了。

反正只是在海上走船卸了貨就走，又不上岸，沒什麼好怕的。再說，還有陶木在一起。只是送送貨，一日便能送完，玉容便答應了。

玉玲和陶木很快帶著第一批沙蟹醬出發，沿路將醬料都送到了各家手上。卸完最後一點醬料時，玉玲突然內急，陶木便陪著她去找了個地方解決，才啟程回島上。

「欸木頭，我跟你說，島上那竹屋子蓋出來可漂亮了，我都心動了。」

「妳喜歡，我以後也給妳蓋。要不等這回島上那幾間蓋完了，回家我就把我那屋給翻了？」

這話聽著教人開心。可玉玲笑了笑，拒絕了。

「哪就那麼誇張了，我想住不會去海島上住幾日嗎？反正有五、六間屋子呢，咱們上去住還是夠住的。你快點划，這會兒都快到飯點了，等一下到島上，又是一桌子人等著咱們吃飯，我可不好意思。」

「行行行，反正，都聽妳的。」

漁船明顯划得快了些，從空中俯看下去，那漁船下還有四個黑點。

那四人正是混進淮城搶劫的賊人，之前被官兵追捕一路逃到碼頭，乘機躲到了漁船下。

本來是想掛在船上等船行了一段路就上船劫殺兩人，再以漁船當逃跑的工具，結果聽到兩人談話，領頭的立刻打消了劫殺的念頭。

能買得起海島的人肯定有不少的錢。聽他們的意思正是要去島上，那肯定要跟著船一起過去，能劫一筆是一筆，搞不好還能占個海島自己稱王呢！

四個賊人用自己掛牆的工具直接勾在船舷上，藉著船行，自己再輕輕一動腿便能跟上。島上眾人還不知道危險正在悄悄逼近。

玉竹這會兒正帶著十五在撿那些昨日埋下去的竹筒，幾乎每一個裡頭都藏著一隻、兩隻小章魚，有幾個筒子裡還有螃蟹。

「不枉費我昨晚上放進去的那些雞內臟，嘿嘿！」

玉竹一個一個找著，十五一個一個撿，兩人差不多要收完的時候，在沙灘上看到兩條小魚。

十五伸手去撿，結果剛一碰到，那魚便咻一下脹得如玉竹的小臉一般大。

「哇，河豚！好可愛！」

玉竹扔了手裡的竹筒，跑過來撿起兩隻河豚，一戳一戳地逗牠們，看牠們突然一下鼓起來再癟下去，好玩得不得了。

「三姑娘，河豚是什麼？」

「哦，河豚呀，就是一種魚，這樣變大是為了嚇走想吃牠的捕食者。可愛是很可愛，可牠們是有劇毒的，你可記得，千萬別不小心吃了。」

有劇毒！十五最害怕的就是毒了。

「那趕緊丟了吧！」

「不不不，難得有這樣可愛的小傢伙，我先養兩天再說。」

玉竹拿了個竹筒打了水，將那兩條河豚放了進去。

回去時，她怕長姊一不小心把河豚煮了，特地拿去給所有人看了一遍，跟他們說了有毒，不能吃。

這樣有毒的東西，小妹居然還敢玩。玉容逮著她就是一頓訓，非要她馬上拿出去丟了。

玉竹有點不情願，但還是聽長姊的話，準備把河豚丟回海裡。

結果剛走到沙灘，就看到二姊的船回來了，彷彿還帶了人回來。

她想都沒想就朝著船跑過去。「二姊！」

沒有人回應她。

玉竹慢了下來，因為她瞧見那下船的幾人身材壯碩，一臉戾氣。他們下來了，二姊和陶木哥卻沒有身影。

糟了！

她的心開始撲通撲通狂跳起來。她現在最怕的，就是這些人殺了二姊和陶木哥。

現在往回跑來不及了，大聲喊叫，這幾個人說不定衝上來就扭斷自己的脖子。

怎麼辦？玉竹強迫自己冷靜下來，抱著那兩條河豚仍舊朝著漁船小跑過去。

「叔叔，你們是我二姊帶回來的客人嗎？」

玉竹的模樣實在太小了，四個男人一點沒將她放在心上，瞧著沙灘上沒有別人，領頭的那個笑著朝她蹲下來套話。

「小姑娘真聰明，我們都是妳二姊請回來的客人。妳能告訴叔叔，你們島上有多少人嗎？」

「嗯，好像有，一、二、五、四……」

她掰著手指頭，彷彿怎麼數也數不清的樣子。其中一個賊人頓時就笑了。

「大哥，你莫不是傻了，去問這麼小的一個娃娃有多少人？她連一三四五都數不清呢！咱們直接過去找人就是了，見一個，抹一個。」

玉竹下意識地抱緊懷裡的竹筒，打了個冷顫。

這些人，沾過人命。

「叔叔，現在都到飯點了，還找什麼人呀？先去吃飯吧，我姊姊做的飯菜可好吃了，連淮侯都喜歡得很呢！」

「哦，淮侯也喜歡？小姑娘見過淮侯？」

玉竹趕緊搖頭。

「那倒沒有，只是增味粉和蠔油的方子都是我家給出去的，侯爺不是說很好吃嗎？」

四個賊人一聽，心道真是沒來錯。

早就聽聞有戶玉氏人家進獻了兩個良方，賺了一大筆的錢。方才瞧著她們家還在賣什麼蟹醬，可見方子還真挺多的。

領頭的已經開始盤算著等一下捉了玉氏的人，讓她們再給自己多寫幾個賺錢的方子。

「小姑娘，都這個時候了，我們還真是餓了，妳帶路吧！」

「可是我二姊她……」

領頭的使了個眼色，其中一個立刻上船將玉玲揹了下來。

「妳二姊有些不舒服，咱們是幫忙送他們回來的。」

玉竹彷彿是信了的樣子，立刻感激道：「叔叔，你們真是好人，謝謝你們把我二姊送回來，等一下我讓長姊將這最美味的鼓魚做給你們吃。這是咱們沿海最好吃的魚了，我本來還想藏起來偷偷吃的。」

四人男人瞄了一眼那竹筒裡的魚，不以為意。

第六十八章

「走吧，小姑娘，帶我們去妳家做客。」

玉竹緊緊抱著懷裡的魚，轉身走到最前頭給他們帶路。

島上就這麼大，這些人隨便轉一轉便知道是什麼情況，所以她沒做出格的事，直接把人帶著往林子裡領去。

她把所有的希望都寄託在懷裡的兩條河豚上。

島上多是女人，男人又戴著腳鐐，絕對拚不過的，只能想法子讓這幾個男人放鬆警惕，再將這河豚做予他們吃。

這幾個賊人是帶著殺人的心思上島來的，若是不想法子弄死他們，那自家就難保了。

玉竹特地繞開了那個加固籬笆的師傅，從泥屋那邊進去，結果沒想到那師傅正好一起過來吃飯，就這麼給碰上了。

「玉竹啊，妳這是哪兒帶回來的人啊，怎麼看起來這麼凶？」

朱師傅也就是開開玩笑，但那領頭的可不這樣想，直接給身後的兄弟使了個眼色。

玉竹生怕這幾個人發狠傷了朱師傅，連忙跑過去，摳了摳他的手心。

「朱師傅，他們都是我二姊帶回來的客人，咱們一起回去吃飯吧！」

「哦哦，客人啊？」

朱師傅只是愣了下，其中一人便已經搭上他的肩膀，將他拖了過去。

「這位兄弟，我想找你問件事。」

玉竹正要回頭，領頭的那個卻突然抱起了她，摁住她的腦袋不讓她往後瞧。她雖看不到，卻聽得到有人倒地的聲音。

心中頓時一陣膽寒。

也不知道朱師傅怎麼樣了。沒有聽到他們拔刀的聲音，應該、應該沒有見血吧？玉竹忍了又忍，不敢露出一絲異樣。

其實幾個男人根本就不關注她。一個小毛孩子對他們來說完全沒有威脅，他們更注意的是林子裡的情況。

像這樣的小海島，守衛至少得有二十來個。雖說他們四人武功不凡，身上又有得是毒藥，但小心謹慎已經成了他們的本能。

「小姑娘，你們島上護衛多不多啊？」

「島上沒有護衛啊，我們家才剛買海島沒多久呢，只有四個奴隸。」

玉竹很老實地將島上情況都告訴了四人。

這麼小的孩子是不會騙人的。四個人的警惕心頓時鬆了小半，剩下的那一半在看到湖邊竹屋門口的兩個姑娘時，立刻被忘到了九霄雲外。

「真是沒想到啊，這島上竟還有這麼好看的姑娘。」

「你們是誰?!」

玉容下意識要上前搶回小妹，一轉眼看到二妹耷拉著頭、人事不知的模樣，又趕緊過去瞧二妹。

「我二妹怎麼了？你們到底是誰？」

聽到玉容這樣大的聲音，屋子裡的十一他們都趕緊跑了出來，那叮叮噹噹的腳鐐，加上黑耳洞，一看便知是巫滄人。

「我們啊，是來做客的！哈哈哈哈。」

四個男人對了個眼神，丟下玉玲，率先出手將三個奴隸打傷捆住。

十一他們身上戴著腳鐐，再有力氣也比不過凶悍的匪徒，不過幾息工夫，便被打昏了過去。

「大姑娘，他們是匪！怎麼辦?!」

十三娘看著倒在地上的十一、十二，難過得眼淚直流。她幾乎已經想到接下來自己和主家會經歷什麼。

這四個人眼神邪得要命，收拾了十一、十二，接下來……十三娘越想就越是害怕，竟是被自己活活嚇暈了過去。

果然，真正遇上了事，這幾個都不頂用，早該聽阿秀的話買些護衛回來。現下……玉容真是後悔也來不及了。

這些人若只是搶些財物，她倒沒有那麼害怕，可他們明顯不是。小妹這樣小，二妹又不知道是個什麼情況，剩下自己面對四個匪徒，玉容心中驚懼，抱著妹妹的手也在不斷收緊。

玉竹都被抱得有些喘不上氣了。

「長、長姊……」

玉容回過神，趕緊鬆開了手。

「姑娘別怕，我們呢，只是路過此處，尋點吃食盤纏。」

「對對對，我們就是來尋點吃食，拿點盤纏就走。當然，妳若是願意陪陪我們就更好了。哈哈哈哈哈。」

其中一個男人一邊笑著，一邊伸手過來拉扯玉容。玉竹狠狠推開他的手，哇的一聲哭了起來。

「你們欺負我姊姊，你們是壞人！我的寶貝魚不給你們吃了！」

小大人一樣的小妹突然變得幼稚起來，玉容直覺不對。等她注意到那竹筒裡的兩條魚時，立刻明白了小妹的意思，收起了眼底的抗拒。

「幾位壯士，這海島上只有我們一家，幾乎都是弱女子，還請壯士們手下留情，莫要傷人性命。」

漂漂亮亮的一個小娘子這樣溫柔又膽怯地和他們說話，幾個男人自覺是下馬威起了作用，心中得意得很。

「好說好說，只要姑娘妳啊陪得爺高興，什麼都好說。」

這會兒，那男人再伸手過來拉玉容，玉容便沒再躲了，任由他拉著自己的胳膊進了廚房。

玉竹很識相地從大哭變成了小聲哭泣，抱著懷裡的魚跟著一起走了進去。

廚房瀰漫著濃郁的飯菜香，桌上也已經擺滿了，只是這會兒大概有些涼了，沒什麼熱氣。

成日裡餐風露宿，只有肉乾、餅子吃的人哪裡見識過這樣色香味俱全的菜式。

「好香啊！大哥，你過來瞧瞧！」那人一邊叫還一邊伸手抓了蝦啃。「嗯，好吃！兄弟們，快來！」

這一桌子菜是在他們上島前做好的，肯定沒有問題。另外三個很是放心，也伸手抓起了菜。

「小娘子，這些菜都是妳做的？」

玉容點點頭。

「欸，咱們這回真是撿到寶了，這小娘子生得好看，做飯手藝還這樣好，大哥，要不咱們日後帶上她吧！」

這樣路上有了消遣，還有人照顧肚子。

領頭的聽了這話，一腳踩在板凳上沒有回答，只是一個勁兒地悶頭吃，好半晌才丟了三個字出來。

「再說吧！」

帶個女人上路太麻煩了，腳程跟不上，還吃不了苦，他肯定是不帶的。兄弟們若是想解決一下，直接使點銀錢去那紅樓不就行了，那兒什麼樣的姑娘沒有。至於菜嘛，有錢還怕吃不到好菜？

「小娘子，這菜不夠，再去弄幾個來。」

「對對對，這點菜不夠。多弄點，爺吃飽了才好疼妳們呀，嘿嘿。」

四人中的那個黃牙瞅著機會就想過來占點便宜，玉竹想都沒想就抱著魚站到了姊姊面前，假裝不知道地擋住了人。

「長姊，我陪妳去做菜。」

灶臺就在廚房裡，就在他們的眼皮子底下，按理說可以放心的，但是領頭的小心慣了，還是分了神一邊盯著姊妹倆。

他看到那小姑娘將她竹筒裡的那兩條寶貝魚拿出來殺，一邊殺還在一邊不停地淋水，說不上哪裡不對，他就是覺得怪怪的。

多年闖蕩生涯讓他對危機有種莫名的直覺。

「等一下，小丫頭，妳這魚沒毒吧？」

聽到這句話，玉容嚇得險些沒握住手裡的刀。玉竹給長姊使了個眼色，拿過那刀，直接在魚肚上刮了一條肉下來，放到清水中洗了下便放進了嘴裡。

玉容一顆心都要跳到嗓子眼了，差點沒背過氣。

這魚不是有劇毒嗎?!

「我可是每天都吃的，怎麼會有毒呢？你不願意吃就都留給我。長姊，不要給他做了，都給我好不好？」

瞧著玉竹吃完一點事都沒有，還能抱著她姊姊撒嬌，領頭的這才放下疑心，沒再過問。

姊妹倆安安靜靜地殺完魚便生火熬起魚湯，另一邊的炒鍋則是起火炒了晚上的蛤蜊、螃蟹。

玉容擔心極了二妹，也擔心沒有看到人影的陶木，更擔心鍋裡的魚湯。

小妹明明說了那魚身上有劇毒，卻眼睛都沒眨地吃了下去。現在瞧著也沒什麼事，弄得她惶惶不安。

妹妹沒事，她當然開心，可這也說明那魚沒毒。魚沒毒的話，等一下若是不能毒倒那四人，自己這一家怕是……

一連串的眼淚落進了正在翻滾的魚湯裡。

領頭的那人瞧得很是清楚，嗤笑一聲，專心吃起菜來。還以為這小娘子當真不害怕呢，沒想到也是膽小怕事的。

也是，害怕才正常。

兩刻鐘後，桌上的飯菜已經吃得差不多了，玉容趕緊把新做好的菜湯端上去，還準備了湯碗，幫他們舀了湯。

幾個人方才吃得有些急，這會兒還真是渴得很，也不管燙不燙，幾口就將碗裡的湯給喝完了。

「嘖嘖，小丫頭說得還真沒錯，這魚肉確實是我吃過的魚裡頭最好吃的一個。大哥，我最愛魚眼睛了，你就別跟兄弟搶了。」

黃牙搶了兩顆魚眼睛，生怕別人跟他搶似的，直接丟進了嘴裡。
所有人都被那碗魚湯勾了心神。
河豚雖然有毒，肉卻是鮮美至極。玉竹就這麼看著他們一口一口吃下河豚肉，一口一口喝下了湯，心中是既痛快又難受。
痛快的是島上的人得救了，難受的是，她明明知道這些人會死，卻還是動手了。
殺人真的沒有想像中那麼容易，她也真的沒有看上去那樣淡定。
「砰！」
黃牙手裡的碗筷掉到地上。
他抖著手，哆哆嗦嗦地不知道想說什麼，一張嘴卻吐出了大口大口的白沫。
「老三！」
另外三人這會兒才反應過來飯菜裡有毒，可惜太晚了，頭暈心悸的他們連拍桌子的力氣都沒有了。
河豚的血液、眼睛和內臟都有著劇毒，方才那鍋湯裡可是都加了這些東西。哪怕只是舔個筷子都能中毒，何況他們一口氣喝了那麼多。
「救、救、救……」
死到臨頭，變成了他們來求玉容姊妹倆。
玉容理都沒理他們，直接跑去外頭，先瞧了下二妹，發現只是被打昏了，這才放心去給十一他們解開繩子。

屋子裡的玉竹慢慢走到領頭的那人面前。

「傷天害理的事做多了，是會有報應的，我也是被你們逼的。」

他們不死，長姊、二姊的清白就沒了。玉竹心中難受，卻是一點都不後悔。

漫長的一刻鐘後，屋子裡的動靜慢慢小了下去，直至徹底平靜下來。

滿地狼藉的飯菜碗筷、東倒西歪的賊人，都已經死得不能再死，瞧著心裡實在不好受，她沒有在屋子裡多待，轉身出去給長姊幫忙。

幸好，十三娘是自己嚇暈的，掐兩下人中就醒來了。十一、十二與十五傷的都是皮肉，也很快醒了過來。

「糟了，把朱師傅給忘了！」

玉竹轉頭跑進長姊的屋子，拿了些傷藥便往林子外頭跑。

跑出去一看，差點沒嚇死。

朱師傅肚子上被捅了一刀，身上一片血紅，要不是他死死按著傷口，只怕血都要流盡了。玉容趕緊拿過小妹手裡的藥先幫朱師傅上藥。

玉竹拔腿又往停船的地方跑，一邊跑一邊祈禱陶木只是被打暈扔在船上。

結果上船一看，心跳都差點嚇停了。好在她很快發現陶木只是背上中了一刀，沒有傷在要害。

一下子多了兩個受刀傷的，島上個個都是愁眉苦臉。

兩個會划船的都暈了，沒有辦法出去，可傷號哪裡等得？玉容直接拿涼水去潑醒了二妹。

人命關天，必須要趕緊去找郎中。

「小妹，妳乖乖在島上待著，長姊把人送回去找好了郎中就回來接妳。」

玉竹明白長姊、二姊現在都顧不上自己。「長姊放心吧！」

玉容坐在船上，看著岸上的小妹越來越遠，忍不住又紅了眼睛。

都怪自己，要是自己捨得花錢，如今島上就不會只有那幾個人，又怎會髒了小妹的手。

方才她都瞧見了，小妹躲到樹後頭吐了兩回，現下正是需要姊姊陪伴的時候，自己卻不能在她身邊。

等此事一了，她第一件事便是要上城裡去買人。

她可算是看明白了，有錢也得有命花才行。

第六十九章

送走了兩個姊姊後，玉竹又回到了廚房裡。

方才大家一醒就忙著去察看各自的傷勢，又忙著給朱師傅上藥包紮，誰也沒有到廚房裡瞧過，這裡還是和她出去的時候一模一樣。

這四個人該怎麼處理，她有些猶豫。埋在島上，她嫌膈應，丟進海裡又怕被別人發現，難道要直接燒了？玉竹走到門口，叫了十三娘過來。

「十三娘，妳去叫十一他們，回來把廚房的人都抬到沙灘上去。」

「廚房的人？」十三娘愣了下才反應過來，臉色頓時白了白。差點給忘了，那幾個匪徒還在島上呢！「奴這就去！」

她很快地叫回了十一他們。四個人一進廚房都嚇呆了。

「三姑娘……他、他們這是？」

「死了，抬到沙灘去。」

玉竹那冷冰冰的一句死了，聽得四人都不自覺地打了個冷顫。三姑娘今日看上去和平時差別太大了，教人心裡毛毛的。

不過她是主，自己是奴，照著她的意思去做就行了。

四人人來來回回搬了好幾趟，總算把那四個匪徒都搬到了沙灘上，搬完了又聽到三姑娘讓他們去拾些柴火回來架火堆。一瞧這架勢就知道，三姑娘這是要將屍體燒掉。

對巫滄人來說，死後焚屍真的是一件有違天和的事情，十三現在沒那麼怕主家了，到底還是大著膽子勸了勸玉竹。

「三姑娘，燒人的事還是再考慮考慮吧！等大姑娘、二姑娘她們回來了再說也不遲呀。」

別的玉竹都沒聽進去，她只聽到了大姑娘、二姑娘。

是了，長姊、二姊都沒在島上，若是等她們回來，知道自己做主燒了這四人的屍體，會不會覺得自己太過狠毒了？別的可以不在乎，長姊、二姊對她的看法卻是格外重要。

玉竹漸漸清醒過來。

自從那四人死了以後，她就有些魘怔了，只想著快點處理掉這四個人，根本忘了，這些不是她一個四歲多的小孩子該操心的事。

而且把他們燒了，到時候拿什麼東西去交給官府呢？

朱師傅和陶木受傷的事肯定瞞不了，長姊她們一靠岸，必定要找人幫忙，到時候瞧見朱師傅和陶木身上的傷，總不能說是島上的人捅的。前因後果都得給人解釋明白，得說是島上遇了匪；既然是遇上了匪，那便得由官府來管。

清醒過來的玉竹又恢復了先前那無害的模樣，叫十一他們將人先抬進了湖邊的倉庫裡。知道他們也受了傷，抬完人後，玉竹便讓他們各自休息去了。不過十三娘還精神得很。

「三姑娘，之前咱們準備的飯菜讓那些賊人給糟蹋了，奴去煮點丸子湯，妳將就著吃？」

玉竹搖搖頭，忍住喉嚨裡那翻湧不停的嘔意。她現在哪兒還吃得下東西，忍了好久才忍住沒繼續吐。「我不餓，妳去給十一他們煮點吃吧。」

十三娘知道她的脾氣，沒再勸她，直接回了廚房，收拾了地上的狼藉便開始洗鍋做飯。知道鍋裡煮過毒魚湯，她還特地洗了好幾遍。

那毒魚湯可真真是厲害，就那麼一碗，瞧著都沒用完就毒死了四個成年壯漢。起初三姑娘拿來說有毒的時候，大家還不以為然呢。

十三娘生怕還留有餘毒，又將湯勺、鐵鍋使勁地刷洗了幾遍。兩個人在廚房裡忙活了近一個時辰，才將廚房清理乾淨。

今日發生了這樣的事情，她們也沒心情再去做什麼好吃的，直接煮了一鍋丸子湯，再一人煮了兩顆雞蛋，便是中飯和晚飯。

現下玉容、玉玲不在，玉竹便是島上的老大，沒人能夠管她。

她說要一個人出去走走，十三娘也不敢攔，只能遠遠跟在她的身後。結果還是讓她發現了，被攆了回去。

玉竹一個人繞著海灘走了很遠，最後不知怎麼又走到了當初發現玉玦的石洞。她現在就想找個沒人能找到的地方躲起來，清靜清靜，於是想都沒想就鑽了進去。

躲在這小小的石洞裡，她才開始抱著膝蓋埋頭小聲地哭起來。

從那四個人死的那一刻開始，玉竹心裡就充滿了罪惡感。即便殺的是四個匪徒，也掩蓋不了殺了人的事實。說她矯情也好，做作也罷，她就是過不去心裡的那道坎。

也不知道她在這石洞裡哭了多久，久到十三娘他們都出來找人了。

「三姑娘，妳在哪兒？天快黑啦，快回來！」

玉竹抬起頭，眼淚、鼻涕順手擦了擦，應了一聲。

十三娘他們很快就找到了小石洞這兒。

「三姑娘，妳怎麼到這裡邊去了？快出來呀，天快黑了。」

「十三娘，你們回去吧。我應妳，是不想你們滿海島地瞎找。我還想在這兒待會兒，晚些時候會自己回去的。」

幾人你看看我、我看看你，都犯了難。

眼看天都要黑了，他們怎麼可能放著那麼小的三姑娘在這兒。十三娘有心想進石洞陪陪她，可那石洞真的太小了，除了十五那瘦小的體格能勉勉強強擠進去，他們幾個大的連半個身子都進不去。

「你們走吧，我想一個人待著。」

玉竹開口攆人，他們不好違令，只能往外退了退，站在林子邊遠遠看著石洞。

「三姑娘中午就沒吃東西了，晚上瞧著也是不會出來吃的，這可如何是好？」

「只能等啊，三姑娘那脾氣你又不是不曉得，平時看著最好說話，卻也是最不聽勸的。」蘇十一自問是沒有辦法的。

不過轉頭看到十五那鼻青臉腫的模樣時，腦子靈光一閃，又有了想法。

「就讓十五送進去吧！三姑娘平時就常和十五一起，肯定願意聽他說上兩句。而且三姑娘心軟，瞧見十五這樣子，就是生氣也不會說什麼的。再說，你們瞧咱們幾個，除了十五誰能鑽進去？」

「我去吧。」

十五沒怎麼猶豫，也是真的挺擔心三姑娘。於是等十三娘將裝好的飯食拿來後，他便端著飯菜朝石洞走了過去。

「三姑娘，我不吵妳，就是送點飯。妳這樣一天不吃怎麼行？」

裡頭沒有回應。

「三姑娘，我把飯菜放到洞口，妳出來吃？」

還是沒有回應。

一直得不到回應的十五一時也顧不得那麼多了，放下飯菜便朝石洞鑽了進去。這個石洞是真的小，一開始還進不去，非得脫了外頭厚實的衣裳才能進去。堅硬的石壁刮得他胸背生疼，還凍人得很。

繞了個小彎後，他終於模模糊糊地看到了個小小人影。

三姑娘好像睡著了，一動不動的。

這樣陰涼的石洞，可不是個睡覺的好地方。十五過去叫醒她。

「十五？你怎麼來這兒了？」

「奴是送飯來的，三姑娘想靜心，也得先把肚子填飽了再說吧！」

玉竹腦子暈乎乎的，聽見他是送飯來的，下意識摸了摸難受的肚子，剛要站起來，碰到冰冷的石壁又清醒過來。

「我不想吃，你拿回去吧。對了，叫十三娘他們也回去吧，我待一會兒就出去。」

「三姑娘，天很晚了，這裡又冷……」十五苦口婆心地勸慰起來。

當然，沒有一點用。玉竹還是堅持不肯吃，她那倔脾氣大概只有兩個姊姊才能治得了。

十五沒法子，只能轉身照著原路退出去。

剛走沒多遠，突然聽到後頭的三姑娘說了一句話。

「我今天，殺人了……」

詫異的十五下意識地一回頭，都忘了石洞內的狹窄，一頭撞在了石頭上。

「三姑娘，妳、妳方才說什麼？」

「我說，我今天殺了人。就是那四個匪徒，是我拿了劇毒的河豚給長姊，讓她煮了湯給他們喝。」

玉竹其實需要一個能傾聽她心裡話的人，十五這會兒就是她的樹洞。

聽了玉竹斷斷續續說的那些話，十五這才明白過來，她為什麼會一個人躲在這裡不想出去。因為這樣的情緒，他也有過。

十五艱難地將身子轉過來，坐到了離她很近的位置。

「三姑娘，其實，我也殺過人。」

第七十章

「你……殺了誰？」

「殺了一個養了我好幾年的人。」

石洞裡頓時寂靜一片。

玉竹萬萬沒有想到，自己找的這個樹洞居然這麼危險。

「既然養了你，為什麼又要殺他？他虐待你嗎？」

如果是這樣的話，十五出於自衛殺了那人，倒還可以理解。

「他沒有虐待我，但他偷了我的人生。」

玉竹聽不明白。不等她繼續開口問，十五又說話了。

「三姑娘，妳相信嗎？其實我並不是巫滄國的人。我原本有一個很好很好的家，爹娘疼愛，兄長也都疼我，只因為我這張臉和那人的兒子長得太像，便惹了禍。」

長得太像……玉竹聽出了點苗頭。

巫滄國已經滅了，除非巫滄人終身躲在深山老林不見人，否則便是一輩子做奴隸的下場，他們的後代也將永無出頭之日。

若是有這麼個人，長得和自己孩子差不多模樣，是人都會心動的。

就是不知十五這話是真是假了。

「我記得被抱走的那天很冷很冷，彷彿是在過什麼節日，街上人很多。不知道出了什麼亂子，擠來擠去間，我就被人抱走了。那人堵住我的嘴，找了個沒人的地方把我的衣裳全都扒了下來，然後給我套了麻袋，帶我回了他們山上的住處。」

「等等，巫滄國的人不是都有這麼大的黑耳洞嗎，還有血好像也和別人不一樣，他們就算抱走了你，那另一個小孩子要怎麼瞞過去呢？」

「我也不知道，左不過是安排了什麼意外，將有黑耳洞的耳朵給弄沒吧？」

聽了十五這麼多話，玉竹心裡那些負面情緒居然平復了很多。她現在比較好奇十五的故事。

「那你的這個黑耳洞又是怎麼回事呢？」

十五嘆了一聲。「不知道用什麼東西染的，他還給我餵了毒，讓我的血和他們一樣。」

「原來是這樣啊。」

玉竹那淡然的口氣令十五驟然激動起來。「三姑娘不覺得聽到這些很荒謬嗎？他們沒有一個人相信我說的這些！」

「這有什麼荒謬的？世間萬物千奇百怪的，什麼東西沒有？」

世上奇怪的東西太多了，難以解釋的東西也太多了，當十五說他的耳朵是被染黑的，血是因為服了毒，玉竹一點也沒覺得有什麼不可能。

這回換成十五哭了。

那麼多年的委屈，彷彿是要全都哭出來一般地停不下來，聽著怪教人心酸的。

哭成這個樣子，他說的話，玉竹雖不全信，卻也是信了一些。只是她也不知道該怎麼安尉十五，想了好一會兒才開口道：「你還記得你家住哪兒嗎？日後若是有機會，我可以幫你打聽打聽。」

「我家？我、我不記得了，只知道家裡有下人，兄長名裡應當有個『成』字，我的名裡應該有個『千』，可具體是什麼字，我不知道。」

被抱走的時候畢竟還小，都沒有開過蒙，能記得這些已經很不錯了。

玉竹記在心裡，打算等日後有機會、有人手後，幫著打聽打聽。不過即便是打聽出來了，十五現在這樣也根本認不回去。

他耳朵上的問題倒沒那麼大，主要是毒。除非他身上的毒能解掉，否則就算找到了家人，也沒辦法證明自己的身分。

「十五，下次長姊來接我的時候，你跟我一起出去吧！我帶你去城裡瞧瞧郎中。」

「三姑娘……」十五那剛停下沒多久的眼淚又盈滿了眼眶。

他從來沒有想過，居然會有人相信自己的話。可眼下三姑娘不光信了，她還想幫自己！三姑娘怎麼這麼好。

「阿嚏、阿嚏！」之前進來時脫了厚厚的衣裳，現在寒氣入體，已經有些著涼了。

「石洞裡有些冷，走吧，回去吧。」

玉竹聽完十五的話，亂七八糟的念頭都被打散了，這會兒已經不像開始進來時那般喪氣難受，肚子好像也有些餓了。

她拍拍屁股起來，結果腿一麻，摔了下去，正好撲在十五的背上，那溫熱的觸感可不是穿著襖子會有的。

「十五，你的衣裳呢？這麼冷的天，你不要命啦！」

「我……奴的衣裳太厚，穿著就進不來了。」

說來說去，還是她惹的。「那趕緊出去吧，先去把衣裳穿上。」

天氣這麼冷，若是凍病了，她這心裡可過意不去。

兩人一前一後從石洞裡走了出來，偏巧又遇上了下雨。十五只能拿著自己的衣裳將三姑娘蓋住，然後抱著她往竹屋那邊跑。路上遇上拿著蓑衣過來的十三娘，玉竹又到了十三娘的懷裡。等他們全都回到竹屋時，幾乎個個身上都淋了雨。尤其是十五，臉都給凍白了。

「十三娘有熱水嗎？」

「有的、有的。」

十三娘還以為是玉竹要用，立刻打了一盆過來。

「我都沒淋到雨，不用了，妳舀一桶給十五吧，讓他去擦個身子換身乾衣裳。」

說完她轉身去了灶臺，找了大塊薑出來，切成薑絲，生火熬了薑湯。

雖然加了薑，喝進肚和喉嚨有些辣辣的，但這可是主家親手熬的湯，還加了那麼多糖，所有人都喝得很是滿足，十五喝完，連臉色都好了許多。

喝完薑湯，再吃完飯，天色已經全黑了下來。

玉竹心裡有些失落，不過她也明白，若不是長姊和二姊實在忙得抽不開身，肯定會上島來接自己。她們沒來，就是被什麼給絆住了，不得已。

夜晚的海上太過危險，長姊她們應該是不會來了，反正島上的屋子都修好了，今晚就在島上睡唄。

一個人睡，那麼多年都過來了，有什麼好怕的？

玉竹不停催眠著自己，直到躺進被窩裡。

她們一家還沒有在島上過夜，今晚的被褥是新買來放著備用的，冰冷得讓她感覺像是回到了還在現代的時候。

沒有二姊暖得熱烘烘的被窩，也沒有香香的長姊給她抱，心裡突然又開始難受起來。

不過她畢竟是個小孩子的身體，白日經歷過那樣教人害怕的事，精神一直緊繃著，後來又哭了那麼久，早就累得不行了。不到兩刻鐘，她就迷迷糊糊地睡了過去。

夜越來越深，玉竹的夢境也越來越恐怖，嚇得她瞬間清醒了過來。

玉竹摸了一把冷汗，抬頭看看窗外，還是黑漆漆的一片，現在應該是下半夜的時候吧？不對，下半夜的話，外頭會安靜得不得了，這會兒卻有些動靜。是十三娘他們說話的聲音。這麼晚還有什麼要商量的？

玉竹摸黑起床穿衣走出去，發現十一他們住的那間竹屋還亮著燈，便直接朝那邊走過去。

進了屋才發現原來是十五發高燒了。

幸好早知道島上看醫不便，玉容她們早就買了藥品放在島上。玉竹身上就有鑰匙，直接開了箱子給十五拿了退燒的藥。

十三娘立刻拿著去廚房煎藥，十一、十二給她燒火掌燈，屋子裡頓時就只剩下了玉竹和十五。

發著高燒的十五臉紅通通的，沒有往日那般刻板冷臉的樣子，顯得可愛了許多。十一歲的少年，若是在現代該有多快活，可惜生在了古代，還是個奴隸。

「我不是奴隸……我不是巫滄人！我不是、我不是……」

床上的十五已經開始燒得說胡話，都是在說他不是巫滄人。玉竹沒什麼能幫忙的，只能給他換頭上的濕布巾。

就在她換到第三次的時候，床上的十五突然睜開眼，一把將她抓到了面前。玉竹還太小，被這樣大的力氣一抓，直接撲到了他身上。

「十五，你鬆開！你發燒了，我在給你換布巾。」

「三、三姑娘？」

十五才喊了聲三姑娘便又昏睡了過去，還不忘死死地抓住玉竹的手，玉竹費了好半天工夫才掙脫，手腕都讓他給抓紅了。

玉竹扯回掉在床上的濕布巾正要下床，突然覺得不對，猛地回頭一瞧，十五耳朵上的黑耳洞竟然變小了！

倒不是那洞變小了，而是黑色的範圍變得小了很多。她記得之前大概有蠶豆那麼大，現在居然只有豌豆大小了。

第七十一章

這東西還會縮小？玉竹又想起十五講的那段往事。所以……他真的不是巫滄人？

不等她想明白，十三娘就端著藥進來了。「三姑娘，藥熬好——」

三個人一進門就看到主家姑娘趴在十五身上，一個個都失了聲音。

玉竹尷尬地笑了笑，連忙從十五身上跳下來。

「你們給他餵藥吧，我還好睏，我要繼續睡會兒。要是半個時辰後燒沒退的話，你們再來叫我。」

說完她便一溜煙地出了竹屋，回了自己的屋子。

躺在床上，這會兒卻是怎麼也睡不著了，滿腦子都是十五在石洞裡哭得撕心裂肺的聲音。

才十一歲的孩子呢，莫名其妙被人抱走做了奴隸，若是不能證明自己的清白，還要世代為奴，終身不能和家人相認，想想就覺得可憐。

玉竹不是什麼大善人，可既然有緣遇上，日後力所能及的地方，她想她是願意幫忙的。不過現在，自家的事還忙不過來呢。

明兒個，長姊她們是一定會來接自己的，到時候一定要纏著長姊去城裡把護衛買了。漁民能上來，匪徒能上來，下回還不知道會來什麼樣的人。

莫名覺得秦大人有些坑人，就這幾個戴著腳鐐的奴隸，還說是送來守島的，這樣哪守得住？來點厲害的，幾拳頭就打趴下了。下次見到秦大人的時候一定要好好說說才行。

玉竹一會兒琢磨這個、一會兒琢磨那個，天快亮的時候才迷迷糊糊睡過去。

等她再醒來的時候，一睜眼就看到兩個姊姊坐在床前，高興得差點跳起來。

「長姊、二姊！什麼時候來的啊，都不叫我。」

姊妹倆瞧著小妹那一臉歡喜的樣子，提著的心才算是放下了。玉容一把將坐起來的小妹重新摁了回去。

「蓋好，衣服都沒穿就坐起來，想著涼嗎？」

玉玲看了下床前放的那堆衣裳，又是灰、又是泥的，轉身去衣櫃裡拿了備用的出來，幫著長姊一起給小妹穿上。

「昨日我和長姊沒來接妳，晚上一個人睡怕不怕啊？」

「當然不怕啦，我都長大了，又不是小孩子。」

玉竹拍著胸脯，很是驕傲，彷彿昨晚那個躲在被子裡差點哭出來的那個人不是她一樣。

玉容很給面子地誇了她一頓，然後才說了她們沒能來接人的原因。

原來，朱師傅傷得太厲害，下陽村的那位郎中根本不敢接手，玉容她們只好叫上蔡大爺駕了牛車送去城裡。

去了城裡還得看診、抓藥、熬藥，吃上一副穩定了病情，人家郎中才肯放人。這麼一折騰，等她們再回村裡的時候，都已經是晚上了。

來。

陶二嬸他們一直勸著攔著，不許姊妹倆出海，最後只好在家休息了下，天一亮便趕了過

本以為島上會亂成一團，沒想到還收拾得挺好，小妹也沒有被嚇到，還是跟以前一樣會笑會鬧，玉容、玉玲真是大大的鬆了口氣。

「小妹，趕緊去把早飯吃了，咱們早些回去一起去城裡。」

去城裡！玉竹瞬間來了精神。

「長姊，能不能帶十五一起去啊？咱們帶他去看看郎中。」

玉容愣了下才反應過來小妹說了什麼。

「帶他去做什麼？不是說他的燒都退了嗎，休息一日便能好了。我都准了他的假，讓他今日休息一天。」

帶著奴隸去逛街，那腳鐐叮叮噹噹的，太惹眼了些，玉容怎麼說都不肯答應。

長姊不應，玉竹也沒有法子，只能下次再尋機會了。

兩刻鐘後，姊妹仨坐上漁船回了上陽村。

昨日島上進了匪徒一事，村裡好些人都知道了。畢竟朱師傅的傷一瞧就是被刀子捅傷的，玉容若是不解釋清楚，只怕這鍋就要落到她的頭上了。

就這樣，昨日朱師傅的家人還纏了她們許久呢！所以今日進城還有一事，那就是去報官，讓官府的人去收那幾個匪徒的屍體。

於是姊妹仨一靠岸便直接坐上牛車往城裡走。正巧趕上大集，快進城的時候真是堵得厲

害。

玉竹也是大開眼界，沒想到在古代還能瞧見堵車的場景。誰都想早些進城，誰也不讓誰，吵個沒完沒了。

等她們趕到官府門口的時候，都是一個多時辰後的事了。

門口的守衛認識玉容，知道她和秦大人的關係不錯，和魏部吏也是有點關係，很是熱情地上來詢問一番後，進去幫忙找了魏平。

本來要折騰半日的東西，一找魏平馬上便能解決了。

魏平知道島上闖了匪徒，自然是十分後怕。處理屍體一事，他交給了別人。回稟了秦大人後，秦大人很爽快地批了他半日的假，讓他陪著玉家姊妹一起去買人。

淮城奴僕買賣的地方不少，甚至還有個奴隸市場，但有些地方不適合姑娘家去，於是魏平先陪著她們去了一家口碑不錯的劉牙子那兒。

「喲，這位官爺，您來這兒是買人呢還是？」

開門的牙子瞧見那一身官服就心肝亂顫，連忙開了門將人迎進院子。魏平掃了下周圍的環境，轉頭接了玉容姊妹進來。

「自然是要買人。」

「不知官爺是想買什麼？丫鬟還是小廝，要漂亮些的，還是能幹事的？」

魏平低頭去瞧玉容，得了一枚白眼。

是了，要買護衛，他這一路光顧著看人，差點給忘了。

「要身強力壯能看家的，有武功最好。劉牙子，把你那些壓箱底都拿出來，可別用些拐瓜劣棗糊弄我。」

「是是是，自然。官爺裡邊請吧，小的這就拿人去。」

很快，一陣凌亂的腳步聲越來越近，一個個身材高大的男人都站到了院子裡。

玉竹粗粗數了下，有二十四個男人。

「官爺您瞧，這二十四個小子都是之前逃荒來的，個個二十好幾的年紀，正是年輕力壯的時候。雖是沒什麼武功底子，但力氣可是不小，防些宵小是沒問題的。」

劉牙子說完便放了兩大袋鼓鼓的糧食在地上，挨個兒讓那些男人去扛。差不多兩百來斤的東西，幾乎所有人都扛得很是輕鬆，唯有最後頭的兩個，提了又提，彷彿吃力得很。

要選護衛，這樣的人應該不能要吧？

結果出乎玉竹意料的是，最後長姊別的都沒有要，就買了那最後兩個。

玉竹跟著姊姊和魏平帶著那兩人出來後，又去找了幾家人牙，可惜都沒有買到什麼好的護衛人選。

轉了一大圈，一共買了四個人，離玉容預期的十人還差得遠呢。

魏平也覺得人太少了，連他自己都不能安心。

「要不這樣，玉玲，妳先帶玉竹和他們去衙門口等我，我帶妳姊去個能買護衛的地方，買完就回來。」

玉玲當然沒什麼意見，可玉竹不幹了。

「我要去，我也要去！長姊，我也要一起去嘛！」

這麼好的見識機會，她怎麼能錯過呢？和二姊一起只能在衙門口傻等，她才不要。

「魏平哥，求求你們了，帶我一起去吧！」

玉容最怕這個，她是最禁不得小妹癡纏的，這小東西真是夠了解她。

「走吧，帶她一起去。」

魏平面有難色。「我怕等一下嚇著她。」

「不會，我膽子很大的！昨晚我還一個人睡了呢！」

玉竹生怕長姊反悔，轉頭就去催二姊他們離開。等二姊一走，長姊他們就是不想帶也沒辦法了。

結果正如她願，她趴在了魏平身上，被抱著一路進了很熱鬧的大街。

說是熱鬧，其實也就是商販的叫賣聲，還有奴僕各種挨打的聲音。罵人的、抽人的、打耳光的，絡繹不絕。

這裡有著許許多多的奴僕，他們不像劉牙子那兒的人一樣受過訓練，都是被調教好的；這裡的奴僕，一些被關在籠子裡，有的被拴在木樁子上，所有人都仇恨地看著別人。

他們都是人，卻像是商品一樣供人挑選。

玉竹覺得有些反胃。

「魏平哥，這些人都是逃荒來才賣身的嗎？」

「不，逃荒來賣身的，大多都在人牙子處。這裡的這些多是各個府中犯了錯的、淘汰的護衛或下人，還有罪臣的家眷、奴僕們和一些奴隸，雜亂得很。」
魏平一邊和玉竹說著話，一邊仔細觀察著街邊那些被買賣的人。
買來給心上人做護衛的，自然不能馬虎。首先眼神要正，其次才考慮他身體如何，會不會武。
方才那劉牙子領的都是些什麼人，一個個都往玉容她們身上瞟，而且個個下盤都不怎麼穩。倒是最後那兩個，眼神清正，下盤穩當，提不起那兩袋糧食卻是因為他們受了傷的緣故。
像劉牙子他們這樣收來了厲害的奴僕，都會先打上一頓，使勁教訓才行，那兩人可以說是二十幾個奴僕裡最好的兩個了。
魏平走著走著，突然停了下來。
玉竹轉頭一瞧，這一塊大概是賣罪臣家眷、奴僕的，因為有男有女，甚至還有小孩子。
「喲！魏平，真是你啊，今兒怎麼想起到這兒來了？」
說話的人也是身著一身官服，腰間一把大刀，很是氣派。
「這是我同僚，關係不好不壞。」
魏平小聲在玉容耳邊說了一句，便笑著朝那人走了過去。
「金老哥，好久沒見了，你這兒怎麼樣？兄弟我今日可是要來麻煩你了。」
「欸，什麼麻煩不麻煩的，有什麼事你就說。還著帶個如花似玉的小娘子，行啊你小子！」

金明臉上掛著笑，心裡卻是酸溜溜的。打一眼瞧見那身官服，他就瞧出姓魏的這是升官了，足足比自己高了兩個品階，不想搭理都不行。

秦大人可真是偏心，自己在這兒算是兢兢業業，也不過是年末時得他一句誇獎；這魏平有何才能，只是因為跟在他身邊，便能步步高陞。

「金老哥，我這回來呢，是想買幾人回去做護衛之用，你這兒有沒有什麼好苗子？」

「護衛？」

金明更酸了。瞧瞧，這升了官就是不一樣。從前還住在那個破巷子裡，如今都要買護衛了。

「走吧，我帶你去瞧瞧。先前那李大人府上的奴僕都還沒怎麼賣。」

金明前頭領路，魏平則是落後幾步給玉容講那李大人的事。玉竹也豎著耳朵聽，不過聽到是個貪官後就沒啥興趣了。

不過那樣的官老爺，家中的護衛應當比那人牙子處的普通災民要好很多，貪官惜命嘛！

玉容也是這樣想，可又很心疼荷包。

官府發賣的這些人，好是好，可也貴。方才在那劉牙子處買一個護衛只要十個銀貝，到了這兒就得二十，直接翻了倍。這還是看在魏平的面子上，人家才少要的。

不過人家是真的有功夫在身，雖不如阿秀那般武功高強，卻也能擋一般宵小。買得多的話，再加上之前那幾個，島上安全至少暫時無虞了。

玉容心疼地摸了摸荷包，忍痛數了一百銀貝出來，一口氣買了五個護衛。之前拿了一半的存銀去雇人打聽消息，現在這一百銀貝對玉家來說可算得上是大半身家，就這麼沒了。

「走吧，咱們趕緊回去吧。」

玉容抱著小妹走在前面，等著魏平和那金明道別。就在這時，街道另一頭傳來了一陣吵雜聲，伴隨著叮叮噹噹的腳鐐聲，一個黑影飛快地朝玉容撞了過來。

「小心！」魏平眼疾手快，將姊妹倆拉到一邊站好。

那個黑影沒跑多遠便被抓住了，圍上去的人又是踢、又是打，拳拳到肉的聲音聽著真是嚇人得很。

玉容捂住小妹的眼睛，準備從那些人周圍繞過去，結果人群裡頭伸出了一隻滿是傷痕的手，扯著她的裙裾死死不放。

不是什麼名貴鮮亮的衣料，但被那隻手一抓，又是血、又是灰的，觸目驚心。

魏平趕緊蹲下來去拉扯那隻手，結果手沒扯開，倒是把裙裾給撕開了。

圍著人打的那幾個人看到魏平一身官服，稍稍有些收斂，略微抱了抱拳。

「兄弟，真是不好意思，下頭的奴隸不聽話，驚擾幾位了。」

「沒事。」魏平擺擺手，護著姊妹倆往外走。

玉容心裡怪不安的。方才她瞧見那抓著自己裙裾的奴隸了，那絕望又期盼的眼神，彷彿已經將所有希望都押在她身上一樣。

他在求救。

理智告訴她，不要多管閒事。可那身後不停挨打的聲音，聽著實在讓她於心不忍。

「魏平，那個奴隸能買嗎？」

「嗯，妳要買？」

魏平不怎麼贊同。

奴隸身上戴著腳鐐，幹活還好，護家是非常不行的。今日出來為的是選護衛，怎麼又突然想買奴隸了？

「那個奴隸一看就經常挨打，買回去還得給他治傷，太不划算了。」

魏平看得多了，對這樣的場景已經習慣。再說，幾百年前，自己的先輩不也是這樣在巫滄人手下生活嗎，如今不過是風水輪流轉而已。

玉竹原本也是這樣想的，不過她看到那奴隸的臉後，立刻改變了想法。

「長姊，買買買！」

這個人的模樣和她現代的樣子長得也太像了，準確的說是像她現代的爸爸。可惜她爸爸早就死了，這一世的爹也死得早，她就是個沒有父女親緣的人。

正是因為沒有，才格外看重。

即便這個不是自己爸爸，玉竹也不能瞧著他頂著這副模樣被打得死去活來。

有了小妹的支持，玉容再一堅持，魏平也只能聽她們的，上前和那些打人的交涉，說要買下那個奴隸。

大概是這奴隸太鬧心，那領頭的沒怎麼猶豫就答應以十五銀貝賣給玉容她們。

玉容正要掏錢，趴在地上的那人爬到她的腳邊，小聲求了一句。「還、還有……妹妹……求、求妳！」

「妹妹？」

玉容轉頭去瞧那賣家，卻見那賣家目光閃躲，並不打算回話。還好魏平如今升了官，有那麼一身官服在，問了幾次，那人總算是說了實話。

原來這被打的奴隸確實還有個妹妹，十二歲的年紀，正要賣給一個來淮城行商的曲老闆做暖床丫頭。等那曲老闆一走，兄妹倆可能一輩子都再也見不著了，所以這奴隸今日才這樣衝動地跑了出來。

玉竹聽了，忍不住打了個冷顫。

才十二歲的小丫頭，那些狗男人是怎麼下得了手的！

「已經賣了嗎？」

「還沒，換衣裳去了。」

「那我連她一起買了。」

玉容豪氣得不行，不知道的還以為她有多少身家，魏平怎麼勸也沒把她給勸住。

她大概是想到了自己和兩個妹妹。

若是有人要將玉玲買走去做什麼暖床丫頭，她是拚死都要把妹妹找回來的。既然都已經買了這個奴隸，就好人做到底，把他妹妹也一起買了。

錢沒了可以再掙，若是不買那丫頭，才十二歲的年紀就去伺候男人，不用想也知道會是個什麼樣的下場，她不忍心。

魏平只覺不行，買了這兩人得趕緊走了。容兒心太軟，等一下萬一又撞見什麼悲慘的事，指不定今兒家底都要給掏光了。

有他在一旁催著，給錢拿人的事倒是辦得很快。半個時辰後，他們已經和衙門口的玉玲會合了。

普通奴僕買賣，買家、賣家互相簽訂契約就可以了，但奴隸的買賣卻需要在衙門登記，所以玉容還得帶著那兄妹的身契去一趟衙門。

等折騰完這一通，午時都過了。

玉容她們還好，早上吃飽了才來的。那些個買來的人就不行了，肚子早就餓得咕嚕直叫。總不能教人餓著肚子走兩個時辰的路，於是玉容又去集市給他們一人買了兩個餅。

一個餅一銅貝，一人兩個就是二十二個銅貝。

這只是第一頓，玉容這才有些開始頭疼起來。

買的時候痛快，養起來可不容易。這麼多的人加上島上那幾個，要吃要喝要用，一個月下來的費用可不小。

最近還因為事情耽擱沒有做蟹醬，家裡還要斷了一小陣子的收入，一共就剩十來個銀貝了，頭疼。

回去的一路上，玉容都是悶悶不樂、愁眉不展的，任玉竹怎麼哄都沒用。起初她還以為長姊是在煩心那幾個匪徒的事，等回到島上，瞧見她一臉肉疼地摸著錢袋子才明白過來。

家裡沒有多少銀錢了，長姊是在愁這個。

好在島上之前蓋出來做倉庫的屋子還沒用，暫時分給買來的那些人也能將就。至於奴隸，當然只能和十一他們一起住。

奴和奴隸間還是有很大區別的，若是將他們放在一起住，日後摩擦絕對不小。

最後買下的那個奴隸沒有名字，便按照島上的順序叫他十六，他的妹妹改叫十七。

十七一個姑娘家，自然是和十三娘一起住。

安排好這一切，做飯的活就交給了十三娘，讓她看著人數煮飯。

玉容姊妹仨這才有時間躺下來休息一會兒。

「這一天，真是累啊。」

「長姊，妳先休息會兒吧，等會兒咱們還要回村裡。」

一聽二姊說村裡，玉竹立刻想到一事。

「二姊，陶木哥哥沒事了吧？還有那個朱師傅……」

「天啊，我把朱師傅給忘了！」

玉容猛地坐起身，想起自己還要替朱師傅結了五銀貝的藥錢，賠償又要五銀貝。

錢包瞬間又少了十銀貝。

第七十二章

玉容整個人頓時不好了。

她把荷包裡的錢都倒了出來，仔細數了數，一共有十三個銀貝、兩百二十個銅貝，加上村子裡家中的那點散錢，一共也就十四銀貝。

除去要花在朱師傅身上的銀錢，只剩下四個銀貝。

四個銀貝要養十五個下人，養自己一家，還有給陶木的月錢，光是想想，她就覺得喘不上氣。

玉玲瞧著不對，小聲問了出來。「長姊，家裡是沒錢了嗎？」

「怎麼會？還有錢，就是我總覺得今兒有筆帳算錯了，想仔細數數清楚。」

這樣的問題當然不能照實回答了，多個人知道，就多一個人操心。尤其是小妹，這樣小的年紀都沒有好好快活地玩過，成天跟著家裡忙來忙去。

「對了小妹，二毛最近問了妳好多次，怎麼都不去找她玩。明兒妳跟她去玩吧，別跟著上島了。島上最近要忙一陣子，姊姊們也顧不上妳。」

要是長姊沒有心虛的話，這話玉竹就信了。

「好嘛，那我明天就在村子裡玩，長姊妳們忙吧，不用擔心我。」

玉容頓時鬆了一口氣。

隔日一早，她們再出門，果然沒有叫醒玉竹，只留了把鑰匙給陶二嬸，讓她做點吃食，晚些時候送過去。

結果她們前腳才走，玉竹便醒了。

今日的潮水還有大概一個多時辰才退，她起這麼早，待在家裡也沒事做，乾脆去找二毛一起上山撿柴火回家。

「小竹子，妳姊不是從來不讓妳幹這些的嗎？今兒怎麼也出來撿柴火了？」

「沒有了就出來撿唄，這有什麼好稀奇的。我等一下還要回去洗衣服呢，都一樣，要幹活的。」

玉竹擦了一把臉上的汗，認真盯著腳下的路，肩膀兩側是火辣辣的一片疼。

長姊和二姊真是太寵她了，自從家裡條件稍微好了一點，就再沒讓自己幹過活。現在只是稍微重一點的柴火，肩都要磨破了，好不容易才到了家。

「小竹子，妳快點洗，一會兒就要退潮了，我在家等妳。」

「知道啦！」

玉竹艱難地將一捆柴揹進廚房，又忙活起燒水來。這麼冷的天用冰水去洗衣，她可沒那麼大的勇氣。

水在鍋子裡頭燒著，她便去屋子裡搜羅髒衣裳了。

長姊的有一身，她自己也有一身，二姊的嘛，居然沒有。

玉竹早上偷偷趴在窗戶上往外瞧的時候，明明瞧見二姊是換了衣裳的，怎麼會沒有？

是不是藏起來了？怕自己給她洗了？不至於吧。

玉竹仔細在屋子裡找了找，又去衣櫃裡翻了翻，髒衣服沒找到，倒是摸到了一個小東西。

那是一個黑色的蛇形耳墜子。

自己最怕蛇，所以這東西肯定不會是給自己的。長姊偏愛白色，也不會是送給長姊的。這是二姊自己喜歡買的？還是陶木哥送她的？

奇奇怪怪，聞著還有股味道。

玉竹將那墜子放回原處，想著等二姊回來了再問她。

洗完衣裳後，差不多就是退潮的時候。玉竹拿了熱水鍋裡的蛋，揹著簍子去了二毛家。

「二毛，我來啦！」

她剛喊一句，門吱呀一聲就開了。

開門的是二毛奶奶，瞧著氣色好了些許，沒有了之前那滿身的怨氣，平和許多，想是想通了。

「小玉竹來啦，二毛剛洗完頭呢，我讓她先擦擦乾，她偏不聽還嫌我嘮叨，妳說說她去。」

玉竹莫名其妙地走進了二毛的屋子。

「妳大早上的洗什麼頭呀？」

二毛用了一塊大布巾裹著頭，一邊麻利地換衣裳。

「我也不想這會兒洗的，都怪那隻小黃雞，我好心去餵食，牠們居然飛到了我頭上拉屎，那我肯定就得洗了嘛！」

「行了，別把頭裹起來了，趕緊擦擦，等乾得差不多了再辮上。」

玉竹上前拆了她頭上的布巾，幫她擦了擦頭髮。

「頭髮剛洗好，這樣裹著不行，濕氣會跑到身體裡去的。咱們海邊濕氣本來就夠重了，妳這樣，日後頭疼起來可難受了。」

玉容說的話，二毛一向都是聽的，況且她也是為自己好，自然要聽。

二毛乖乖接過布巾，將頭髮搓到大半乾的時候才辮了起來。

從她擦頭到出門，祖孫倆都沒有說過一句話。

玉竹覺得不太對勁，出門走了老遠才開口問她。「妳跟妳奶怎麼回事？」

「她啊，不跟我裝了唄，就那麼回事。」

二毛無所謂地笑了笑。她現在已經不那麼看重親情不親情的了，沒有錢，什麼都是扯淡。阿奶如今對自己那樣好，還不是知道日後只能跟著自己吃喝，若是換成以前，一日不知要挨她多少罵。

「小竹子，難得妳能來陪我，咱們就不要說那些不開心的吧！對了，妳知道嗎？陶寶兒他娘又懷孕了。」

多日不在村子裡，玉竹都不知道這些消息。

「啊？那陶寶兒年底就要當哥哥了，肯定高興壞了吧，吵著要當哥哥好久了。」

「他倒是高興了，日日都要來我面前炫耀，然後我就帶他去了我三叔家裡。」說到這兒，二毛忍不住笑了起來。「我三叔自從得了小兒子，便不怎麼關心大的，有時候為了些許小事還要訓斥大的一頓。陶寶兒跟我去的時候正好看到了，當時就哭著說要回去找他娘。」

「妳啊妳，太壞了，也不怕他娘來找妳。」

玉竹都能想像得到陶寶兒當時的表情，肯定委屈。

不過二毛她……

「找就找唄，誰要他天天來我面前得意？他倒是好，有爹有娘，爺奶也疼，馬上還要有個妹妹或是弟弟。我呢，孤零零的，沒人疼、沒人愛，還得跟他陪著笑，我才不。」

二毛一腳踹飛了一塊小石子，顯然心裡很是不平靜。

玉竹理解她的心情，但這做法不好。於是她逮著二毛講了快小半時辰，口都要說乾了，二毛總算是意識到了自己的錯誤，也答應過幾日見到陶寶兒了，會和他道個歉。

結果沒走多遠，兩人就在沙灘上撞見了。

陶寶兒根本就不記得前幾日發生的事情，仍舊是歡歡喜喜地過來叫上兩人一起玩。

「走哇，前頭那塊礁石上有好多好多螺，玉竹妹妹，咱們一起去抓了回來烤著吃吧！去我家烤？」

陶寶兒盛情邀請，若是別的村裡孩子立刻興奮地跟著他去撿海螺。

可二毛要撬海蠣、熬蠔油賺錢，玉竹又想找些好貨賣了，添補給長姊，兩個人都忙得很，哪裡有空陪他玩鬧。

陶寶兒只能乘興而來，敗興而歸。

「小竹子，我先去撬海蠣了，妳要是有事就喊一聲哦！」

「去吧去吧。那麼多人都在沙灘上呢，我能有什麼事。」

不過玉竹不敢走太遠，最多只是走在海邊翻找露出來的石頭縫。

有了上回被鰻魚咬的前車之鑑，這回她是打死也不下海的，就在海邊轉著找著。眼瞧著離二毛越來越遠，突然一個巨浪打來。

人沒了，岸上只剩下了個孤零零的簍子，轉來轉去。

驟然被捲進冰冷的海水裡，玉竹一時沒有反應過來，連嗆了好幾口水。

等她再從海裡冒出頭的時候，發現自己已然離岸邊很遠了。

這樣不行，得盡快回到岸上，否則被海浪帶到更遠的地方，她今天大概就是葬身魚腹的下場。

「二毛！」

玉竹拚著命游出水面，一有機會便大喊二毛。岸上的二毛應當是聽到了她的聲音，也發現她不見了，很快就消失在海灘上，應當是去叫大人了。

只要她撐住，撐到人來，她就能得救！

可惜，今日玉竹運氣實在不佳，那海浪是一陣接著一陣，幾息的工夫就將她拍暈了過去，離岸邊越來越遠。

等二毛叫來了大人們時，海上哪裡還有玉竹的影子？

「小竹子！」

瞧不見玉竹的身影，二毛被嚇得不行。明明前一刻還在說話的夥伴，就這樣消失在海裡。

「二毛，妳說玉竹被海浪捲走了，可是親眼瞧見的？」

「自然是瞧見了！我親眼看到海裡飄著她衣裳的顏色，還聽到她在海裡叫我！叔兒、嬸兒，你們快去找找她吧！」

二毛急得都快跳起來了，那些人才算是信了她的話，各自划著自家的小船去找。

結果兩個時辰過去了，卻是一無所獲。

所有人都覺得像玉竹那麼小的孩子被捲進海裡這麼久，肯定是必死無疑的。找了兩個時辰也夠仁義了，再找下去也是沒有用。

於是小船們紛紛回了岸。

聞訊而來的陶二嬸拉著他們死活不讓走，非要他們再繼續幫忙找找。

「大家都是一個村的鄉親，那麼小的一個孩子，你們忍心不救嗎?!說不定她現在就在哪塊礁石上等著人救命呢！你們再去找找，划遠一點找找！只要你們肯幫忙，一家我給兩百銅貝，找到的我給他五個銀貝！」

陶二嬸紅著眼，轉頭交代了瑛娘，讓她去取家裡的錢袋。這樣人命關天的事，瑛娘不敢耽擱，挺著個肚子就往家裡一陣小跑。

一聽說有錢，本來要上岸的人又都下了水。

他們也是這會兒才反應過來，玉竹那丫頭家裡可不是一般的富，他們幫著找人，哪怕只是找到個屍體，那玉家給的錢定然也不少。

三三兩兩的小船又入了水，心急的陶二嬸也跟著上了一條船，在海上來來回回地找。可惜一直找到快天黑，都還是沒有找到人。

現下這個情況已經再明白不過了，玉竹幾乎沒有生還的可能。陶二嬸整個人癱在了船上，連哭都沒力氣再哭了。

天啊，她要怎麼和玉容姊妹倆交代！

她們走的時候還把鑰匙給自己，希望自己幫忙照看幾分，結果小玉竹就這麼沒了！玉竹那樣小，那般懂事，怎麼就偏偏遇上了這樣的事！

陶二嬸神思恍惚地跟著小船回了岸上，剛把錢發給了幫忙找人的人家，就看到自家和玉家合夥的漁船回來了。

之前找人找得急，都忘了叫艘船去島上通知她們。眼下她們回來了，陶二嬸有些不敢過去見人。

「咦，今日的潮水不是早就漲了嗎，怎麼海邊還有這麼多的人？」

玉容下了船，瞧見不遠處的陶二嬸，自然而然朝她走過去。

「嬸兒，你們這是做什麼呢？怎麼這麼多的人？」

平日裡一有稀罕事就會同她說的陶二嬸，今日卻難得地不敢瞧她，玉容頓時有種不好的預感。

「嬸兒？」

「阿容啊，我、我、我對不起妳啊！我沒給妳看好玉竹，讓她給海浪捲走了！」

陶二嬸說完又忍不住哭了起來。

玉容、玉玲姊妹倆哪裡肯信，可她們追問了周圍所有人，包括一直哭個不停的二毛，確定了小妹當真被海浪捲走了，一直到現在都沒有找回來，兩個人受不了這打擊，暈了過去。

陶家一家又趕緊幫忙把人抱回去，村裡一陣雞飛狗跳。

至於被她們當成死人的玉竹，這會兒還活得好好的。

要說她幸運也是幸運，畢竟不是誰被捲到海裡，都有那個運氣能讓海豚頂起來的。

這樣冷的天，她的衣裳又泡了水，玉竹最後是被凍醒的。結果一醒來就發現自己趴在一隻海豚背上飛速前進，眼前是茫茫無邊的海水，天邊的最後一點夕陽也在慢慢消失。

「天啊……」這是個什麼情況?!

自己沒死，被這海豚救了？現在要帶自己去哪兒??

馬上就要天黑了，漆黑一片的海上，光是想想就夠嚇人的。萬一這海豚再往水裡那麼一潛，那她……

一想到那個場景，她就感覺脖子像是被掐住了一般，呼吸困難。

玉竹冷得直發抖，卻又不敢動，生怕自己一動，海豚就把她甩了下去。

這樣的情況下，任她有萬般聰明都是沒用的，只能聽天由命。而且她太冷了，興許過不了多久就會發燒，就算現在沒死，估計也不遠了。
玉竹想著自己來到這兒的所有事情，心裡除了不捨得兩個姊姊之外，別的倒挺看得開。反正長姊、二姊都有好歸宿了，家裡也蓋了石院，還買了島；蟹醬的法子兩個姊姊也知道配方，就算日後家裡生意不景氣，光是賣海島的錢就夠她們吃一輩子的了。
這樣一想，她便放心了很多。
玉竹迷迷糊糊的，最後一個念頭居然是──可惜還沒吃到島上的那些水果。

「咕……咕咕……咕咕咕……」
一聲比一聲響的咕咕聲，聽得玉竹都胃疼了。
「別叫了，叫得我肚子都餓了。」
玉竹翻了個身，摸到身下的沙子，一片混沌的腦子瞬間清醒過來。
沙子？她不是在海豚的背上嗎？
她上岸了！
藉著有些皎潔的月光，玉竹翻身坐起來，將周圍打量了一番。除了沙灘一片白，其他的什麼也看不清楚。
不過有這沙灘已經是不幸中的萬幸了，只要不是在海上，她總是能想辦法活下去。
玉竹摸了下額頭，已經有些發燒，頭也確實有些昏沈疼痛。這是個不妙的信號，她得趕緊把身上的衣裳弄乾才行。

幸好她的百寶袋裡平時都裝著打火石。這裡應該是一座海島，那枯木、乾草肯定也有。

玉竹將身上的衣裳脫下來擰了擰水，這才開始摸黑在沙灘上找起能燒的東西。說實話，她現在凍得手腳都快僵硬了，要不是想著要活著回去，這會兒定要癱在沙灘上，動都不動。

這樣的夜晚，沒有火堆，那就是死路一條。

玉竹來來回回沿著沙灘搜刮了一遍，總算是撿回了不少的雜草、枯枝，拿著打火石哆哆嗦嗦打了十幾回，終於將火點了起來。

也是老天保佑，今日海上無風，不然這火生不生得起來也不好說。

噼哩啪啦的柴火聲聽起來是那般親切，玉竹忍不住紅了眼。她把找來的柴火堆了起來，等火徹底起來了，才藉著火光在林子外頭撿了一堆柴火回來。

這些柴夠她燒上兩個時辰，也足以將她的衣裳烤乾。

玉竹穿著單衣，坐在暖烘烘的火堆旁烤著衣裳，這才感覺重新活了過來。不過她的肚子好餓，一整天都沒有吃東西了，早上的蛋也在簍子裡。

就她撿柴火這會兒，肚子咕嚕咕嚕的沒停下來過，胃都餓疼了。可是只能忍著，忍到明日天亮，等天一亮，就是沒吃的，她也能找出能吃的來。

但前提是她還醒得過來。

玉竹只堅持到烤乾衣裳穿上，便忍不住靠在石頭上昏睡了過去。泡了那麼久的海水，受了凍，會發燒也是正常。

這裡沒醫沒藥，只能靠自己硬熬過去。熬得過，就有希望回家，熬不過，就會死在這兒。

於是後半夜，只要她一醒便會撐著起來拿衣物去海邊沾水擦身子降溫，累得動不了又趴著睡上一小會兒，醒了就再繼續。

如此反覆，一晚上折騰來、折騰去，倒真是將體溫降下來了。

第七十三章

天微亮的時候，玉竹再摸額頭，已經不怎麼發燙，這對她來說絕對是個大好的消息。不生病才有體力去找吃的，才有能力活下去。

現在她最需要的，就是淡水和食物。

淡水暫時沒辦法，只能先去找些吃的把肚子填飽，才有體力去找淡水。

玉竹收好打火石，將火堆暫時熄了，開始沿著海邊尋找食物。

退潮的時候海貨很多，但沒退潮的時候也是有的，只是沒那樣數量龐大。

尤其是海邊的礁石群，不管什麼時候總是會有些小東西躲在裡面。玉竹一路走過去，僅在一處礁石便扒拉了二十來顆的辣螺。

這種螺小小一顆，經常是一抓一大片，味道很不錯，還有些許的辣味。玉竹暫時沒有瞧見別的食物，離退潮的時候更是早得很，有這個吃也不嫌棄。

她趕緊回到火堆旁，把火燃起來烤螺肉吃。

吃這東西，最好是把肉挑出來吃，不過就她現在這條件，哪有牙籤給她挑肉，她也懶得慢慢費工夫花力氣吸，直接烤熟了再拿石頭輕輕一砸，就能吃上肉了。

玉竹一邊烤、一邊吃，半個時辰後，滿滿一大兜吃完了，可也僅僅是緩解了胃痛，肚子還是餓得很。

除了剛來這個世界的時候，她還從來沒有這樣餓過。

螺肉就那麼一丁點，確實不解餓。玉竹把所有希望都放在一會兒的退潮上，這會兒她就先去轉轉，將這島上的情況摸一摸。

之前還在家的時候，沒有聽說過附近還有什麼海島，所以這座島離家肯定很遠。海豚的速度很快，半個時辰最少能游個四十多公里，也不知是游了多久才把自己帶到這座島上。

若是游了半日……玉竹露出一抹苦笑。

家裡的漁船半個時辰最多能行十公里，長姊她們哪怕再能想，也想不到自己會在幾百公里外的海島上。

想回家，好難。不知道自己究竟什麼時候才能回家，所以眼下要盡可能地讓自己在這座海島生存下來。

潮水還有大概一個多時辰才會褪去，她一邊在島上轉著，一邊扯了些細長的枝條，帶著葉子的那種。

這些新鮮的枝條不是拿去做柴燒的，而是她給自己預備的窩。

她現在這麼小，只有那麼點力氣，就是現成的樹幹放在眼前，她都沒有辦法打樁搭棚子。

海上天氣變幻莫測，現在晴空萬里，下午說不定就是大雨，她怎麼也得給自己先弄個能遮風擋雨的窩出來。

玉竹找了不少枝條，還找了些葉子繁茂的藤蔓，這些東西編在一起弄上幾層，擋擋雨是不在話下的。

她一個人在沙灘上忙活著，有事做，心裡就沒有那麼想家，也就沒有那麼慌了。等到潮水開始退的時候，她還給自己編了個小簍子，搓了十幾根草繩，收拾好了，才帶著自己的工具開始去找食物。

蛤蜊是最容易找到的東西，玉竹尋了兩個洞眼、刨了兩坑就找到了。不過這座島上的蛤蜊個頭比上陽村的要小，起碼縮水了一半，吃也吃不到什麼肉。

玉竹丟了手裡幾個小蛤蜊，順著退去的潮水一直往前走。離岸邊越遠的地方，蛤蜊卻是要肥得多些。

為了自己日後幾天的口糧，玉竹很是賣力地挖了一堆回去，轉頭又在兩個淺水坑裡撿到了兩條一斤左右的黑鯛魚。這種魚在海邊還算常見，味道不錯，兩條夠她吃上一頓了。

玉竹趁著退潮的時間挖了一堆蛤蜊，撿回兩條黑鯛，綁了四、五隻螃蟹，還砸了一大堆的海蠣回來。

最重要的就是這一堆海蠣。

在沒有找到淡水的情況下，水分極多的海蠣就成了她補充淡水的唯一來源。等她把這堆吃食都搬到了燒火的位置，海水也漸漸漲了上來。玉竹也顧不得乾淨不乾淨，砸了海蠣就往嘴裡丟。

往日那有些腥甜的汁水，此刻成了瓊漿玉液。

一連砸了十來個，喉嚨間那如被火灼的炙熱感才漸漸消褪，肚子也舒服了很多，不過她還是又烤了兩隻螃蟹吃。

潮水每天都會退，沒了食物可以再去找，沒有必要省著那點吃的，先吃飽補充體力最重要。

這會兒天已經大亮，太陽也升了起來。

她身上的衣裳早就烘烤得乾了，再一曬那太陽，整個人暖洋洋的，恨不得躺在沙灘上再睡上半日。

可惜，她現在沒資格休息。

填飽了肚子，就該去島上更遠些的地方看看了，看看有沒有合適落腳休息的地方，若是有石洞什麼的，那當然最好。

她把火堆都熄了，吃的也收拾好，拿葉子蓋了起來，這才出發探路。

兩刻鐘後，她繞到了海島的另一邊。剛走沒多遠，她就在地上看到了一截繩子。

繩子！荒島上出現了繩子，那肯定是有人來過丟下的！

玉竹頓時興奮起來，仔細地在周圍尋找了一圈，很快又發現了一處石頭被熏灼過的痕跡。

前不久才颳過颱風、下過暴雨，這石頭上的痕跡之前肯定被沖掉了很多。雖是弄不清楚上島的人是多久之前來的，但可以肯定的是，這座島不是無人知的荒島。

只要有人會上來，那她就能等，等到有人再上島來，就能得救了。

這個消息太讓人興奮了，玉竹開心得在沙灘上瘋了一樣地跑了好多圈。跑累了才在一棵樹下休息了會兒，沿著之前上島的人走出的一條小路，往林子裡走了走。

不過沒走多遠，她就打了退堂鼓。

越往裡頭走，雜草就越是深，幾乎都到了她的胸口，她就像是小矮人進了深林一樣，周圍變得好可怕起來。

尤其她還是個怕蛇的人，這樣的雜草堆裡，誰知道會不會突然冒出一條蛇來。

玉竹很識相地往外撤，腳下沒注意，踩到伸出來的雜草被絆了下，所幸衣裳厚實摔得不疼。可站起來拍灰的時候，她發現自己手上有些黑，衣裳上沾的也沒怎麼拍掉，黑糊糊的。

這兒的地好像有些不一樣……是黑土？

玉竹沒想明白，先出了林子。到外面再仔細瞧了下附近的泥地，還真是不一樣。

這裡的土地，顏色明顯要比上陽村的深，而且是越往裡頭走就越黑得厲害。

她想了想，撿了根比較粗的木棍子在地上刨了刨，找到些硬物，砸下來，拂去泥沙拿在手上一瞧，只覺得無比熟悉。

這氣味，這色澤，怎麼看，都像是煤。

拿回去燒燒看。

玉竹抱著那兩塊硬邦邦的黑石頭回到落腳點。生起火，把那石頭往火裡一放，沒多久就瞧見那石頭開始燃燒起來，還冒出了一陣陣黑煙和略有些難聞的味道。

這就是煤！島上有煤礦！發財了呀！

但興奮也就是那麼一會兒的事，她很快反應過來，煤礦這種東西，官府好像是不許私人開採的。

之前買島前，秦大人還特地帶人到島上探測過，沒有銅礦、鐵礦才許她買。雖說沒有聽到提起煤礦，但想來礦產都差不多，只能由官府來開採。

「傻子呀，都不知道能不能回去，就想著錢。」

玉竹罵了自己一通，不再想那煤礦的事，轉頭繼續編起了自己的窩。

她人小，縮起來估計還沒有黑鯊大，所以編起藤蔓來還是很容易的。一個上午，簡單的小棚子就被她弄了出來。只要晚上睡覺的時候將入口放到大石頭處，就是一處封閉的小屋子。

吃住都差不多解決了，她也是真的累，乾脆就躺在沙灘上休息了下。等她再醒來已經是傍晚了，這一覺居然睡了大半日。

肚子又餓得咕嚕直叫，只能先吃點東西安慰下肚子。

剛吃過東西沒多久，海上便起了風，直接將她的火堆吹得七零八落。為免火星落到林子裡將林子點燃，玉竹果斷地將火都熄了，帶著自己的小屋子蹲到了一塊大石頭後，勉強能夠避避風。

這一晚，她真是難挨得很。

風一直沒停過，吹得她連個火都不敢生，晚上又那麼冷，只能躲在石頭後面抱著自己瑟瑟發抖。

她好想吃姊姊們做的疙瘩湯，好想姊姊們給她暖的被窩，好想好想回家……

這種思念一冒出頭就收不住了。

玉竹抱著自己，嗚嗚嗚地哭了大半夜。

她一直以為自己很厲害，自己可以的，就算流落到荒島也能好好活下去。可這才第一天，她就覺得快要撐不下去了。她已經不再是現代那個孤單又堅強的玉竹，她是被姊姊們寵著的，需要愛和陪伴的小玉竹。

沒有姊姊們，沒有小夥伴，只有她一個人，在這島上要怎麼活？

越想越傷心的玉竹一直哭到了天亮。

可再難受，再頹廢，吃的還是要去找，柴火也要拾。

海風好像小了些，等一下自己撿些石頭，搭個簡易的灶出來，把東西都丟進去烤，總不能再被吹走了。

玉竹砸了兩顆海蠣潤了潤喉，爬起來準備去拾柴火，習慣性地往海上一瞄，居然讓她瞄到了一個指頭大的黑點。

那不是海裡的生物，那麼遠的距離還有那麼大的黑點，肯定是艘船！

有船，她便有希望回家了。

玉竹想都沒想，立刻將所有的柴火都丟到一起燒起來，接著又去找了些新鮮的樹枝，沾上水放上去，一邊加乾柴，一邊又加濕柴。海邊頓時濃煙陣陣，嗆得她咳得幾乎喘不過氣，眼淚直流。

這風也是怪，不管她怎麼躲，總是能熏到她的身上。

不管了，只要能回家，咳死、哭死也願意！

玉竹跟個陀螺似的，不停找來各種各樣的柴火，濃煙一陣接著一陣，只要不瞎的人就能瞧見。

「東家，您瞧，前頭那島上有煙。」

「煙？」

船艙裡走出一個男人，順著夥計指的方向看了看，確實瞧見了一大片的煙霧。

這樣冷的季節，樹木應當不會自燃，而且最近兩日並無雷電。看那煙火燃燒的位置還是在沙灘上，其中肯定有什麼奇怪的事。

「划過去瞧瞧。」

——未完，待續，請看文創風955《小漁娘掌家記》3（完）

2021年4月出版

落難千金翻身記

文創風 945～946

若有人問，安隆街上誰賣的豆花最好吃？
幾乎人人都會說：「那個邊唱曲邊賣豆花的小姑娘呀！」
不是陶如意在說，她賣的豆花好吃，
全都多虧當初她死裡逃生，收留她的丫鬟一家的手藝，
但人家只是普通農戶，她不能白吃白住，
既不會砍柴種田，當然得拿出她擅長的本事幫一把啦！

市井中的浪漫，舌尖上的幸福／溪拂

陶如意貴為官家千金，又名為「如意」，
照理說該大富大貴，可她的人生一點都不如她意！
父親一代良將，卻被奸人誣衊下獄，害她家破人亡，
未婚夫在此時伸出援手，她以為終於雨過天晴，
誰知竟是上演渣男與閨密聯手置她於死地的老戲碼。
她在瀕死之際僥倖被人救活，那人還留了一筆銀子給她，
雖然她沒看清那人的模樣，但這份感激她不會忘！
逃過一劫後，她一邊賣豆花，一邊伺機要救出尚在獄中的父母，
沒想到豆花意外暢銷，還因緣際會得到一本食譜，財富隨之而來，
這期間她偶然發現到，有一位男顧客與救命恩人的背影十分相像，
可據說這男子是遠近馳名的惡漢李承元，
這樣的人會大發善心來救她，她莫不是認錯了人？

結髮為夫妻，恩愛兩不疑／灩灩清泉

2021年4月出版

大四喜

她將他當成了弟弟般照顧，甚至拿出稀世藥膏治他的臉傷，
一開始他也確實將她當成姊姊般，雖然兩人只差幾個月，
可聽見媒婆說了些條件差的男子給她時，他極憤怒，
得知外貌、才幹、家世都頗佳的人對她有意後，他仍是不悅，
思來想去，自己怕是對她情根深種了，才覺天下男子都不配啊！

文創風 949 1

許蘭因擁有能聽見別人「內心話」的特殊能力——聽心術，
由於這樣，她每次相親總因聽見了對方內心的差勁想法而從未成功過，
某日又相親失敗後，她走在路上，突然一腳踩空，再醒來竟然穿書了?!
這兒是大名朝，皇帝姓劉不姓朱，而她是僅剩一個多月生命可活的負評女配！
呵，老天爺是在整她吧？既然回不去原本的世界，那她當然得想辦法活下去，
根據她腦中接收到的資訊，這女配跟她同名同姓，家中有寡母及兩個弟弟，
重點來了，她還有個自小就訂下婚約、長相俊俏又有功名在身的古姓未婚夫，
但按原書設定，他中舉後不久她就要溺斃了，根本來不及當舉人娘子享福啊！

文創風 950 2

錯把古渣男當良人，原主許蘭因就是個愛到無藥可醫的傻棒槌無誤啊！
雖然她平時很勤奮工作又會做事，但攢下的錢全獻給了未來夫家，
這還不夠，古家母子倆甚至攛掇著她偷賣家中田地，拿錢供他們花用，
結果，不僅娘親氣得許久不跟她說話，就連兩個弟弟也煩她、厭她了，
如今她沒了利用價值，古家還打算暗地裡壞她名聲甚至害死她好另娶他人，
幸好自己不是原主那個癡情小傻瓜，早知他的真面目並成功退親保住小命，
當前最要緊的，就是趕快想辦法把之前被原主敗光的錢掙回來，
畢竟這個家窮得連頓像樣的飯都沒，娘親和幼弟還一身病，樣樣都要錢呀！

文創風 951 3

黑根草，簡單地說就是每六十年才會出現一次的神奇藥草，
原主因為鼻子特別好使，曾誤打誤撞地在山裡挖出了兩棵，
就這麼巧，聞名天下的老神醫遍尋不著它卻又急需它，
所以當場以僅有的一錠銀角子、一塊刻了字的神祕小木牌及一盒藥膏買走，
據老神醫說，藥膏既能讓皮膚又白又細還能治疤，省著用放二、三十年也不會壞，
偏偏原主不信這話，隨手丟在家中，幸好許蘭因翻箱倒櫃尋了出來，
都說老神醫有三寶，其中一寶就是這個能去疤生肌的如玉生肌膏，
但話說回來，當初老神醫跟她換還覺得她虧了，可見那黑根草更是珍寶吧？

文創風 952 4 完

尋覓黑根草期間，她先是跌落獵人設的陷阱中，命懸一線時被那個叫趙無的男子所救，
後來她又碰巧救了被親戚謀害推下崖的他，並在現場發現了心心念念的黑根草，
算他幸運，雖然那張俊臉摔出不少傷痕，還被老鷹啄出兩個洞，變得血肉模糊，
但不怕，她手裡有如玉生肌膏啊，保證還他一張比之前加倍俊美的臉！
傷癒後，這傢伙卻老愛在她耳邊唸叨著：若她因退親一事而嫁不出去，他願意娶她，
本來她是不當一回事的，可不知是否被他洗腦了，她竟也覺得嫁他似乎不賴，
而且，他還意外救了她「失蹤多年」的爹爹一命，是他們許家的恩人啊！
兩人互救相許、天價賣掉黑根草、父親生還大團圓，這許是她的人生四大喜吧？

文創風
954

小漁娘掌家記 2

國家圖書館出版品預行編目資料

小漁娘掌家記 / 元喵著. --
初版. -- 臺北市 : 狗屋出版社有限公司, 2021.05
冊 ; 公分. --（文創風 ; 953-955）
ISBN 978-986-509-211-5（第2冊 : 平裝）. --

857.7 110005618

著作者 元喵
編輯 張蕙芸
校對 沈毓萍
發行所 狗屋出版社有限公司
地址 台北市104中山區龍江路71巷15號1樓
電話 02-2776-5889～0
發行字號 局版台業字845號
法律顧問 蕭雄淋律師
總經銷 知遠文化事業有限公司
電話 02-2664-8800
初版 2021年5月
國際書碼 ISBN-13 978-986-509-211-5

本著作物由北京晉江原創網絡科技有限公司授權出版

定價260元
狗屋劃撥帳號：19001626
網址：love.doghouse.com.tw E-mail：love@doghouse.com.tw